annabac
SUJETS & CORRIGÉS 2023

SES
SPÉCIALITÉ

Tle générale

- **Denis Martin**
Inspecteur d'académie – Inspecteur pédagogique régional
- **Sylvie Godin**
Professeure agrég
- **Franck Rimb**
Professeur agrége
- **Sylvain Lede.**
Professeur agrégé de SES
- **Céline Le Feuvre**
Professeure certifiée de SES
- **François Porphire**
Professeur certifié de SES

Avec la collaboration de Denise Maréchal

W0212323

 ISSN 1168-3775 ISBN 978-2-401-08653-1

Achevé d'imprimer par IPS en France
Dépôt légal 08653-1/01 - Août 2022

PAPIER À BASE DE FIBRES CERTIFIÉES

Hatier s'engage pour l'environnement en réduisant l'empreinte carbone de ses livres. Celle de cet exemplaire est de : 650 g éq. CO_2
Rendez-vous sur www.hatier-durable.fr

Hatier

Avec votre Annabac, préparez-vous à l'épreuve

SOMMAIRE GÉNÉRAL

de SES et au Grand Oral **en 4 étapes !**

Les sujets et les fiches classés par thème

Pour chaque thème, voici les ressources de votre Annabac.

Indiquez sur cette liste l'avancement de vos révisions.
◪ À retravailler encore ☒ Désormais ok !

Économie

Quels sont les sources et les défis de la croissance économique ?

Quels sont les fondements du commerce international et de l'internationalisation de la production ?

Comment lutter contre le chômage ?

Sociologie

Comment est structurée la société française actuelle ?

Regards croisés

Quelle action publique pour l'environnement ?

- Coordination éditoriale : Louise Roullier et Grégoire Thorel, assistés de Théa Goossens et Pauline Siegwart
- Édition : François Capelani
- Graphisme : Dany Mourain et le studio Favre & Lhaïk
- Prépresse : Hatier et Nadine Aymard
- Illustrations : Juliette Baily
- Schémas : STDI
- Mise en page : STDI
- Iconographie : Hatier illustration

S'échauffer, s'approprier les méthodes

INFOS et CONSEILS sur les épreuves

Quatre sujets ÉTAPE par ÉTAPE

1 En quoi consiste le programme de SES en Terminale ?

Le programme de l'enseignement de spécialité de SES en Terminale s'articule autour de 12 questions, dont 8 sont évaluées lors de l'épreuve écrite.

A Science économique

1. Quels sont les sources et les défis de la croissance économique ?

Notions : croissance économique, progrès technique et innovation, productivité, productivité globale des facteurs, institutions, inégalités de revenus, croissance soutenable, limites écologiques.

2. Quels sont les fondements du commerce international et de l'internationalisation de la production ?

Notions : dotations factorielles et technologiques, spécialisation internationale, commerce international, chaîne de valeur (fragmentation, internationalisation), compétitivité, libre-échange, protectionnisme.

> REMARQUE **Les thèmes 1 et 2 (économie), 6 et 10 (sociologie et science politique) sont chaque année au programme de l'épreuve écrite.**
> **Les thèmes 3, 7, 8 et 12 sont au programme les années impaires ;**
> **les thèmes 4, 5, 9 et 11 les années paires.**
> **Pour le Grand Oral, tous les thèmes doivent être maîtrisés.**

3. Comment lutter contre le chômage ?

Notions : chômage, sous-emploi, taux de chômage, taux d'emploi, chômage structurel, chômage conjoncturel, salaire minimum, salaire d'efficience, politiques de lutte contre le chômage.

4. Comment expliquer les crises financières et réguler le système financier ?*

Notions : crise financière, bulle spéculative, panique bancaire, instruments de régulation du système bancaire et financier.

5. Quelles politiques économiques dans le cadre européen ?*

Notions : marché unique, zone euro, politique européenne de la concurrence, politique monétaire, politique budgétaire, choc asymétrique.

B Sociologie et science politique

6. Comment est structurée la société française actuelle ?

Notions : espace social, structure socioprofessionnelle, théories des classes et de la stratification sociale.

7. Quelle est l'action de l'École sur les destins individuels et sur l'évolution de la société ?

Notions : égalité des chances, taux de scolarisation, taux d'accès à un diplôme ou à une formation, massification, démocratisation, inégalités de réussite scolaire.

8. Quels sont les caractéristiques contemporaines et les facteurs de la mobilité sociale ?

Notions : mobilité sociale intergénérationnelle, tables de mobilité, mobilité structurelle, fluidité sociale, mobilité ascendante, reproduction sociale, déclassement, mobilité selon le genre.

9. Quelles mutations du travail et de l'emploi ?*

Notions : travail, activité, statut d'emploi, chômage, modèles d'organisation (taylorien, post-taylorien), intégration sociale.

10. Comment expliquer l'engagement politique dans les sociétés démocratiques ?

Notions : vote, militantisme, paradoxe de l'action collective, variables sociodémographiques, action collective (objets, acteurs, répertoires).

C Regards croisés

11. Quelles inégalités sont compatibles avec les différentes conceptions de la justice sociale ?*

Notions : inégalités économiques et sociales, rapport inter-quantiles, courbe de Lorenz, coefficient de Gini, top 1 %, corrélation de revenu parents-enfants, formes d'égalité, justice sociale.

12. Quelle action publique pour l'environnement ?

Notions : action publique, construction des problèmes publics, mise à l'agenda politique, politiques environnementales, échelle, instruments de la politique climatique, bien commun.

** Thème non évalué lors de l'épreuve écrite de la session 2023.*

2 Quelles sont les épreuves du nouveau bac en SES ?

Vous avez choisi la spécialité SES en Terminale. Vous devrez donc passer l'épreuve écrite correspondante, mais également préparer une question en SES en vue du Grand Oral.

A En résumé

L'épreuve de spécialité (coeff. 16) →

DÉROULEMENT
- **Quand ? en mars**
- **Durée : 4 heures**
- **Structure : 2 sujets au choix :**
  – dissertation
  – épreuve composée
- **Barème : 20 points**

Le Grand Oral (coeff. 10) →

TRAVAIL EN AMONT
Sur deux questions dont l'une au moins se rapportant au programme de SES

DÉROULEMENT
- **Quand ? au 3e trimestre**
- **Durée : 20 min**
- **Structure : exposé sur l'une des deux questions + entretien**

B L'épreuve écrite

1. La structure de l'épreuve

● Vous avez le **choix entre deux sujets** de nature différente :

– une **dissertation** s'appuyant sur un dossier documentaire ;

– une **épreuve composée** comportant trois exercices : mobilisation des connaissances, étude d'un document, raisonnement s'appuyant sur un dossier documentaire.

● Les sujets sont conçus de manière à couvrir **plusieurs dimensions du programme** :

– la dissertation et le raisonnement portent sur des champs différents (science économique ; sociologie et science politique ; regards croisés) ;

– la dissertation et chaque partie de l'épreuve composée portent sur différentes questions du programme.

> **CONSEIL Les deux sujets proposés couvrent donc au total quatre questions du programme. Cela signifie que vous ne devez faire aucune impasse, mais aussi que les questions sur lesquelles vous êtes le plus à l'aise sont susceptibles de tomber.**

2. Comment s'y préparer ?

● Vous devez bien évidemment fournir un **travail régulier** toute l'année, afin qu'au moment des révisions, vous n'ayez qu'à vous remettre en tête les notions déjà maîtrisées. Cela vous permettra également de mieux gérer votre stress le jour J !

> **CONSEIL Il est important de mémoriser au fur et à mesure les points essentiels du cours : notions, mécanismes, indicateurs et leur mode de calcul, etc. Pour cela, faites des fiches et vérifiez régulièrement que vous n'avez pas oublié ce que vous avez appris.**

● Vous devez aussi **vous entraîner en temps limité**, dans les conditions de l'épreuve. Cela vous permettra de mieux vous organiser dans les différentes étapes de votre travail : lecture et analyse du sujet, compréhension des documents, mobilisation de vos connaissances, formulation de la problématique, élaboration du plan…

C Le « Grand Oral »

1. Les trois temps de l'épreuve

Les trois temps du Grand Oral

1. LA PRÉPARATION
- **Sur la question choisie par le jury (parmi les deux que vous avez travaillées)**
- **20 min. pour mettre en ordre vos idées et préparer un support à remettre au jury**

2. L'EXPOSÉ
- **Présentation synthétique en 5 min.**
- **Debout, sans notes**

3. L'ENTRETIEN
- **D'abord sur l'exposé (10 min)**
- **Puis sur votre projet de poursuite d'études (5 min)**

2. Comment s'y préparer ?

▶ Reportez-vous à la section « **Réussir le Grand Oral** », en fin d'ouvrage.

3 Comment réussir la dissertation ?

L'épreuve de dissertation consiste à répondre à une question en utilisant 3 ou 4 documents factuels. La problématique, la construction du plan et le soin apporté à la rédaction sont des critères de réussite essentiels.

A Quels sont les objectifs de la dissertation ?

Pour réussir une dissertation, vous devez :
- construire une **argumentation** à partir d'une **problématique** ;
- mobiliser les **documents** proposés et vos **connaissances** ;
- rédiger un **développement cohérent** en ménageant l'équilibre des parties.

B Comment structurer la dissertation ?

1. L'introduction

L'introduction comporte cinq phases :

1. Une accroche, pour montrer l'actualité et la pertinence du sujet
2. La définition des termes importants du sujet
3. La définition du cadre spatio-temporel
4. La reformulation du sujet et la présentation de votre problématique
5. L'annonce du plan précisant les grandes parties de votre argumentation

2. Le développement

- Le développement, que vous devez organiser en **deux ou trois parties** repose sur le **plan** que vous aurez préalablement élaboré au brouillon.
- Chaque partie comprend :
  - une brève **introduction** présentant l'idée directrice de la partie ;
  - des **sous-parties** (un paragraphe pour chacune) ;
  - une **conclusion partielle** synthétisant l'idée directrice de la partie.

CONSEIL **Prévoyez une transition pour passer d'une partie à l'autre.**

3. La conclusion

- La conclusion fait d'abord le **bilan** de l'argumentation, en reprenant les grandes idées de chaque partie et en répondant à la problématique.
- Elle se termine par une **ouverture** vers d'autres questions liées au sujet.

4 Comment réussir l'épreuve composée ?

L'épreuve composée comprend trois parties, qui portent sur trois questions du programme et sur au moins deux champs (économie ; sociologie et science politique ; regards croisés).

A La mobilisation des connaissances (4 points)

- Ce premier exercice est constitué d'**une seule question**. Pour y répondre, vous devez faire appel à vos connaissances.
- Analysez la question, **définissez** les notions et **organisez** votre réponse en deux ou trois paragraphes. Commencez par une brève introduction et synthétisez l'essentiel en conclusion.
- Restez bien dans le cadre de la question et utilisez un vocabulaire précis.

B L'étude de document (6 points)

- Le document proposé, de nature **statistique** (graphique, tableau…) est accompagné de deux questions : la première évalue votre compréhension du document ; la seconde vous demande de l'exploiter, en faisant si besoin appel à vos connaissances.
- Adoptez une **démarche méthodique** de collecte de l'information : repérez les unités, allez du général au particulier, et faites quelques calculs simples.
- Prenez appui sur les données du document et citez-les pour répondre.

> CONSEIL **Tout au long de l'année, travaillez sur les savoir-faire : ils sont indispensables pour analyser des documents statistiques.**

C Le raisonnement (10 points)

- Le sujet est accompagné de **2 ou 3 documents** de nature différente. Il vous invite à développer un raisonnement, à rassembler et à mettre en ordre des informations pertinentes issues du dossier documentaire et de vos connaissances personnelles.
- Votre raisonnement doit comporter une **introduction** (analyse du sujet), un **développement** (2 à 3 paragraphes argumentés) et une **conclusion**.

> REMARQUE **Le dossier documentaire doit vous aider à construire votre argumentation. Vous devez vous appuyer sur tous les documents, mais il est indispensable de les compléter par vos connaissances.**

- Commencez par analyser le sujet, puis étudiez chaque document : en quoi est-il utile pour traiter le sujet ? Enfin, déterminez deux ou trois **arguments**.

Catégories socioprofessionnelles et structure sociale

4 h
20 points

Dans quelle mesure les catégories socioprofessionnelles restent-elles un instrument pertinent pour définir une structure sociale hiérarchisée ?

Ce sujet comporte 4 documents. Pour les besoins liés à l'explication de la méthode de la dissertation, nous les avons placés à l'étape 3, p. 19 à 21.

ÉTAPE 1 au brouillon Analyser le sujet

20 min

Commencez par identifier le thème du programme auquel se rattache le sujet, et isolez les mots ou notions clés.

Il s'agit d'un sujet de sociologie, portant sur le thème 6 du programme : « Comment est structurée la société française actuelle ? »
Il s'articule autour de deux notions : « catégories socioprofessionnelles » (CSP) et « structure sociale hiérarchisée ».

Étudiez la formulation du sujet : définissez les notions et déterminez comment le sujet les met en relation.

Dans quelle mesure — Le sujet est formulé sous la forme d'une question qui appelle une discussion et une réponse nuancée.

les catégories socioprofessionnelles — Nomenclature définie sur des critères professionnels et regroupant des personnes présentant des propriétés sociales communes.

restent-elles — Le sujet suggère que les CSP sont toujours pertinentes, mais qu'elles ne sont pas suffisantes.

un instrument pertinent pour définir — Il faut mettre en évidence le lien entre CSP et structure sociale hiérarchisée.

une structure sociale hiérarchisée — Différenciation d'une population en groupes sociaux occupant des places distinctes dans l'espace social.

Précisez le champ temporel et spatial concerné.

Le champ temporel et spatial est défini par le programme : la société française aujourd'hui.

D'après les informations précédentes, déterminez ce que l'on vous demande. S'agit-il :

– de présenter un phénomène (sujet analytique) ?

– de discuter une affirmation (sujet dialectique) ?

Nous avons affaire à un sujet dialectique : sa formulation invite à montrer en quoi les CSP sont un instrument pour définir une structure sociale hiérarchisée, et à nuancer cette affirmation pour la France d'aujourd'hui.

ÉTAPE 2 au brouillon

Dégager la problématique

20 min

Posez-vous les questions que fait naître le sujet :

• Comment les CSP permettent-elles de définir une structure sociale hiérarchisée ?
• Dans la société française aujourd'hui, les seules CSP suffisent-elles pour définir la structure sociale hiérarchisée ?
• Quels sont les différents instruments permettant de définir la hiérarchisation de la structure sociale ?

Mobilisez vos connaissances personnelles permettant de répondre à ces différentes questions.

• Outre les CSP, il existe différents facteurs pour définir la structure sociale de la France d'aujourd'hui : le revenu, le diplôme, la composition du ménage, la position dans le cycle de vie, le sexe, le lieu de résidence.
• Ces différents facteurs permettent d'établir une hiérarchie dans la structure sociale.

Définissez la problématique, le plus souvent sous la forme d'une question qui résume l'ensemble du travail effectué.

PROBLÉMATIQUE
Si les catégories socioprofessionnelles continuent à définir une structure sociale hiérarchisée, quels sont les autres critères caractérisant cette structure sociale dans la société française aujourd'hui ?

ÉTAPE 3 au brouillon

Exploiter les documents

1 h

- Vous pouvez maintenant vous lancer dans l'étude des documents. Ceux-ci doivent venir illustrer vos analyses. Vous devrez bien entendu les compléter par vos connaissances personnelles.
- Notez la nature du document (texte, tableau statistique, graphique), ainsi que sa date et sa source. Ne retenez que les informations nécessaires au traitement de votre problématique.

DOCUMENT 1 Les catégories socioprofessionnelles

Le Code des catégories socioprofessionnelles (CSP) élaboré par Jean Porte en 1951 a constitué pendant près de 30 ans la principale grille de lecture du monde social [...]. Cette classification n'a pas été construite à partir d'une théorie sociologique mais plutôt de façon pragmatique, dans le but d'obtenir des corrélations assez fortes entre les personnes classées et des groupes de pratiques sociales différenciées. Elle repose sur un classement de la population en [groupes] socioprofessionnels [...] qui sont subdivisés en une trentaine de catégories, selon un découpage qui combine plusieurs critères. [...]

Le succès de cette nomenclature tient en partie au fait qu'elle a pu formaliser des représentations sociales déjà fortement ancrées dans la société. De plus, elle présente l'intérêt d'être exhaustive, dans le sens où chaque individu – actif ou inactif – peut être identifié à la catégorie qui lui correspond. C'est d'ailleurs à ce titre qu'elle a constitué le support scientifique de nombreux travaux sociologiques et politiques faisant de l'appartenance de classe le critère principal d'identification dans l'espace social. [...]

Le Code des catégories socioprofessionnelles

REMARQUE
La nomenclature des CSP est d'abord une construction statistique.

REMARQUE
Elle est utilisée par les sciences sociales pour étudier la structure sociale et la place de chaque individu dans l'espace social.

(CSP), réalisé à l'occasion du recensement de 1954, a d'abord été utilisé par les statisticiens de l'Insee pour formaliser le lien entre une appartenance professionnelle et des comportements économiques, démographiques et sociaux. Dès les premiers temps, il est utilisé pour mesurer l'évolution des structures sociales, les trajectoires professionnelles et les formes de mobilité sociale.

Source : Emmanuel Pierru et Alexis Spire, « Le crépuscule des catégories socioprofessionnelles », *Revue française de science politique*, vol. 58, n° 3, 2008.

DOCUMENT 2 **Niveau de vie médian[1] selon la catégorie socioprofessionnelle (en euros 2017 constants)**

	2012	2013	2014	2015	2016	2017
Agriculteurs, artisans, commerçants, chefs d'entreprise	20 350	19 960	19 540	20 310	20 550	20 610
Cadres et professions intellectuelles supérieures	33 520	32 740	32 800	33 170	33 240	33 090
Professions intermédiaires	24 550	24 440	24 120	24 210	24 560	24 520
Employés	19 530	19 600	19 620	19 720	19 590	19 720
Ouvriers	18 660	18 590	18 760	18 670	18 860	18 870
Ensemble des actifs ayant déjà travaillé	22 100	22 010	21 940	22 160	22 290	22 340

Sources : Enquêtes *Revenus fiscaux et sociaux*, Insee-DGFiP-Cnaf-Cnav-CCMSA, 2012 à 2017.

1. Niveau de vie par rapport auquel 50 % d'une catégorie socioprofessionnelle a un niveau de vie inférieur et 50 % un niveau de vie supérieur.

REMARQUE

En 2017, le niveau de vie médian des cadres et des professions intellectuelles supérieures est environ 1,8 fois supérieur à celui des ouvriers.

S'ÉCHAUFFER

DOCUMENT 3 **Revenu salarial mensuel moyen des hommes et des femmes en 2015 (en euros)**

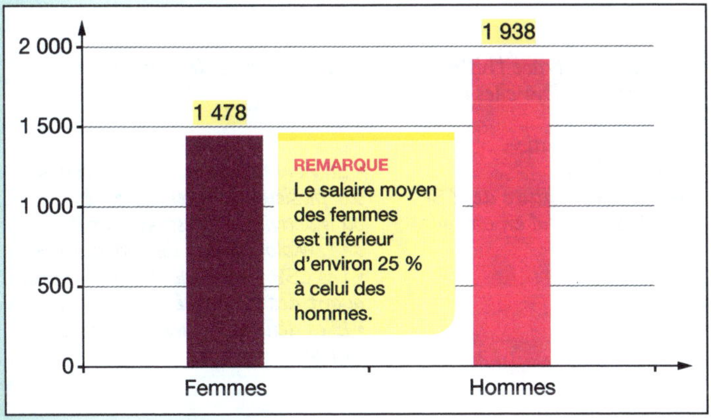

Source : lafinancepourtous.com, d'après l'Insee, 2019.

DOCUMENT 4 **Quelques caractéristiques des quartiers prioritaires (en %)**

	Quartiers prioritaires métropolitains[1]	Unités urbaines environnantes[2]
Taux de scolarisation des 16-24 ans	52,9	63,9
Part des emplois précaires	21,4	14
Part des familles monoparentales	24,1	17,6

Source : *Portrait des quartiers prioritaires*, Observatoire national de la politique de la ville, 2016.

1. Les quartiers prioritaires de la politique de la ville (QPV) sont des territoires sur lesquels le revenu moyen par habitant est faible.
2. Les zones urbaines environnantes sont les quartiers non prioritaires à proximité des quartiers prioritaires.

REMARQUE
Dans les quartiers prioritaires, le taux de scolarisation des 16-24 ans est plus faible de 11 points ; la part des emplois précaires (+ 7,4 points) et des familles monoparentales (+ 6,5 points) est plus élevée.

Regroupez les informations relevées dans les documents, en y ajoutant les connaissances nécessaires. Cela vous aidera à rédiger votre développement.

Document 1

Ce texte retrace l'histoire de la nomenclature des catégories socioprofessionnelles (CSP).

Utilisation	Connaissances
• Les critères de la nomenclature des CSP • L'utilisation qui en est faite	• La nomenclature des CSP repose sur plusieurs critères : activité ou inactivité, profession, statut de l'emploi, niveau de qualification • Les CSP rassemblent des individus ayant des propriétés sociales communes • Elles définissent une hiérarchie sociale

Document 2

Ce document est un tableau statistique qui compare les revenus médians selon la catégorie socioprofessionnelle.

Utilisation	Connaissances
Les données statistiques mettent en évidence des inégalités	• Le rôle du revenu dans la hiérarchisation de la structure sociale • Le lien entre CSP et revenu

Document 3

Le graphique représente le revenu salarial moyen en fonction du sexe, pour l'année 2015.

Utilisation	Connaissances
• L'inégalité entre les salaires des hommes et ceux des femmes	• Les caractéristiques de l'emploi des femmes • La discrimination professionnelle

Document 4

Ce tableau de données compare quelques caractéristiques sociales selon les quartiers.

Utilisation	Connaissances
• La situation dans les zones prioritaires • Le lieu de résidence et la structure sociale	• Le lieu de résidence comme facteur de hiérarchisation • Le rôle de la composition de la famille dans la hiérarchisation de la structure sociale

ÉTAPE 4 au brouillon

Construire le plan

20 min

- Vous avez désormais un ensemble d'éléments pour répondre à votre problématique. Votre réponse doit s'articuler autour de deux ou trois arguments, qui constitueront les deux ou trois grandes parties de votre plan.
- Dans l'énoncé de ces parties, reprenez les termes clés du sujet.

Partie I

Les CSP sont un instrument pour définir une structure sociale hiérarchisée.

Partie II

Il existe d'autres critères que les CSP pour définir une structure sociale hiérarchisée.

- Au sein de chaque partie, dégagez deux ou trois idées qui constitueront des sous-parties. Pour chaque sous-partie, faites appel à vos connaissances pour trouver des arguments, et illustrez-les à l'aide des documents.
- Voici ce que pourrait donner ce travail pour la partie I.

Partie I

Les CSP, un instrument pour définir une structure sociale hiérarchisée

Argument 1

Les CSP sont une construction des sciences sociales.

EXPLICATIONS :

- *À l'origine, les CSP sont une construction statistique « pragmatique » (document 1), élaborée à partir de plusieurs critères.*
- *Cette nomenclature des CSP est devenue « le support scientifique de nombreux travaux sociologiques et politiques » (document 1).*

Argument 2
Les CSP permettent de faire apparaître une hiérarchisation de la structure sociale.
EXPLICATIONS :
- Les CSP font apparaître une hiérarchie reposant sur les revenus, lesquels varient en fonction des professions exercées (document 2).
- Cette hiérarchisation a des effets sur les plans culturel et social (exemple, le niveau de diplôme).

Il faudra ensuite procéder de la même façon pour la partie II.

ÉTAPE 5 au propre

Rédiger l'introduction

20 min

L'introduction formalise le travail d'analyse que vous avez effectué : elle présente le sujet, définit les mots clés, formule la problématique et annonce les principaux éléments de réponse, c'est-à-dire les grandes parties du plan.

Elle doit être soignée car elle donne une première impression au correcteur ; il est donc préférable de la rédiger d'abord au brouillon.

[accroche] Depuis les années 1950, la répartition de la population française en catégories socioprofessionnelles (CSP) a connu d'importantes mutations. Cette évolution est liée aux transformations de la société.

[présentation du sujet et définition des mots clés] Mais on peut se demander dans quelle mesure les CSP restent un instrument pertinent pour décrire une structure sociale hiérarchisée. Celle-ci peut être définie comme la différenciation d'une population en groupes sociaux occupant des places distinctes dans l'espace social. Les CSP sont une nomenclature reposant sur des critères professionnels et regroupant des personnes aux propriétés sociales communes.

CONSEIL
Une phrase d'accroche est nécessaire pour permettre d'énoncer le sujet. Cette accroche peut faire référence à l'actualité du sujet et à sa pertinence.

CONSEIL
Définissez les mots clés du sujet afin de montrer que vous maîtrisez les notions clés du programme.

[problématique] *Se poser la question de la pertinence des CSP comme instrument pour définir une structure sociale hiérarchisée revient à se demander si cette dernière n'est pas déterminée par d'autres facteurs.*
[annonce du plan] *Pour répondre à cette interrogation, nous montrerons que les CSP restent un facteur déterminant d'une structure sociale hiérarchisée* [I], *puis nous verrons qu'il existe d'autres critères* [II].

ÉTAPE 6 *au propre*

Rédiger le développement

1 h 15

Le développement consiste à *développer* l'argumentation répondant à la problématique du sujet. Il doit suivre le plan conçu au préalable en illustrant l'argumentation grâce aux documents.

Chaque partie doit être introduite en précisant son idée principale ainsi que les axes (sous-parties) qui seront développés. Elle se clôt par une conclusion partielle, qui en fait la synthèse et amène à la partie suivante.

I. Les CSP, un instrument pour définir une structure sociale hiérarchisée

[introduction de la partie] *Les CSP sont une construction utilisée par les sciences sociales afin de définir une structure sociale hiérarchisée.*

LÉGENDE
Argument
Explication
Illustration

1. La construction des CSP par les sciences sociales

• La nomenclature des CSP est, à l'origine, une construction statistique. Le « Code des catégories socioprofessionnelles (CSP) » (document 1, l. 1) a été conçu dans les années 1950 par l'Institut national de la statistique et des études économiques (Insee). Reposant sur la situation professionnelle des Français, il est déterminé selon un certain nombre de critères : activité ou non, profession, statut, qualification.

CONSEIL
Indiquez le document utilisé pour illustrer votre argumentation.

• Les sciences sociales se sont emparées de cette classification pour étudier la structure sociale. Les CSP permettent de déterminer des « comportements économiques, démographiques et sociaux » (document 1, l. 29-30), et de regrouper des personnes ayant des propriétés sociales communes.

2. CSP et hiérarchisation de la structure sociale

• L'utilisation des CSP comme instrument de la structure sociale permet de mettre en évidence une hiérarchie sociale fondée sur les professions. Chacune d'elles donne en effet accès à des ressources différenciées sur le plan économique. Ainsi, le niveau de vie médian des cadres et des professions intellectuelles supérieures est environ 1,8 fois supérieur à celui des ouvriers en 2017 (document 2).

• La hiérarchisation économique de la structure sociale s'accompagne d'une hiérarchisation culturelle et sociale. Le niveau de diplôme plus élevé des cadres et des professions intellectuelles supérieures leur donne accès à des pratiques sociales et culturelles plus valorisées par la société. Dès lors, on considère que la position sociale des cadres et des professions intellectuelles supérieures est plus élevée que celle des professions intermédiaires, cette dernière CSP occupant une position supérieure à celle des employés et ouvriers.

[conclusion de la partie et transition] Si à l'origine la nomenclature des CSP est une construction statistique, les sciences sociales l'ont utilisée pour définir la hiérarchie de la structure sociale. Cependant il existe d'autres critères de différenciation sociale.

MOT CLÉ
On peut définir la position sociale comme la place occupée par une personne ou un groupe de personnes dans la hiérarchie sociale. Généralement elle est déterminée par le statut professionnel.

CONSEIL
Distinguez bien la transition par une phrase séparée de chaque partie de votre développement

II. D'autres critères pour définir une structure sociale hiérarchisée

[introduction de la partie] La hiérarchie de la structure sociale dépend non seulement de l'appartenance à une CSP, mais également du genre et du lieu de résidence.

S'ÉCHAUFFER

1. Le genre

• Le genre crée un type de hiérarchie dans la structure sociale. Selon l'Insee, en 2015 en France, le revenu salarial mensuel moyen des femmes était inférieur à celui des hommes de près de 25 % (document 3). Ainsi, les femmes ont moins accès que les hommes aux ressources valorisées comme le revenu.

• On peut expliquer une partie des inégalités de revenus entre les hommes et les femmes par la nature des emplois occupés, résultat d'une division genrée du travail : aux femmes les tâches les moins valorisées socialement comme les activités domestiques, l'aide à la personne, etc. Mais cette explication n'est pas suffisante et ne reflète pas les évolutions récentes. En effet, alors que les femmes sont aujourd'hui plus diplômées que les hommes, elles n'ont pratiquement pas accès aux postes les plus élevés dans l'entreprise. Elles connaissent ainsi une véritable discrimination dans leur vie professionnelle.

MOT CLÉ
La discrimination est une différence de traitement de personnes ou de groupes sociaux en application de critères pourtant interdits par la loi : genre, origine ethnique, handicap.

2. Le lieu de résidence

• Le lieu de résidence apparaît également comme un facteur de hiérarchisation de la structure sociale. L'État, dans le cadre de la politique de la ville, distingue les quartiers prioritaires qui ont pour caractéristique principale une population ayant un faible revenu moyen par habitant. Celle-ci connaît, comparativement aux personnes vivant dans d'autres quartiers, de plus grandes difficultés à accéder à des ressources socialement valorisées. Le taux de scolarisation des 16-24 ans y est moins élevé, la part des emplois précaires plus importante (document 4).

• Dans ces quartiers prioritaires, les familles monoparentales sont aussi relativement plus nombreuses (document 4). Or, celles-ci ont le plus souvent des revenus moins élevés et des conditions de vie plus précaires. Si la composition de la famille peut être un instrument caractérisant la hiérarchie de la structure sociale, d'autres critères peuvent être utilisés pour différencier les groupes sociaux, notamment la position dans le cycle de vie en fonction de l'âge.

À NOTER
La politique de la ville est une politique menée par les pouvoirs publics pour maintenir la cohésion sociale dans les quartiers défavorisés.

[conclusion de la partie] Le genre et le lieu de résidence sont des critères de différenciation sociale : les femmes et les habitants des quartiers prioritaires occupent, le plus souvent, des positions sociales moins élevées dans la structure sociale aujourd'hui en France.

ÉTAPE 7 au propre

Rédiger la conclusion

15 min

La conclusion doit être rédigée avec soin. Elle fait le bilan de l'argumentation afin d'apporter une réponse à la problématique. Elle comporte également une ouverture vers d'autres questions en lien avec le sujet.

[bilan] Les CSP, construction statistique fondée sur la situation professionnelle, restent un instrument caractérisant une structure sociale hiérarchisée. Non seulement, elles regroupent des personnes ayant des propriétés sociales communes, mais l'appartenance à une CSP détermine également une position dans la hiérarchie sociale. Cependant, l'appartenance socioprofessionnelle n'est pas le seul critère de différenciation sociale. Le genre (homme-femme) et le lieu de résidence (quartier prioritaire ou non) en sont également des facteurs déterminants.
[ouverture] Aujourd'hui, l'espace social voit s'accentuer les inégalités, notamment celles existant au sein même des CSP. Or, cette évolution risque de remettre en cause la cohésion de la société.

ÉTAPE 8 au propre

Se relire

10 min

Il est indispensable de relire sa copie afin de corriger les fautes d'orthographe qu'une rédaction trop rapide au propre rend quasi inévitables.

2 La mobilisation des connaissances *étape* par *étape*

S'ÉCHAUFFER

Droits de propriété et croissance économique

30 min
4 points

Comment les droits de propriété favorisent-ils la croissance économique ?

ÉTAPE 1 au brouillon

Comprendre la question

10 min

Commencez par identifier le thème du programme auquel se rattache le sujet.

Il s'agit d'un sujet de science économique, portant sur le thème 1 du programme : « Quels sont les sources et les défis de la croissance économique ? »

Étudiez la formulation du sujet : définissez les notions et déterminez comment elles sont mises en relation.

Comment : *Le sujet est formulé sous la forme d'une question qui implique une analyse expliquant la relation entre deux notions.*

les droits de propriété : *Institution qui est un droit, garanti par l'État, de disposer d'un bien dans le cadre de la loi.*

favorisent-ils : *Le sujet implique de considérer les droits de propriété comme un facteur positif.*

la croissance économique : *Augmentation soutenue et durable des richesses créées dans une économie. Elle est mesurée par le taux de croissance du produit intérieur brut (PIB) réel.*

Précisez le champ temporel et spatial concerné.

Le sujet ne définit pas de champ temporel et spatial. Il faut donc répondre d'une manière générale et non en fonction d'une époque ou d'un pays.

ÉTAPE 2 au brouillon Rassembler ses connaissances

5 min

Recherchez dans le cours les éléments liant institutions et croissance économique. Partez des relations générales entre droits de propriété et croissance, pour affiner ensuite les mécanismes à l'œuvre.

Quel rôle jouent les droits de propriété dans la vie économique ?
→ Comment les droits de propriété créent-ils un climat de confiance ?
→ Les entrepreneurs sont-ils alors incités à développer leur activité ?
Par quels mécanismes les droits de propriété favorisent-ils la croissance économique ?
→ On détaillera le fonctionnement des brevets.
→ Quel est le lien entre brevets et innovation ?

ÉTAPE 3 au brouillon Déterminer les axes de la réponse

5 min

Le sujet étant de type analytique, chaque axe de votre réponse formule un argument mettant en relation les notions du sujet.

Axe I

Les droits de propriété sont une incitation à entreprendre et à investir, ce qui favorise la croissance économique

Axe II

Les droits de propriété favorisent l'innovation, facteur de croissance économique

ÉTAPE 4 au propre

Rédiger la réponse

10 min

S'ÉCHAUFFER

Structurez votre réponse sous forme de paragraphes bien distincts. N'oubliez pas de prévoir une introduction et une conclusion.

Introduction

[définition des notions du sujet] Le droit de propriété est une institution qui est un droit, garanti par l'État, de disposer d'un bien dans le cadre de la loi. La croissance économique représente l'augmentation soutenue et durable des richesses créées dans une économie. [rappel du sujet] La question est de savoir comment les droits de propriété favorisent la croissance économique.

CONSEIL
L'introduction doit définir les notions à mobiliser (droits de propriété et croissance économique) et rappeler le sujet.

Développement

Les droits de propriété présentent un cadre juridique qui favorise l'esprit d'entreprise. En effet, les entrepreneurs sont incités à investir car ils sont assurés de bénéficier des profits générés par leur travail. Si le droit de propriété n'est pas respecté, il est possible de faire appel à la justice. Le profit dégagé par l'activité de l'entreprise sera investi, d'où une accélération de la croissance économique.

Les droits de propriété encouragent l'innovation car celle-ci est protégée par les brevets. Ces derniers assurent aux entrepreneurs qui en sont détenteurs une situation de monopole, ce qui doit favoriser la hausse de leurs profits. Et l'innovation permet d'accroître les gains de productivité, source de croissance économique.

LÉGENDE
Argument
Explication

MOT CLÉ
Les brevets sont des droits de propriété sur des inventions qui garantissent aux innovateurs le monopole de leur exploitation.

Conclusion

Les droits de propriété offrent aux entrepreneurs un cadre juridique qui les incite à investir et à innover. Ces incitations favorisent la croissance économique.

CONSEIL
La conclusion résume les arguments des paragraphes.

3 L'étude de document *étape* par *étape*

Les déterminants de l'engagement

1 h
6 points

DOCUMENT **Répartition socioprofessionnelle des Gilets jaunes interviewés (en %)**

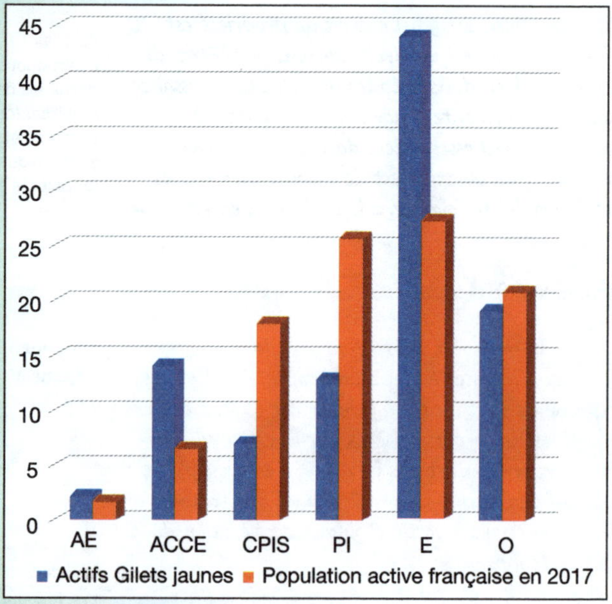

Source : Enquête *Gilets jaunes* réalisée auprès de 166 personnes les 24 novembre et 1er décembre 2018, *Le Monde*, 11 décembre 2018.

AE : agriculteurs-exploitants
ACCE : artisans, commerçants et chefs d'entreprise
CPIS : cadres et professions intellectuelles supérieures
PI : professions intermédiaires. E : employés. O : ouvriers

▶ **1.** Comparez le poids des employés parmi les Gilets jaunes et dans la population active.

▶ **2.** La répartition socioprofessionnelle des Gilets jaunes est-elle conforme au profil sociologique des personnes traditionnellement engagées ?

ÉTAPE 1 au brouillon — Analyser le sujet

20 min

Il faut d'abord identifier le **thème du programme** à partir du document et des deux questions posées.

Le mouvement social des Gilets jaunes évoque la question de l'engagement politique, qui relève du thème 5 du programme de sociologie et science politique « Comment expliquer l'engagement politique dans les sociétés démocratiques ? ». Il porte plus spécifiquement sur les variables sociales qui influencent l'engagement.

Étudiez **chacune des questions** et définissez-en les **mots clés** afin d'expliciter le travail attendu.

QUESTION 1

Comparez : Repérez dans le document deux données et effectuez un calcul pour mettre en évidence un écart.

Gilets jaunes : Mouvement social qui s'est développé en France au cours de l'hiver 2018, portant des revendications autour du pouvoir d'achat, des inégalités sociales et de la justice fiscale.

population active : Population qui occupe ou cherche un emploi.

QUESTION 2

La répartition socioprofessionnelle : Poids de chaque catégorie socioprofessionnelle (CSP) en pourcentage de l'ensemble de la population considérée.

personnes engagées : Participation personnelle à diverses actions pour porter collectivement des idéaux et des revendications.

conforme au profil sociologique : Il s'agit de comparer les caractéristiques sociologiques des Gilets jaunes avec celles des personnes qui s'engagent d'une façon générale.

ÉTAPE 2 au brouillon — Comprendre le document

10 min

Repérez sa **source**, son **auteur** éventuel, sa **date** de publication.

Le document présenté est issu d'une enquête menée auprès des Gilets jaunes, publiée le 11 décembre 2018 par Le Monde, considéré en France comme le quotidien national de référence.

Identifiez le **type de document statistique**, la **nature et la signification des données** qui y sont présentées.

- *Il s'agit d'un diagramme en bâtons construit avec des données exprimées en pourcentage.*
- *Ces données permettent de comparer la répartition socioprofessionnelle des Gilets jaunes interrogés et celle de la population active française.*

ÉTAPE 3 au brouillon — Préparer ses réponses

10 min

Établissez la méthode à mobiliser pour répondre à la **question 1**.

Quel est l'intérêt méthodologique de la comparaison demandée ?
→ On peut ainsi observer des CSP sous-représentées et d'autres sur-représentées au sein du groupe des Gilets jaunes interrogés.
Comment montrer ces catégories sur-représentées et sous-représentées ?
→ Ces constats peuvent être observés en relevant les différences de hauteur des bâtons de l'histogramme.
→ Ils doivent ensuite être établis par des calculs d'écarts absolus entre deux valeurs pour une même CSP.

Structurez la réponse à la **question 2**.

- *Il faut caractériser, données à l'appui, la répartition socioprofessionnelle des Gilets jaunes interrogés et la comparer à celle de la population active pour identifier les CSP sur- et sous-représentées.*
- *En s'appuyant sur le cours, on montre que le profil sociologique des Gilets jaunes diffère de celui des personnes engagées dans leur ensemble.*

ÉTAPE 4 au propre

Rédiger ses réponses

20 min

1. Les employés représentent près de 45 % des Gilets jaunes actifs interrogés, contre un peu plus de 25 % de la population active française en 2017.

2. [introduction] Une enquête statistique sur les Gilets jaunes a permis de mettre en évidence certaines spécificités sociologiques des personnes de ce mouvement social.

CONSEIL
En introduction, présentez brièvement le document sur lequel va s'appuyer votre développement.

Développement

La répartition socioprofessionnelle des Gilets jaunes est marquée par la forte présence des catégories populaires et moyennes – les trois quarts sont employés, ouvriers et professions intermédiaires – et la faible place des cadres (6 %). Les employés y sont sur-représentés (44 % contre 26 % dans la population active), tout comme les artisans-commerçants et chefs d'entreprise – des artisans-commerçants pour la plupart – (14 % contre 5 % dans la population active).

La structure socioprofessionnelle des Gilets jaunes qui apparaît ici n'est pas conforme aux caractéristiques sociologiques des personnes traditionnellement engagées. En effet celles-ci ont en moyenne un niveau de diplôme et de revenu élevé et appartiennent plus souvent à des catégories moyennes-supérieures (cadres et professions intellectuelles supérieures).

LÉGENDE
Argument
Explication
Illustration

MOT CLÉ
Une CSP sur-représentée parmi les Gilets jaunes signifie que son poids dans cette population est supérieur à son poids dans la population de référence (ici la population active).

Conclusion

On peut donc affirmer, au vu de cette enquête, que le mouvement des Gilets jaunes s'est largement appuyé sur une mobilisation de personnes qui ne correspondent pas au profil sociologique de celles habituellement engagées.

À NOTER
Il faut être prudent dans l'exploitation de l'enquête qui porte sur des effectifs limités. Les marges d'erreur statistiques peuvent donc être importantes.

Commerce international et inégalités

2 h 30
10 points

À l'aide de vos connaissances et du dossier documentaire, vous montrerez que le commerce international a des effets sur les inégalités entre les pays et au sein des pays.

Ce sujet comporte 3 documents. Pour les besoins liés à l'explication de la méthode du raisonnement, nous les avons placés à l'étape 3, p. 38 à 40.

ÉTAPE 1 au brouillon — Analyser les termes du sujet

10 min

Déterminez à quel thème du programme se rattache le sujet.

Il s'agit d'un sujet d'économie, portant sur le thème 2 du programme : « Quels sont les fondements du commerce international et de l'internationalisation de la production ? »

Étudiez la formulation du sujet : repérez les notions, définissez-les et observez comment le sujet les met en relation.

vous montrerez : *On vous demande d'expliquer les conséquences positives et négatives du commerce international.*

commerce international : *Échanges commerciaux de biens et de services entre pays.*

inégalités entre pays : *Écarts de niveaux de vie et de développement entre pays.*

inégalités au sein des pays : *Écarts de revenus entre les agents économiques à l'intérieur d'un pays.*

Précisez le champ temporel et spatial concerné.

Le champ spatial est défini par le sujet : il s'agit de tous les pays insérés dans le commerce mondial. Le champ temporel retenu est celui des documents, soit de 1980 à aujourd'hui.

Identifiez le type de sujet auquel vous avez affaire. Est-ce un sujet :
- analytique (présenter un phénomène) ?
- didactique (discuter une affirmation) ?

Ce sujet est ici de type analytique. Il s'agit d'analyser les conséquences positives et négatives du commerce international sur les inégalités.

ÉTAPE 2 au brouillon — Mobiliser ses connaissances

15 min

Seuls les notions et mécanismes figurant dans le programme sont attendus. Ici, il faut mobiliser ceux qui concernent les effets du commerce international à deux niveaux : entre les pays et à l'intérieur des pays.

Quels sont les effets du commerce international sur les inégalités entre les pays ?
→ Quel est le lien entre la hausse des débouchés et la croissance ?
→ On étudiera les effets positifs de la spécialisation internationale.
Quels sont les effets du commerce international sur les inégalités au sein des pays ?
→ On prendra en compte les revenus d'activité (salariée ou non) et du capital (dividendes, intérêts…).
→ Les effets du commerce international doivent être distingués selon le type d'agents économiques (salariés, cadres, dirigeants, actionnaires).

ÉTAPE 3 au brouillon

Exploiter les documents

25 min

- Les documents ne doivent pas borner votre réflexion : cette étape est donc postérieure à l'étude du sujet.
- Interrogez-vous et mobilisez vos connaissances pour bien exploiter les documents. Quelles informations retenir pour traiter le sujet ? Quels liens éventuels établir entre les documents ? Comment puis-je enrichir le dossier documentaire grâce à mes connaissances ?
- Il convient de lire correctement les données statistiques et de faire éventuellement quelques calculs simples pour mieux les exploiter.

DOCUMENT 1 **Évolution du PIB par habitant pour quelques pays entre 1980 et 2018 (indice base 100 = monde)**

	1980	1985	1990	1995	2000	2005	2010	2015	2018
France	231	235	252	261	269	255	234	215	206
Japon	194	221	256	267	247	235	215	205	198
Corée du Sud	63	83	114	156	172	184	193	188	n.r.
Chine	14	23	22	29	32	43	63	82	99
Brésil	147	133	121	126	114	106	109	95	83
Monde	**100**	**100**	**100**	**100**	**100**	**100**	**100**	**100**	**100**

Source : WID.world (Base de données mondiale sur les inégalités), mars 2020.

n.r. : non renseigné.

REMARQUE
L'indice de base, ramené à 100 pour chaque année, est celui du produit intérieur brut (PIB) par habitant mondial ; mais ce dernier n'est pas constant pour autant. Quand l'indice du PIB/habitant d'un pays diminue, cela signifie que l'écart de croissance par rapport au PIB mondial/habitant diminue et non pas que le PIB par habitant du pays baisse.

DOCUMENT 2 Inégalités nationales, inégalité mondiale

[Un double retournement est en cours. D'une part, après deux siècles de hausse continue, l'inégalité des niveaux de vie entre pays a commencé à décroître : si l'on vivait vingt fois mieux en France ou en Allemagne qu'en Chine et en Inde il y a vingt ans, l'écart a aujourd'hui diminué plus que de moitié. D'autre part, l'inégalité a augmenté au sein de nombreux pays, souvent après plusieurs décennies de stabilité. Ainsi aux États-Unis, l'inégalité est revenue aujourd'hui à un niveau jamais observé depuis un siècle. […] Parce que l'on a tendance à regarder autour de soi plutôt qu'au-delà des frontières, la montée des inégalités nationales a tendance à éclipser la baisse – pourtant incontestable – de l'inégalité mondiale.] […] Dès qu'on l'aborde sous ce double aspect national et international, la relation entre mondialisation et inégalités se révèle plus complexe qu'il n'y paraît. […] [Bien sûr, ces deux perspectives ne sont pas indépendantes. L'extension des échanges internationaux, la mobilité du capital et de la main-d'œuvre, la diffusion des innovations technologiques comblent peu à peu le fossé entre pays riches et pays en développement. Mais, en même temps, elles contribuent à modifier la répartition des revenus au sein même de ces économies. La croissance du commerce mondial explique que certaines lignes de production émigrent des pays les plus développés vers les pays émergents, que la demande de main-d'œuvre non qualifiée diminue dans les pays les plus avancés – entraînant une chute des rémunérations relatives –, que, partout dans le monde, le haut de la distribution des salaires s'aligne sur le pays où l'élite économique est la mieux rémunérée et que, partout aussi, les revenus du capital s'accroissent plus vite que ceux du travail.]

Source : François Bourguignon, *La Mondialisation de l'inégalité*, Seuil, 2012.

LÉGENDE

[1re partie : constat]

[2e partie : explications, facteurs]

- Idée principale du texte
- Baisse de l'inégalité entre pays
- Hausse des inégalités au sein des pays

DOCUMENT 3 **Évolution de la part du décile supérieur dans le revenu national dans quelques pays (1980-2018, en %)**

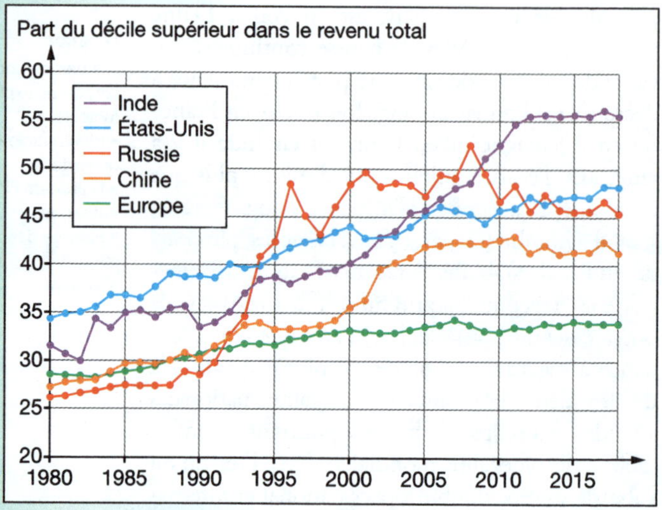

Source : http://piketty.pse.ens.fr/files/ideologie/pdf/G0.3.pdf.

Lecture : La part du décile supérieur (les 10 % des revenus les plus élevés) dans le revenu national total était de 26 % en 1980 en Russie.

REMARQUE

La lecture de ce graphique permet de mettre en évidence les inégalités de revenus : si les revenus étaient également répartis au sein de chaque pays, le décile supérieur percevrait 10 % du revenu national.

Au brouillon, regroupez les informations utiles pour traiter le sujet et ajoutez-y vos connaissances nécessaires.

Document 1

Ce tableau présente l'évolution du produit intérieur brut (PIB) par habitant de quelques pays de 1980 à 2018, par rapport au PIB par habitant au niveau mondial

Utilisation

Depuis 1980, on constate une baisse des écarts de PIB par habitant entre pays industrialisés et économies émergentes.

Connaissances

Les inégalités de niveaux de vie entre pays baissent.

Document 2

Ce texte, rédigé par un économiste, dresse un bilan contrasté de l'effet du commerce international sur les inégalités.

Utilisation

Les effets du commerce international sur les inégalités sont contrastés :
- baisse des inégalités entre pays
- hausse des inégalités internes dans les pays développés.

Connaissances

- Les inégalités entre pays diminuent nettement.
- Les inégalités internes augmentent : selon le niveau de qualification et le statut, les agents économiques ne vont pas tirer les mêmes revenus de la mondialisation des échanges.

Document 3

Ce graphique met en évidence les évolutions de la part du décile supérieur dans le revenu national de quelques pays et de l'Europe depuis 1980.

Utilisation

La part du revenu national détenue par le décile supérieur augmente dans tous les pays :
- dès 1980 (États-Unis, Europe),
- plus nettement à partir des années 1990 (Inde, Russie, Chine).

Connaissances

Les plus riches ont tendance à s'enrichir : ce phénomène est la conséquence de la hausse des revenus du capital détenus par une élite, par rapport à ceux du travail.

ÉTAPE 4 au brouillon — Déterminer les grands axes de la réponse

20 min

Formulez deux ou trois arguments permettant de répondre à la question posée : ils deviendront les axes de votre réponse.

Reprenez les questions posées à l'étape 2 et l'étude du dossier documentaire (étape 3) afin de faire ressortir les arguments principaux.

Argument 1

Les inégalités entre pays ont tendance à se réduire dans un contexte de mondialisation croissante.
Explication : La hausse des débouchés et la spécialisation des économies insérées dans le commerce mondial favorisent la croissance.
Illustration : Cette source de croissance permet aux pays émergents comme la Chine ou la Corée du Sud de combler leur retard.

Argument 2

Les inégalités au sein des pays insérés dans le commerce mondial s'accroissent.
Explication : L'essor du commerce mondial profite inégalement aux agents économiques.
Illustration : Ce sont les salariés les plus qualifiés ou encore les actionnaires et les dirigeants qui voient leurs revenus s'accroître le plus.

ÉTAPE 5 au propre — Rédiger l'introduction

15 min

Pour le raisonnement, les attentes en matière d'introduction sont moindres que pour la dissertation. Préparez-la tout de même au brouillon. Rédigez une phrase d'accroche, avant de faire figurer *a minima* les termes du sujet (mots clés) et l'annonce des étapes du raisonnement.

[accroche et définition des mots clés] Le commerce international, c'est-à-dire les échanges de biens et de services au niveau mondial, est en progression constante depuis la seconde moitié du XXe siècle. [reprise du sujet] Quelles en sont les conséquences sur les inégalités ? [étapes du raisonnement] Notre analyse se déploiera sur deux échelles. Nous montrerons que le commerce international conduit à une réduction des inégalités entre les pays [I], mais qu'il a tendance à accroître celles à l'intérieur des États [II].

ÉTAPE 6 au propre

Rédiger le développement

50 min

Le développement doit être structuré : il reprend les arguments énoncés dans l'introduction.

Une bonne copie est celle qui fait apparaître clairement la logique de l'argumentation (méthode AEI) : il faut énoncer l'idée principale en en-tête de paragraphe, la scinder en arguments secondaires (A), développer l'explication articulant mécanismes et notions (E), avant d'illustrer grâce au dossier documentaire (I).

I. Le commerce international, facteur de baisse des inégalités entre pays

Les échanges commerciaux sont facteurs de profit et de croissance. Conformément aux thèses favorables au libre-échange, le commerce international permet aux pays de se spécialiser dans la production pour laquelle ils ont un avantage comparatif ou des dotations factorielles ou technologiques favorables. Cette spécialisation est ainsi source de gains de productivité et de baisse des coûts de production, lesquels se conjuguent aux économies d'échelle liées à la hausse des débouchés.

LÉGENDE
Argument
Explication
Illustration

À NOTER
Les pays vont produire les biens qui nécessitent un usage intensif de facteurs de production abondants sur leur sol.

Cette mondialisation des échanges participe à diminuer les inégalités de développement entre pays. En effet, la croissance permet une hausse du niveau de vie, mesuré par le PIB par habitant. Alors qu'en Chine il était environ cinq fois plus faible que le niveau de vie moyen mondial en 1990, il lui est comparable en 2018 (document 1). La hausse du niveau de vie va ainsi contribuer à augmenter l'espérance de vie ou encore le niveau d'éducation. Un tel mécanisme est commun aux économies émergentes depuis une trentaine d'années – cela a été le cas également de la Corée du Sud.

II. Insertion dans le commerce international et augmentation des inégalités de revenus

L'insertion dans le commerce international profite inégalement aux firmes. Si la pression concurrentielle peut nuire aux industries insuffisamment compétitives, les firmes les plus productives peuvent, au contraire, à la fois mieux résister à la concurrence sur le marché intérieur et augmenter leurs débouchés à l'international. La conséquence en est une hausse de leur chiffre d'affaires et des revenus d'activité et du capital des actionnaires et des dirigeants. En Inde, les 10 % des revenus les plus élevés représentent 55 % du revenu national en 2018 contre 32 % en 1980 (document 3). Dans une moindre mesure, les inégalités de revenus s'accroissent également dans les pays développés : en Europe, entre les mêmes dates, 34 % du revenu national sont détenus par le décile supérieur contre 28 %.

MOT CLÉ
Les revenus qui rémunèrent les facteurs de production sont dits « primaires ». Ils englobent les revenus d'activité (salariée ou non) et les revenus du capital (dividendes, loyers, intérêts).

Les effets de la mondialisation sur les salariés sont contrastés. Les plus qualifiés, plus polyvalents et plus productifs, recherchés par les firmes multinationales, voient leurs revenus augmenter. A contrario, les peu qualifiés, dans les pays développés, peuvent subir du chômage en raison de la concurrence des pays émergents ou encore être condamnés à des emplois faiblement rémunérateurs. Cette polarisation des emplois favorise la hausse des inégalités internes de revenus (document 2).

À NOTER
La polarisation des emplois renvoie à l'accroissement de la part des emplois plus qualifiés et de ceux moins qualifiés et à la baisse de la proportion des emplois au milieu de l'échelle des qualifications.

ÉTAPE 7 au propre

Rédiger la conclusion

10 min

La conclusion doit synthétiser les arguments et répondre clairement au sujet (bilan). L'ouverture vers d'autres questions en lien avec le sujet n'est pas exigée, mais elle est appréciée par les correcteurs.

[bilan] *Les effets du commerce international sur la réduction des inégalités sont contradictoires : s'il y a une diminution des différences de niveaux de vie entre les pays, l'inégal partage du supplément de richesses accroît les inégalités intérieures.*
[ouverture possible] *Néanmoins le repli sur soi ne constitue pas la solution : les effets du protectionnisme peuvent être délétères sur les économies (mesures de rétorsion, perte de débouchés, hausse des prix, etc.).*

ÉTAPE 8 au propre

Se relire

5 min

Une rédaction claire et soignée est attendue : une relecture attentive est donc indispensable pour éliminer les fautes d'orthographe.

S'entraîner
sur chaque thème du programme

Économie

Sociologie

5

France métropolitaine, septembre 2021

MOBILISATION DES CONNAISSANCES

Croissance économique et limites écologiques

30 min
4 points

INTÉRÊT DU SUJET • Cyclones, inondations, incendies, sécheresses : la multiplication des catastrophes naturelles au cours de ces dernières années renforce les débats sur les limites écologiques de la croissance.

▶ À l'aide d'un exemple, vous montrerez que la croissance économique se heurte à des limites écologiques.

LES CLÉS DU SUJET

Définir les mots clés

• La **croissance économique** est l'augmentation des richesses créées mesurée par le taux de croissance du produit intérieur brut (PIB) réel.
• Les **limites écologiques** désignent la dégradation de l'environnement comme la pollution de l'air, la disparition de ressources naturelles, etc.

Structurer la réponse

• On expliquera en quoi **la croissance favorise le réchauffement climatique**, avec l'exemple des émissions de dioxyde de carbone (CO_2).
• On montrera que l'ampleur du réchauffement climatique remet en cause la possibilité d'une **croissance soutenable**.

5 CORRIGÉ GUIDÉ

Les titres des parties ne doivent pas figurer sur votre copie.

Introduction

La croissance économique, c'est-à-dire l'augmentation des richesses créées mesurée par la variation du produit intérieur brut (PIB) réel, connaît certaines limites, notamment écologiques, car elle a pour effet de dégrader l'environnement. Dès lors, une croissance trop rapide peut remettre en cause sa propre soutenabilité. On peut le montrer avec l'exemple des émissions de dioxyde de carbone (CO_2) qui provoquent le réchauffement climatique.

Développement

• Le CO_2 est un gaz que l'on retrouve dans l'atmosphère et qui participe à l'effet de serre. Il est produit naturellement par les organismes vivants. Cependant, de par leurs activités économiques, les êtres humains libèrent de plus en plus de CO_2 en consommant des combustibles fossiles (pétrole, charbon, gaz naturel) qui sont utilisés dans la production industrielle principalement. L'accélération de la croissance provoque ainsi une augmentation des émissions de CO_2.

• La hausse des émissions de CO_2 due à la croissance économique rend celle-ci difficilement soutenable. En effet, leur augmentation cause un effet de serre responsable du réchauffement climatique. Et la hausse des températures provoque des dégâts environnementaux qui ont des conséquences néfastes pour les populations : crises alimentaires, risques sanitaires, migrations forcées, etc. Dans de telles conditions, il ne sera pas possible d'assurer les besoins des générations futures.

> **MOT CLÉ**
> La croissance soutenable est la croissance qui permet de satisfaire les besoins des générations présentes et d'assurer l'amélioration du niveau de vie des générations futures.

Conclusion

La croissance est un objectif central de l'activité économique. Aujourd'hui, cette dernière est à l'origine d'importantes émissions de CO_2 qui sont responsables du réchauffement climatique. Dès lors, une telle croissance n'est plus soutenable.

S'ENTRAÎNER

Contribution des facteurs de production et de la PGF à la croissance

1 heure
6 points

INTÉRÊT DU SUJET • Pour les économistes, la croissance est l'objectif clé de l'activité économique. Il est donc important de savoir quels sont les facteurs qui peuvent contribuer à cette croissance.

DOCUMENT Contribution des facteurs de production et de la productivité globale des facteurs (PGF) à la croissance économique en 2017

Pays	Contribution des heures travaillées (en points de %)	Contribution du facteur capital (en points de %)	Contribution de la PGF (en points de %)	Taux de croissance économique (en %)
France	- 0,1	0,7	1,6	2,2
Allemagne	0,8	0,4	1,2	2,4
États-Unis	0,8	0,6	0,7	2,1
Espagne	2,1	0,6	0,8	3,5
Royaume-Uni	0,7	0,5	0,6	1,8
Japon	0,4	0,2	0	0,6

Source : OCDE, 2019.

▶ **1.** À l'aide des données du document, comparez la répartition des différentes contributions à la croissance économique de l'Allemagne et des États-Unis en 2017. *(2 points)*

▶ **2.** À l'aide des données du document et de vos connaissances, montrez que les contributions à la croissance ne se réduisent pas à la seule accumulation des facteurs de production. *(4 points)*

LES CLÉS DU SUJET

Définir les mots clés

• Les **facteurs de production** représentent les ressources durables utilisées et combinées par les entreprises dans la production.
• La **productivité globale des facteurs** (PGF) mesure l'efficacité des facteurs de production et de leur combinaison.

Comprendre le document

• Le document permet de **comparer le poids** des différents facteurs de production et de la PGF dans la croissance économique de six pays développés.
• L'unité est le **point de pourcentage** qu'il ne faut pas confondre avec un taux de croissance. La somme de ces points de pourcentage donne le niveau de croissance.

Structurer la réponse à la seconde question

• Les facteurs de production **travail et capital** ne suffisent pas à expliquer la totalité de la croissance
• La **PGF** représente une contribution majeure à la croissance et elle constitue un indicateur du progrès technique.

S'ENTRAÎNER

6 CORRIGÉ GUIDÉ

▶ **1.** En 2017, selon l'Organisation de coopération et de développement économiques (OCDE), le taux de croissance économique est de 2,4 % en Allemagne et de 2,1 % aux États-Unis, soit une différence de 0,3 point de pourcentage. En Allemagne, la quantité d'heures travaillées contribue à un tiers de la croissance et le facteur capital à un sixième. La moitié de la croissance allemande s'explique par la PGF : pour une croissance de 2,4 % la contribution de la PGF est de 1,2 point. Aux États-Unis, le poids de la PGF dans la croissance est moindre qu'en Allemagne, un tiers, tandis que les facteurs de production travail et capital comptent pour les deux tiers. On peut en conclure que le progrès technique joue un rôle plus important dans la croissance allemande.

▶ **2.** *Les titres des parties ne doivent pas figurer sur votre copie.*

Introduction

Ce document de l'Organisation de coopération et de développement économiques (OCDE) porte sur le poids des facteurs de production travail et capital ainsi que de la productivité globale des facteurs (PGF) dans la croissance économique en 2017 de six pays développés. La croissance est égale à la somme de ces contributions évaluées en points de pourcentage. Le document nous permet de vérifier que les facteurs travail et capital n'expliquent pas toute la croissance de ces pays.

À NOTER
L'OCDE est une organisation internationale qui regroupe des pays, le plus souvent développés, ayant en commun des gouvernements démocratiques et des économies de marché. Son rôle est consultatif.

Développement

• Pour produire, les entreprises combinent les ressources durables que sont le travail et le capital. Pendant longtemps, les économistes ont considéré que seuls ces facteurs de production travail et capital contribuaient à la croissance économique. D'ailleurs on constate que c'est le cas au Japon en 2017. Cependant, la situation apparaît différente dans d'autres pays développés. Ainsi, aux États-Unis et au Royaume-Uni, la contribution des facteurs travail et capital ne représente que les deux tiers de la croissance, et en Allemagne seulement la moitié.

• Il existe donc un résidu qui contribue à la croissance et qui vient s'ajouter aux contributions des facteurs travail et capital. Ce résidu est la productivité globale des facteurs que l'on assimile au progrès technique recouvrant les innovations de produits, de procédé et d'organisation. La PGF accroît l'efficacité de la combinaison productive et stimule la demande grâce au développement de nouvelles activités et de nouveaux produits.

Conclusion

La somme des contributions des facteurs de production travail et capital est insuffisante pour expliquer la croissance économique dans la plupart des pays développés en 2017. Il faut y ajouter la PGF qui est un indicateur du progrès technique.

7 Asie, mars 2021 • RAISONNEMENT

Progrès technique et inégalités des revenus

2 h 30
10 points

INTÉRÊT DU SUJET • Le progrès technique est souvent présenté comme la solution à tous les problèmes. Ce sujet permet pourtant de mettre en évidence l'une de ses limites sur l'activité économique.

▶ À l'aide de vos connaissances et du dossier documentaire, vous montrerez que le progrès technique peut engendrer des inégalités de revenus.

DOCUMENT 1 **Productivité du travail, rémunération moyenne et rémunération d'un salarié d'exécution aux États-Unis (en indices, base 100 en 1948)**

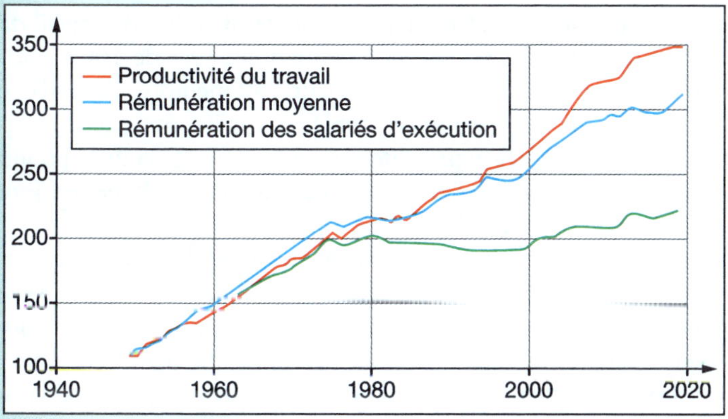

Source : National Bureau of Economic Research, « Productivité et rémunération : le lien est-il rompu ? », décembre 2017.

DOCUMENT 2 Salaire horaire moyen en livres au Royaume-Uni entre 2004 et 2016

Graphique A : Salaire horaire moyen par âge pour les travailleurs peu qualifiés des entreprises innovantes et non innovantes

Graphique B : Salaire horaire moyen par âge pour les travailleurs qualifiés des entreprises innovantes et non innovantes

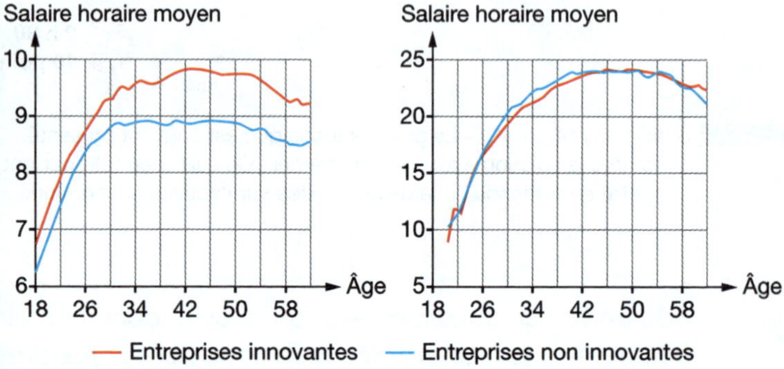

Source : www.banque-france.fr

DOCUMENT 3 Les effets de la pandémie de Covid-19 sur le marché du travail

La pandémie de Covid-19 dévaste les marchés du travail dans le monde entier. […] Selon nos estimations, près de 100 millions de travailleurs dans 35 de ces pays (sur 189 membres du FMI) pourraient être concernés par ce problème, car ils sont dans l'incapacité de télétravailler. Ils représentent en moyenne 15 % de la population active, mais des différences importantes sont observées en fonction des pays et des travailleurs.

Nous avons constaté des disparités considérables entre les pays même pour des professions identiques : il est beaucoup plus simple de télétravailler en Norvège et à Singapour qu'en Turquie, au Chili, au Mexique, en Équateur et au Pérou, simplement parce que, dans les pays émergents et les pays en développement, plus de la moitié des ménages n'ont même pas d'ordinateur chez eux.

Dans l'ensemble, les personnes qui travaillent dans le secteur alimentaire et celui de l'hébergement, ainsi que dans le commerce de gros et de détail, sont les plus touchées, car leurs emplois sont ceux qui se prêtent le moins au télétravail. Dans notre échantillon, plus de 20 millions de personnes travaillent dans ces secteurs et figurent donc parmi celles qui ont le plus de risques de perdre leur emploi. Mais certains travailleurs sont encore plus vulnérables que d'autres. Les travailleurs jeunes et les personnes qui n'ont pas fait d'études supérieures sont nettement moins susceptibles de télétravailler. Ce risque accru correspond aux caractéristiques d'âge des travailleurs dans les secteurs les plus durement touchés par les fermetures de sites et les mesures de distanciation sociale. […] Les femmes pourraient être particulièrement concernées, ce qui remettrait en cause certaines des avancées obtenues durant les dernières décennies en matière d'égalité des sexes. En effet, les femmes se concentrent de manière disproportionnée dans les secteurs les plus durement touchés comme les services de restauration et l'hébergement.

Source : FMI, www.imf.org, 2020.

LES CLÉS DU SUJET

Analyser les termes du sujet et mobiliser ses connaissances

Analyse du sujet

vous montrerez
On vous demande de constater les effets du progrès technique sur les inégalités de revenus.

progrès technique
Ensemble des innovations qui permettent de produire davantage avec la même quantité de travail et de capital.

engendrer
Vous devez montrer que le progrès technique crée des inégalités de revenus.

inégalités de revenus
Différences de revenus en fonction de leur source. On distingue le revenu du capital et le revenu du travail.

Exploiter les documents

• **Document 1.** Ce graphique permet d'établir des corrélations, aux États-Unis de 1948 à 2017, entre les évolutions de la **productivité**, de la **rémunération** moyenne et de celle des salariés d'exécution, ceux-ci étant les moins qualifiés. Quel lien peut-on constater entre la productivité et les rémunérations ? Comment évolue la rémunération des moins qualifiés par rapport à la rémunération moyenne ?

• **Document 2.** Ces graphiques permettent de comparer les salaires entre **entreprises innovantes et non innovantes** en fonction de l'âge et de la qualification, au Royaume-Uni entre 2004 et 2016. Comment évoluent les salaires selon l'âge et selon la qualification ? Le constat confirme-t-il celui du document 1 ?

• **Document 3.** Le texte porte sur les effets de la **pandémie de Covid-19** sur le marché du travail dans le monde. Il met en évidence les disparités que connaissent les travailleurs en fonction de leur capacité à télétravailler. Quels sont les travailleurs qui sont le plus touchés par la pandémie ? Quelle est la relation avec le progrès technique ?

Définir les arguments

Argument 1	Le progrès technique favorise les revenus du capital.
Argument 2	Le progrès technique augmente les inégalités salariales.

7 CORRIGÉ GUIDÉ

Les titres des parties ne doivent pas figurer sur votre copie.

Introduction

La faiblesse de certains revenus, notamment ceux des « premiers de corvée », a mis en évidence de profondes inégalités. Celles-ci concernent les différences de revenus du capital ainsi que ceux du travail. Le progrès technique, c'est-à-dire l'ensemble des innovations qui permettent de produire davantage avec la même quantité de travail et de capital, peut engendrer ces inégalités : tout d'abord en favorisant les revenus du capital, ensuite en accentuant les inégalités salariales.

I. Le progrès technique favorise les revenus du capital

> **▶ Le secret de fabrication**
> Aucun document ne fait référence de manière explicite aux revenus du capital, il faut donc utiliser vos connaissances personnelles ici.

• Le progrès technique a pour effet d'accroître la productivité entraînant une hausse de la valeur ajoutée. Celle-ci est répartie entre les travailleurs et les apporteurs de capitaux, soit les revenus du travail et les revenus du capital. La volonté d'encourager le progrès technique peut impliquer une hausse des revenus du capital supérieure à celle des revenus du travail.

> **MOT CLÉ**
> Les revenus du capital sont les intérêts dus aux créanciers, les dividendes versés aux détenteurs du capital, les loyers payés aux propriétaires de locaux.

• Le plus souvent, les innovations de procédé (nouvelles méthodes de production) favorisent la substitution de capital au travail, et la part de ce dernier dans la production tend à baisser du fait de la destruction d'emplois. Le progrès technique, en supprimant des emplois d'exécution, accroît ainsi la part des revenus rémunérant le capital et augmente les inégalités entre les travailleurs et les détenteurs de capitaux.

II. Le progrès technique accentue les inégalités salariales

• La hausse de la productivité liée aux innovations bénéficie surtout aux salariés les plus qualifiés. L'écart entre la rémunération moyenne et celle des salariés d'exécution tend ainsi à augmenter, notamment aux États-Unis depuis 1948 (document 1). De même, au Royaume-Uni, sur la période 2004-2016, les inégalités de salaires entre entreprises innovantes et non innovantes sont plus élevées suivant l'âge et la qualification (document 2).

• La pandémie de Covid-19 a accentué les inégalités salariales du fait notamment du progrès technique dans le domaine du numérique. En effet une solution pour continuer à travailler malgré les confinements a été le télétravail, nécessitant des équipements en ordinateurs. Or, tous les salariés ne peuvent pas télétravailler. C'est le cas des moins qualifiés, qui sont pour la plupart des salariés d'exécution, des jeunes et des femmes, ces dernières occupant souvent des emplois dans la restauration et l'hébergement, ainsi que des salariés des pays les moins développés (document 3).

> **À NOTER**
> Selon l'Insee, en France, pendant le confinement du 16 mars au 18 mai 2020, 47 % des personnes en emploi ont travaillé au moins une fois à leur domicile.

Conclusion

C'est un fait : le progrès technique accroît les inégalités de revenus. Les innovations de procédé favorisent la substitution de capital au travail, ce qui tend à augmenter les revenus du capital par rapport à ceux du travail. Cette substitution se fait de plus au détriment des salariés les moins qualifiés, creusant les écarts de rémunération entre ces derniers et les salariés qualifiés. Les confinements dus à la pandémie de Covid-19 n'ont fait que confirmer ces inégalités de revenus.

S'ENTRAÎNER

8 Sujet spécimen 2021 • RAISONNEMENT

Innovation et limites écologiques de la croissance

2 h 30
10 points

INTÉRÊT DU SUJET • La question du développement durable est au centre des préoccupations économiques aujourd'hui. D'où l'intérêt des réponses pour trouver des solutions !

À l'aide de vos connaissances et du dossier documentaire, vous montrerez comment l'innovation peut être une solution aux limites écologiques de la croissance économique.

DOCUMENT 1 **Évolution des dépenses nationales de recherche et développement (R&D) relatives à la protection de l'environnement en France (indices base 100 en 2006)**

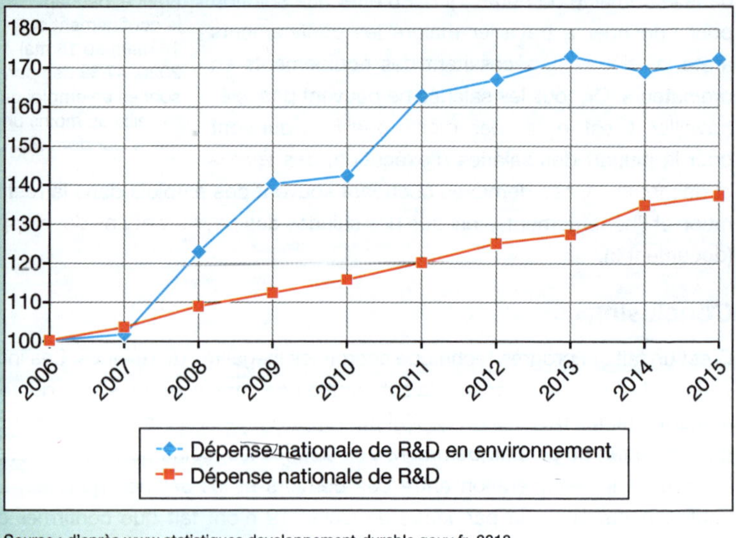

Source : d'après www.statistiques.developpement-durable.gouv.fr, 2018.

DOCUMENT 2 **La révolution énergétique**

Le consensus global qui s'est dégagé de différentes initiatives internationales comme l'Accord de Paris sur le climat en 2015 ou les Objectifs de développement durable des Nations unies (Objectif 7) a donné un nouvel élan à l'innovation dans le domaine de l'énergie à l'échelle mondiale, provoquant une tendance générale à l'abandon des combustibles fossiles au profit des énergies renouvelables en tant que source d'énergie primaire. En 2017, pour la première fois dans l'histoire, la capacité totale de production d'énergies renouvelables dans le monde a dépassé celle du charbon. Nous serions donc en pleine « révolution énergétique ». […]

Le défi qui se pose aux décideurs est le suivant : comment faire face à une augmentation de la demande d'énergie et à la nécessité de réduire les émissions de gaz à effet de serre tout en favorisant la croissance économique ? Pour trouver des solutions efficaces à ce problème complexe, il convient de revoir radicalement nos modes de production et de consommation en matière d'énergie. Aujourd'hui, la part des énergies renouvelables dans la production mondiale d'électricité est d'environ 15 %. En 2050, environ 85 % de la consommation mondiale d'énergie primaire devront provenir de sources d'énergie renouvelables. Pour atteindre cet objectif, il conviendra d'innover à tous les stades de la chaîne de valeur énergétique, tous secteurs confondus, et d'élaborer des politiques novatrices pour soutenir le déploiement et l'adoption rapides de technologies liées aux énergies renouvelables. […]

L'énergie solaire et l'énergie éolienne sont sans doute les deux formes d'énergie renouvelable les plus connues. Ces dernières années, la production d'énergie solaire photovoltaïque a fait des progrès substantiels en termes de rendement, d'accessibilité et de niveau d'utilisation, et elle représente aujourd'hui une solution de substitution concurrentielle par rapport aux combustibles fossiles. Grâce à l'innovation, l'énergie éolienne s'impose elle aussi comme une solution à la fois viable et compétitive, à tel point qu'elle compte aujourd'hui parmi les sources d'énergie renouvelable les moins onéreuses. Actuellement, quelque 24 pays comblent environ 5 % de leurs besoins énergétiques annuels grâce à l'énergie éolienne.

Source : Catherine Jewell, Division des communications, Organisation mondiale de la propriété intellectuelle, août 2018.

DOCUMENT 3 **Émissions de CO_2[1] des voitures neuves (gCO_2/km)[2], France métropolitaine, de 2007 à 2017[3]**

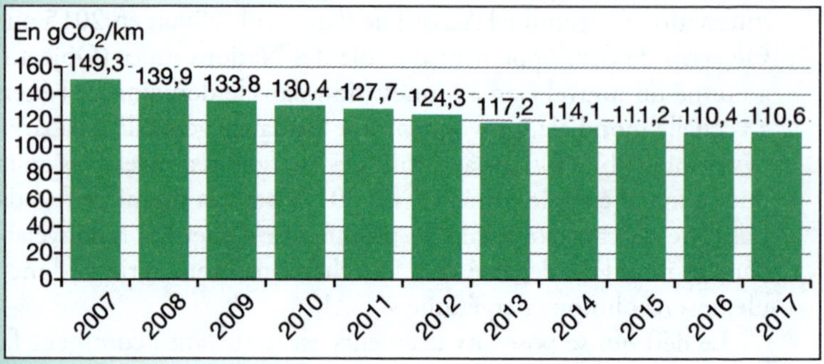

Source : d'après Services de la donnée et des études statistiques, *Répertoire statistique des véhicules routiers*, 2017.

1. CO_2 : dioxyde de carbone ou gaz carbonique, principal gaz à effet de serre.
2. gCO_2/km : gramme de CO_2 par kilomètre.
3. 2017 : émissions de CO_2 sur les huit premiers mois de l'année.

LES CLÉS DU SUJET

Analyser les termes du sujet et mobiliser ses connaissances

Analyse du sujet

vous montrerez
On vous demande d'expliquer en quoi l'innovation peut être une solution aux limites écologiques de la croissance économique.

innovation
Application industrielle et commerciale d'une invention.

solution
Acte (l'innovation) par lequel on résout une question (les limites écologiques).

limites écologiques
Les effets négatifs de l'activité économique sur l'environnement.

croissance
Augmentation des richesses créées dans une économie, mesurée par le taux de croissance du produit intérieur brut (PIB) réel.

S'ENTRAÎNER

Exploiter les documents

• **Document 1.** Les courbes du document permettent de constater l'évolution des dépenses nationales (en indices) en **recherche et développement** (R&D) pour la protection de l'environnement en France entre 2006 et 2015, et de la comparer avec celle des dépenses nationales en R&D. Comment se développent les dépenses de R&D en environnement ? Comment évoluent-elles comparé aux dépenses nationales de R&D ?

• **Document 2.** Le texte porte sur les énergies renouvelables et la place de l'**innovation** dans leur développement. Pourquoi faut-il favoriser les énergies renouvelables ? Quel rôle joue l'innovation dans le développement de ces dernières ?

• **Document 3.** Le diagramme en barres étudie l'évolution des **émissions de CO_2**, principal gaz à effet de serre, des voitures neuves en France métropolitaine entre 2007 et 2017. Comment évoluent ces émissions ? Quels en sont les effets sur l'environnement ?

Définir les arguments

Argument 1	Les conditions d'une croissance soutenable.
Argument 2	L'innovation, une solution afin de préserver l'environnement.

8 CORRIGÉ GUIDÉ

Les titres des parties ne doivent pas figurer sur votre copie.

Introduction

La croissance économique, c'est-à-dire l'augmentation des richesses créées, est de plus en plus confrontée au problème de la préservation de l'environnement. L'innovation, définie comme l'application économique et commerciale d'une invention, peut constituer une réponse face aux limites écologiques de la croissance. Pour le montrer, il faut d'abord envisager les conditions d'une croissance soutenable, puis montrer que l'innovation peut être une solution.

MOT CLÉ
La croissance soutenable est la croissance qui permet de satisfaire les besoins des générations présentes sans compromettre la capacité des générations futures à satisfaire les leurs.

I. Les conditions d'une croissance soutenable

> ▶ **Le secret de fabrication**
> Commencer par déterminer les conditions d'une croissance soutenable permet de mieux comprendre comment l'innovation peut favoriser cette dernière, et donc contribuer à préserver l'environnement.

• La croissance économique peut entraîner une hausse des émissions polluantes, notamment les gaz à effet de serre, et donc participer au réchauffement climatique. Elle peut également s'accompagner d'une surexploitation des ressources naturelles. Dès lors, la croissance n'est pas soutenable car les générations futures se verraient empêchées de satisfaire leurs besoins.

• La soutenabilité de la croissance suppose de maintenir constant le stock de capitaux transmis aux générations futures. Ce stock est composé de capital physique (machines), humain (connaissances, niveau de diplôme des actifs), institutionnel (maintien d'un État de droit) et naturel (ressources naturelles). Les partisans d'une soutenabilité faible considèrent que le capital naturel peut être remplacé par d'autres formes de capitaux.

II. L'innovation, une solution pour préserver l'environnement

• L'innovation est l'aboutissement du processus de recherche et développement (R&D). En France, entre 2006 et 2015, la R&D pour l'environnement occupe une place de plus en plus importante : les dépenses de R&D relatives à l'environnement augmentent ainsi de 72 % alors que les dépenses totales de R&D ne progressent que de 38 % environ (document 1).

• L'innovation peut permettre de mettre au point de nouvelles technologies plus économes en ressources naturelles. Ainsi, dans le domaine énergétique, sont développées les énergies renouvelables comme le solaire ou l'éolien (document 2). Dans le secteur automobile, l'innovation entraîne une baisse des émissions de CO_2 importante : près de 20 % en France métropolitaine (document 3).

> **CONSEIL**
> N'hésitez pas à effectuer des calculs à partir des données statistiques des documents : vous montrez ainsi que vous maîtrisez ces données.

Conclusion

Une croissance soutenable implique d'utiliser plusieurs types de capitaux : naturel, physique, humain, institutionnel. Le principe de soutenabilité faible défend l'idée qu'au capital naturel on peut substituer du capital physique et humain grâce à l'innovation. Celle-ci favorise le développement d'énergies renouvelables et freine les émissions de CO_2.

9 Sujet spécimen 2021 • DISSERTATION

Facteurs de production et croissance économique

4 heures
20 points

S'ENTRAÎNER

INTÉRÊT DU SUJET • La chute de la production provoquée par la Covid-19 et les effets sociaux de cette baisse impliquent de se pencher sur les sources de la croissance afin de favoriser une reprise de l'activité la plus rapide possible.

Les facteurs travail et capital sont-ils suffisants pour expliquer la croissance ?

DOCUMENT 1 Contribution en point de pourcentage à la croissance du PIB en 2017

	PIB (en %)	Heures travaillées totales[1]	Capital	Productivité globale des facteurs
France	2,2	– 0,1	0,7	1,6
Grèce	1,5	1,5	– 0,2	0,2
Corée du Sud	3,1	– 0,9	1,4	2,6
Allemagne	2,4	0,8	0,4	1,2
États-Unis	2,1	0,8	0,6	0,7

Source : d'après OCDE, 2019

1. Les heures travaillées correspondent au facteur travail.

DOCUMENT 2 L'intensité de la recherche et développement dans les pays de l'OCDE

L'intensité de la recherche et développement (R&D) (dépenses de R&D en pourcentage du produit intérieur brut, PIB) dans la zone OCDE[1] est passée de 2,34 % en 2017 à 2,38 en 2018. [...]

Cette hausse [...] a été tirée par une croissance réelle plus rapide des dépenses de R&D (+ 3,9 %) par rapport au PIB (+ 2,3 %). La zone OCDE n'a pas connu de croissance comparable des dépenses de R&D sur une période de deux ans depuis avant la crise financière mondiale de 2008. La croissance de l'intensité de la R&D était généralisée dans la majorité des pays de l'OCDE en 2018, les États-Unis, le Japon, l'Allemagne et la Corée représentant une grande partie de cette augmentation [...]. L'intensité de R&D dans la zone UE 28[2] a dépassé pour la première fois le seuil de 2 %, passant de 1,98 % à 2,03 %, en grande partie en raison des tendances en Allemagne, au Royaume-Uni et en Pologne. Israël et la Corée ont affiché les niveaux d'intensité de R&D les plus élevés parmi les pays de l'OCDE en 2018, à 4,9 % et 4,5 % du PIB. Les dépenses réelles de R&D dans la zone OCDE ont augmenté de 3,9 % en 2018, principalement sous l'effet du comportement des entreprises en matière de performance en matière de R&D, qui a représenté plus de 75 % de cette croissance. [...]

La position de la Chine en tant que deuxième producteur mondial de R&D est confirmée pour 2018.

Source : OCDE, 2020.

1. L'Organisation de coopération et de développement économiques réunit 37 pays en 2020, la plupart développés avec un système politique démocratique et une économie de marché.
2. L'UE 28 désigne l'ensemble des 28 membres de l'Union européenne entre 2013 et 2020.

DOCUMENT 3 **Indicateurs[1] de gouvernance[2] mondiaux en 2018**

	Norvège	Haïti	Allemagne	Chine
Lutte contre la corruption	2,1	– 1,3	1,9	– 0,3
Qualité de la réglementation	1,8	– 1,2	1,8	– 0,2
État de droit (respect des règles, compétences de la police et de la justice…)	2	– 1	1,6	– 0,2
Efficacité des pouvoirs publics (application de politiques favorables au développement…)	1,9	– 1,9	1,6	0,5

	Norvège	Haïti	Allemagne	Chine
Stabilité politique et absence de violence/terrorisme	1,1	– 0,6	0,6	– 0,3
Voix[3] et responsabilisation (sélection des gouvernants par les citoyens, liberté d'expression…)	1,7	– 0,7	1,4	– 1,4

Source : D'après Banque mondiale, données 2019.

1. Les indicateurs de la Banque mondiale varient de – 2,5 à 2,5 : plus la valeur est élevée, plus la gouvernance peut favoriser le développement.
2. Selon la Banque mondiale, la « bonne gouvernance est la manière avec laquelle le pouvoir est exercé dans la gestion publique des ressources économiques et sociales en vue du développement ». Elle se mesure par les six indicateurs du tableau.
3. Prise de parole citoyenne.

S'ENTRAÎNER

DOCUMENT 4 Les dépenses intérieures pour l'éducation (DIE) en France

	1980	2018 p
DIE en milliards d'euros	77,7	157,2
DIE/PIB (en %)	7,5	8,7
Dépense moyenne par élève (en euros)	4 770	8 810
Structure du financement (en %)		
État	67,90	57,40
Collectivités territoriales	14,30	23,40
Autres administrations publiques et Caisses d'allocations familiales	0,40	2,90
Entreprises	6,70	8,50
Ménages	10,70	7,80

Source : D'après *L'État de l'école 2019*, ministère de l'Éducation nationale, de la jeunesse et des sports, novembre 2019.

Note : 2018 p : données provisoires.
Champ : France métropolitaine + DOM.

LES CLÉS DU SUJET

Analyser la consigne et dégager une problématique

Analyse du sujet

facteur travail
Facteur de production représenté par les actifs occupant un emploi.

facteur capital
Facteur de production constitué par les moyens de production.

suffisants
D'autres facteurs peuvent expliquer le phénomène étudié.

expliquer
Revient à analyser les causes du phénomène étudié.

croissance
Augmentation des richesses créées dans une économie, mesurée par le taux de croissance du produit intérieur brut (PIB) réel.

• **Problématique.** La formulation du sujet incite à montrer que la contribution des facteurs travail et capital n'est pas suffisante pour expliquer la croissance économique car celle-ci a d'autres sources.

Exploiter les documents

• **Document 1.** Le tableau statistique permet de mesurer le poids des différents facteurs contribuant à la **croissance économique** dans cinq pays développés. Quelles sont les principales contributions à la croissance ? Qu'est-ce que la productivité globale des facteurs (PGF) ?

• **Document 2.** Ce texte porte sur l'évolution de l'intensité en **recherche et développement** (R&D) dans un certain nombre de pays de l'OCDE et en Chine. Comment évolue l'intensité en R&D ? Quels sont les effets sur la croissance économique ?

• **Document 3.** Les données du tableau touchent à la **gouvernance** de deux pays développés (Norvège et Allemagne), d'un pays émergent (Chine) et d'un pays pauvre (Haïti). Dans quels pays les indicateurs de gouvernance sont-ils les plus élevés ? Quelles relations entre ces indicateurs et la croissance économique ?

• **Document 4.** Les données du document permettent d'étudier l'évolution des **dépenses intérieures pour l'éducation** (DIE) en France entre 1980 et 2018. Comment évoluent les DIE en France ? Quels en sont les effets sur la croissance ?

Définir le plan

I. Le rôle des facteurs de production dans la croissance	• Quelle est la contribution du facteur travail dans la croissance (document 1) ? • Quelle est la contribution du facteur capital dans la croissance (document 1) ?
II. Les autres facteurs de la croissance	• Comment la productivité favorise-t-elle la croissance (documents 1 et 2) ? • Quel rôle jouent les institutions dans la croissance (documents 3 et 4) ?

9 CORRIGÉ GUIDÉ

Les titres des parties ne doivent pas figurer sur votre copie.

Introduction

[accroche] Les confinements provoqués par la Covid-19 ont provoqué une forte baisse du PIB dans un grand nombre de pays en 2020. La question de la reprise de la croissance, et de ses facteurs, se pose en 2021 alors que la pandémie est toujours présente. [présentation du sujet] Une partie de la réponse tient aux facteurs capital et travail, mais ceux-ci sont-ils suffisants pour expliquer la croissance ? Comme facteurs combinés dans le processus de production, le travail est représenté par les actifs occupant un emploi et le capital est constitué par les moyens de production. La croissance économique est l'augmentation soutenue et durable des richesses créées dans une économie mesurée par le taux de croissance du produit intérieur brut (PIB) réel. [problématique] Peut-on mettre en évidence d'autres facteurs que le travail et le capital pour expliquer la croissance économique ? [annonce du plan] Pour répondre à cette question, il faut d'abord montrer comment les facteurs travail et capital contribuent à la croissance, puis que d'autres facteurs doivent être mis en évidence.

▶ Le secret de fabrication

Si la formulation du sujet incite à s'intéresser à d'autres facteurs explicatifs de la croissance économique, vous ne pouvez pas faire l'impasse sur la contribution du travail et du capital à cette croissance, lesquels doivent faire l'objet de votre première partie.

I. La contribution des facteurs de production à la croissance

1. La contribution du facteur travail

• L'augmentation du nombre d'heures travaillées favorise la croissance économique. En effet, l'activité d'une économie nationale peut être représentée par une fonction de production qui établit une relation entre les quantités de facteurs de production travail et capital utilisées en fonction des techniques de production et le niveau de la production. Ainsi, si la quantité de travail augmente, la croissance économique s'en trouve accélérée.

• Cependant, selon l'Organisation de coopération et de développement économiques (OCDE), la contribution du travail à la croissance est, en 2017, différente selon les pays (document 1). Ainsi, elle est négative pour la France et la Corée du Sud alors qu'elle est positive pour l'Allemagne, les États-Unis, et surtout pour la Grèce où le travail fait augmenter la croissance de 1,5 point de pourcentage. Ces différences peuvent s'expliquer par des niveaux de productivité du travail différents suivant les pays.

2. La contribution du facteur capital

• Le capital est composé des moyens de production utilisés dans le processus de production. Son volume dépend de l'investissement. On constate l'effet positif du facteur capital dans la croissance sauf pour la Grèce. De plus, le pays ayant la plus forte croissance en 2017, la Corée du Sud, est également celui où le capital constitue la plus forte contribution à cette croissance (document 1).

À NOTER
Pour l'investissement dans les moyens de production, on parle de formation brute de capital fixe (FBCF).

• L'investissement en capital permet également d'utiliser des machines incorporant des innovations. Depuis les années 1980, les progrès des nouvelles technologies de l'information et de la communication (NTIC) améliorent l'efficacité du capital et favorisent la croissance économique.

II. Les autres sources de la croissance

1. La productivité globale des facteurs

• Les facteurs travail et capital ne sont pas les seules sources de la croissance économique. En France et en Corée du Sud par exemple, la productivité globale des facteurs (PGF) explique plus de la moitié de la croissance (document 1). La PGF est un indicateur de l'efficacité des facteurs de production mesurée par le rapport entre la production et le volume des facteurs de production utilisés.

• La progression de la PGF est liée au progrès technique. Celui-ci trouve son origine dans les innovations, de produits ou surtout de procédé, qui améliorent l'efficacité des facteurs de production. Ces innovations ont comme point de départ des inventions, résultats de la recherche et développement (R&D). Dans les pays de l'OCDE, l'intensité en R&D a augmenté entre 2017 et 2018. C'est également le cas pour la Chine (document 2).

2. L'État et les institutions du marché

• Le processus d'innovation, pour être efficace, nécessite une hausse de la qualification des salariés et plus généralement d'une amélioration du capital humain. L'État et les collectivités territoriales participent à cette amélioration en France en finançant un peu plus de 80 % des dépenses intérieures d'éducation (DIE), et celles-ci ont plus que doublé entre 1980 et 2018 (document 4).

MOT CLÉ
Le capital humain désigne l'ensemble des capacités physiques et intellectuelles des actifs occupant un emploi.

• La croissance économique nécessite une bonne gestion des ressources dont dispose un pays. Cette gestion implique des institutions, comme l'existence d'un État de droit, qui déterminent une plus ou moins bonne gouvernance « en vue du développement » (document 3). Or, on peut constater que plus les indicateurs de gouvernance sont élevés, plus le pays est développé. On peut toutefois nuancer cette relation avec l'exemple de la Chine qui a une mauvaise gouvernance, sauf concernant l'efficacité des pouvoirs publics, et une croissance élevée (document 3).

Conclusion

[bilan] Les facteurs de production travail et capital contribuent à la croissance économique. Un accroissement du volume de facteur travail grâce à une augmentation du nombre d'heures travaillées accélère la croissance ainsi qu'une hausse de la productivité du travail. L'investissement favorise l'accumulation de capital, augmentant le volume de ce facteur et améliorant la qualité des biens utilisés dans le processus de production. Cependant, il reste une part non expliquée de la croissance que l'on peut attribuer à la productivité globale des facteurs qui est un indicateur de l'efficacité des facteurs de production liée au progrès technique, résultat d'innovations. Celles-ci impliquent un effort de formation pris en charge, en grande partie, par l'État. Celui-ci, en tant qu'institution, doit respecter les règles d'une bonne gouvernance. [ouverture] La question qui se pose en 2021 est de savoir si ces facteurs contribuant à la croissance économique seront suffisants pour relancer l'économie mondiale après le choc de la pandémie de Covid-19.

Productivité et compétitivité

30 min
4 points

INTÉRÊT DU SUJET • La compétitivité est au cœur des discours gouvernementaux, qui y voient la condition de la croissance économique et de l'emploi, tirés par les exportations. Comment peut-elle alors être stimulée ?

Comment les gains de productivité peuvent-ils stimuler la compétitivité d'un pays ?

LES CLÉS DU SUJET

Définir les mots clés

• La **productivité** désigne l'efficacité avec laquelle une entreprise fabrique un produit.

• La **compétitivité** d'un pays désigne sa capacité à exporter ou à attirer des activités.

Structurer la réponse

• Nous montrerons d'abord que les gains de productivité des firmes stimulent leur **compétitivité-prix**.

• Nous expliquerons ensuite que ces gains de productivité permettent également de stimuler leur **compétitivité hors-prix**.

• Nous conclurons que plus la compétitivité-prix et hors-prix des firmes est élevée, plus les exportations d'un pays sont susceptibles d'être importantes ; et donc la **compétitivité du pays** forte.

10 CORRIGÉ GUIDÉ

Les titres des parties ne doivent pas figurer sur votre copie.

Introduction

La compétitivité d'un pays désigne sa capacité à exporter ou à attirer des activités. Les gains de productivité, c'est-à-dire d'efficacité productive, réalisés par ses entreprises peuvent stimuler à la fois la compétitivité-prix et la compétitivité hors-prix du pays.

Développement

- Lorsqu'une entreprise réalise des gains de productivité, elle réduit la quantité de facteurs (travail et capital) nécessaires pour produire une unité de bien ou de service. La baisse des coûts de production qui en résulte lui permet alors de diminuer ses prix sans réduire sa marge bénéficiaire. Une telle baisse de prix stimule ses exportations et donc la compétitivité-prix du pays où l'entreprise est localisée.

À NOTER
Attention à ne pas confondre productivité et production : la productivité s'obtient en divisant un indicateur de production par la quantité de facteurs utilisés.

- Les gains de productivité peuvent aussi stimuler la compétitivité hors-prix. En effet, les bénéfices qu'ils procurent aux firmes leur permettent de financer des dépenses de recherche et développement (R&D) et ainsi d'améliorer la qualité de leurs produits, ou d'en réaliser de nouveaux ; deux ressorts qui peuvent attirer une clientèle en quête de qualité et d'innovation.

Conclusion

Les gains de productivité, parce qu'ils permettent de réduire les prix et/ou d'augmenter les marges bénéficiaires et les investissements en R&D des entreprises, augmentent à la fois la compétitivité-prix et la compétitivité hors-prix des firmes. Leurs produits ont alors plus de chance d'être exportés, autrement dit la compétitivité du pays où elles sont localisées est stimulée.

11 Étude de document

Commerce international et croissance économique

1 heure
6 points

INTÉRÊT DU SUJET • Pour de nombreux gouvernants prônant le libre-échange, le commerce international est source de croissance économique. Est-il possible de mettre en évidence une corrélation entre les deux phénomènes ?

▶ **1.** Faites une phrase pour présenter la donnée correspondant à la courbe en pointillé bleue du document.

▶ **2.** Mettez en évidence un lien entre l'évolution du commerce des marchandises et celle du PIB au niveau mondial.

DOCUMENT **Croissance du volume du commerce des marchandises[1] et du PIB au niveau mondial, 2011-2020 (variation annuelle en %)**

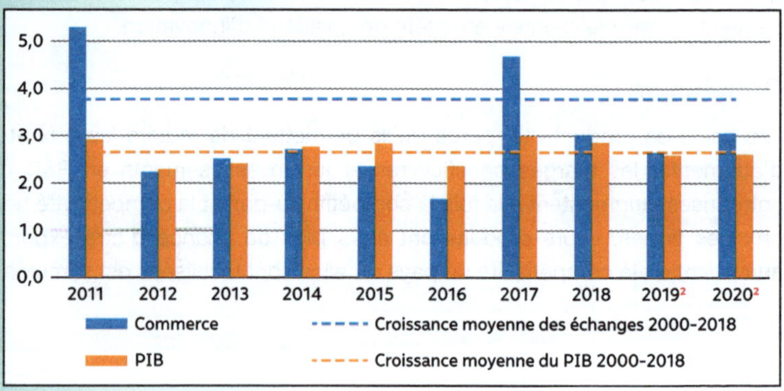

Sources : OMC et CNUCED pour le commerce, estimations consensuelles pour le PIB.

1. Le commerce des marchandises est mesuré par la moyenne des exportations et des importations.
2. Projections (pour les années 2019 et 2020).

LES CLÉS DU SUJET

Définir les mots clés

- Le **produit intérieur brut** (PIB) mondial mesure la production de biens et de services dans le monde pour une année donnée.
- Le terme **volume** signifie que l'évolution du commerce et celle du PIB sont mesurées sans tenir compte de la variation des prix.

Comprendre le document

Ce graphique classique permet d'observer une **corrélation positive** entre les variations du PIB mondial et du commerce des marchandises.

Structurer la réponse à la seconde question

- Vous pouvez, en introduction, présenter le document.
- Dans le développement, il faut, en s'appuyant sur les données du graphique, mettre en évidence une **corrélation positive** entre les deux variables observées et, éventuellement, les **variations d'intensité** de cette corrélation.

11 CORRIGÉ GUIDÉ

▶ **1.** Selon ce document, entre 2000 et 2018, le commerce mondial des marchandises a augmenté de 3,8 % en moyenne chaque année.

▶ **2.** *Les titres des parties ne doivent pas figurer sur votre copie.*

Introduction

Le document représente les variations du produit intérieur brut (PIB) et du commerce des marchandises au niveau mondial entre 2011 et 2020 (projections pour 2019 et 2020), en pourcentage chaque année, et en moyenne annuelle sur la période 2000-2018. Ces évolutions sont exprimées en volume, c'est-à-dire sans prendre en compte l'évolution des prix. Ce graphique permet de comparer l'évolution en volume de la production de biens et services et celle de la moyenne des exportations et importations mondiales.

Développement

• On observe une corrélation positive entre l'évolution en volume du PIB et celle du commerce des marchandises au niveau mondial. En effet, ces évolutions connaissent des variations parallèles de sens identique : lorsque l'une accélère, l'autre accélère également, et *vice versa*. Par exemple, entre 2011 et 2012, la croissance du PIB mondial en volume ralentit, passant de 2,9 à 2,3 % (– 0,6 point), conjointement à celle du commerce des marchandises (– 3 points). À l'inverse, entre 2016 et 2017, les deux accélèrent conjointement, respectivement de 0,6 et 3 points. Notons qu'en moyenne le commerce croît plus rapidement que le PIB (3,8 % contre 2,7 % chaque année entre 2000 et 2018).

MOT CLÉ
Deux variables sont corrélées si elles évoluent systématiquement dans le même sens (corrélation positive) ou dans des sens opposés (corrélation négative).

• La corrélation entre les deux variables est plus ou moins intense. Par exemple, bien que le ralentissement de la croissance en volume du commerce des marchandises ait été plus fort entre 2011 et 2012 (– 3 points) qu'entre 2015 et 2016 (– 0,6 point), celui du PIB mondial a été équivalent durant ces deux périodes (– 0,6 point).

Conclusion

S'il n'est pas possible de conclure à l'existence d'une causalité entre les deux variables sur la base de ce seul document, celui-ci indique néanmoins une corrélation positive entre les évolutions en volume du commerce des marchandises et du PIB au niveau mondial.

Chaînes de valeur mondiales

2 h 30
10 points

INTÉRÊT DU SUJET • De nos jours, le commerce international est principalement un commerce de biens intermédiaires qui s'organise par la mondialisation des chaînes de valeur. Il est donc utile de comprendre ce phénomène, notamment en analysant les facteurs qui ont permis son essor.

À l'aide de vos connaissances et du dossier documentaire, vous montrerez que la mondialisation des chaînes de valeur s'explique par des facteurs techniques et politiques, et par les stratégies des firmes multinationales.

DOCUMENT 1 Les stratégies d'organisation des chaînes de valeur mondiales

La décision de localisation de tout ou partie de la production dans un pays étranger, que ce soit pour se rapprocher de la demande ou bénéficier de biens intermédiaires moins chers, n'implique pas nécessairement d'intégrer cette activité dans le giron de l'entreprise. Toute une gamme de contrats est, en effet, envisageable pour encadrer cette production. La sous-traitance permet ainsi d'externaliser des segments de la production à des entreprises tierces tout en encadrant strictement le processus de production. [...] Deux exemples permettent d'éclairer ces différentes stratégies d'organisation des chaînes mondiales de production des multinationales. D'un côté, Apple qui fait assembler ses iPhone en Chine par une entreprise contractante taïwanaise, Foxconn, à partir de composants produits partout dans le monde et largement par des entreprises extérieures au groupe Apple. En 2013, environ un tiers du million de travailleurs de Foxconn en Chine travaillaient ainsi à la production de l'iPhone 5S, sans qu'un quelconque lien capitalistique unisse les deux entreprises. De l'autre, le fabricant de puces Intel, qui a investi 330 millions de dollars au Costa Rica dans une usine d'assemblage, utilisant essentiellement des composants produits par d'autres filiales du groupe. Neuf ans après, en 2006, Intel employait 3 500 travailleurs au Costa Rica et réalisait près de 5 % du PIB et 20 % des exportations du pays.

Source : *L'Économie mondiale 2019*, CEPII, 2018.

DOCUMENT 2 Évolution du coût des transports et des communications

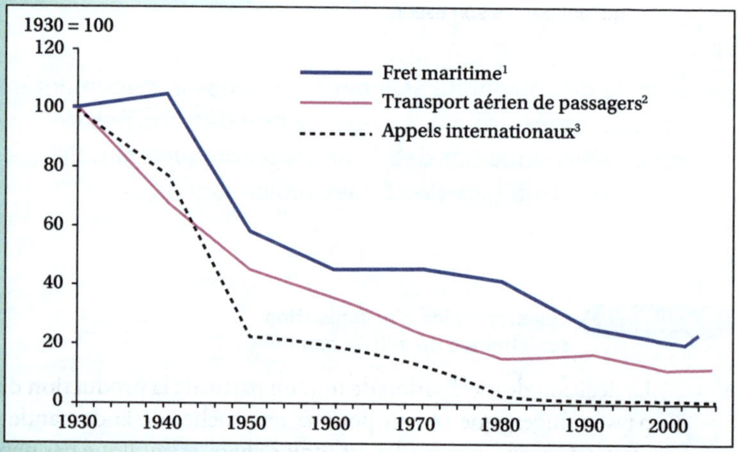

Source : Perspectives économiques de l'OCDE, 2005.

1. Taux moyen du fret international, par tonne.
2. Recettes moyennes des compagnies aériennes par passager-mille jusqu'en 2000, raccordées pour les années suivantes au tarif du transport aérien de passagers vers les États-Unis.
3. Prix d'une communication de 3 minutes entre New York et Londres.

DOCUMENT 3 **Participation moyenne à la chaîne de valeur mondiale[1] et droits de douane[2]**

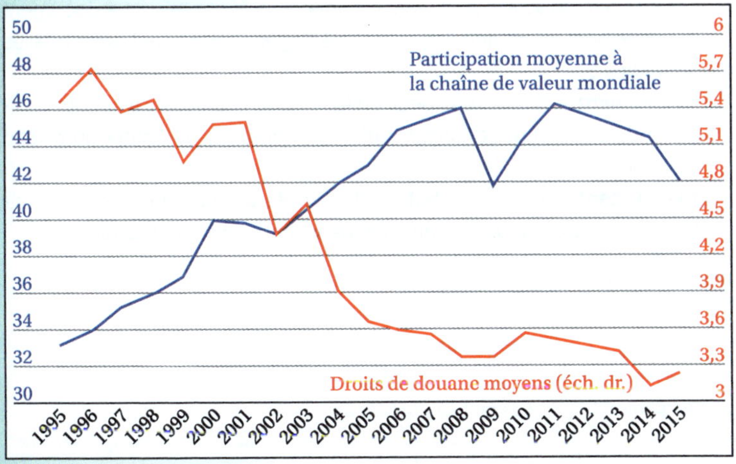

Source : OCDE, Banque mondiale, calculs des services du FMI.

1. La participation moyenne à la chaîne de valeur mondiale représente la part des chaînes de valeur mondiales dans les exportations mondiales (échelle de gauche, en %).
2. Les droits de douane portent sur les secteurs agricole, minier et manufacturier (échelle de droite, en %).

LES CLÉS DU SUJET

Analyser les termes du sujet et mobiliser ses connaissances

chaîne de valeur
Ensemble des activités nécessaires pour mettre un produit sur le marché, depuis sa conception jusqu'à sa livraison.

mondialisation des chaînes de valeur
Réalisation dans plusieurs pays des différentes activités des chaînes de valeur.

Analyse du sujet

s'explique
Vous devez indiquer les causes de la mondialisation des chaînes de valeur.

Exploiter les documents

• **Document 1.** Ce texte mentionne des **acteurs clés** de l'organisation des chaînes de valeur au niveau mondial : quels sont-ils ? Le document présente également deux stratégies déployées par ces acteurs : quelles sont-elles ?

• **Document 2.** Quels liens peut-on faire entre la **baisse des coûts** qu'illustre ce document et l'**organisation des chaînes de valeur** au niveau mondial ?

• **Document 3.** En quoi la **baisse des droits de douane** peut-elle avoir favorisé l'organisation des chaînes de valeur au niveau mondial ?

Définir les arguments

Argument 1	Les facteurs techniques
Argument 2	Les facteurs politiques
Argument 3	Le rôle des firmes multinationales (FMN)

12 CORRIGÉ GUIDÉ

Les titres de parties ne doivent pas figurer sur votre copie.

Introduction

De nos jours, le commerce international est principalement un commerce de biens et de services intermédiaires, dû à la mondialisation des chaînes de valeur, c'est-à-dire la répartition entre plusieurs pays des différentes étapes de réalisation d'un produit fini. Nous montrerons que ce phénomène s'explique par des facteurs techniques et politiques, mais également par le rôle qu'y jouent les firmes multinationales.

I. Les facteurs techniques et politiques

1. L'évolution des technologies

• Avec le progrès technique dans les secteurs des transports et des communications, l'acheminement de marchandises est devenu moins coûteux. Le taux moyen du fret maritime s'est ainsi réduit de 80 % entre 1930 et 2000, et le prix des télécommunications est devenu presque nul (document 2).

• L'évolution des techniques de production a permis la décomposition et la standardisation des étapes de la fabrication, qui peuvent alors être confiées à des unités distinctes, situées dans différents pays.

2. Le libre-échange

• Pour que des composants puissent se déplacer jusqu'à former un produit fini, les pays doivent pratiquer le libre-échange, c'est-à-dire réduire les entraves au commerce international.

• Le GATT à partir de 1947, puis l'OMC, ou la constitution de grands marchés régionaux (Union européenne, Mercosur, Alena, etc.) ont favorisé cette ouverture. La baisse de 2,5 points de pourcentage des droits de douane entre 1995 et 2015 s'accompagne ainsi d'une hausse de 9 points de la part de la chaîne de valeur mondiale (CVM) dans les exportations (document 3).

> **CONSEIL**
> Il faut mentionner explicitement le lien entre vos arguments et le sujet, ici l'organisation mondiale de la production.

II. Le rôle des firmes multinationales (FMN)

1. L'organisation des CVM

• Les FMN tirent parti de ces évolutions pour organiser leur production au niveau mondial. Des investissements directs à l'étranger leur permettent ainsi de contrôler des unités de production dans différents pays choisis pour leur compétitivité. C'est le choix fait par Intel (document 1).

• Les firmes multinationales peuvent également recourir à l'externalisation : elles renoncent alors au contrôle d'une étape de la production au profit d'entreprises sous-traitantes étrangères, ainsi Apple pour la fabrication de ses iPhone (document 1).

2. Les stratégies conduisant aux CVM

• Une FMN peut répartir les étapes de la production pour tirer parti des avantages comparatifs des pays dûs à une plus grande productivité relative de leurs facteurs de production, et à leurs dotations factorielles.

• D'autres facteurs peuvent inciter une FMN à localiser une étape de la production dans un pays : économies d'échelle en concentrant une étape sur une unité de production ; avantages socio fiscaux, etc.

Conclusion

Le développement des CVM a donc de nombreux facteurs déterminants : des innovations dans les secteurs des transports et des communications aux accords de libre-échange, en passant par les stratégies de localisation des FMN. Avec le regain de protectionnisme et la hausse des salaires dans les pays en développement, ce mouvement est-il voué à se prolonger ?

S'ENTRAÎNER

13 Dissertation

Les fondements du commerce international

4 heures
20 points

INTÉRÊT DU SUJET • Ce sujet permet de mobiliser l'ensemble des connaissances sur les fondements du commerce international et de l'internationalisation de la production.

Quels sont les fondements du commerce international ?

DOCUMENT 1 Exportations et importations de biens et services de la France (en milliards d'euros)

	Exportations		Importations	
	2015	2018	2015	2018
Agriculture, sylviculture et pêche	**16,3**	**15,4**	**13,2**	**14,3**
Industrie manufacturière, industries extractives et autres	**453,4**	**502,0**	**496,7**	**560,3**
Industries extractives, énergie, eau, gestion des déchets et dépollution	9,8	12,0	37,8	43,8
Fabrication de denrées alimentaires, de boissons et de produits à base de tabac	45,3	48,4	38,7	42,5
Cokéfaction et raffinage	12,3	13,8	21,1	24,2
Fabrication d'équipement électrique, électronique, informatique ; fabrication de machines	87,0	91,0	109,4	120,0
Fabrication de matériels de transport	111,2	129,9	82,0	102,6
Fabrication d'autres produits industriels	187,9	206,9	207,7	227,2
Services principalement marchands	**149,8**	**162,5**	**155,3**	**159,0**
Commerce ; réparation d'automobiles et de motocycles	6,5	6,5	9,8	8,7
Transports et entreposage	32,6	36,1	43,6	48,6
Information et communication	18,5	20,4	18,5	21,3
Activités financières et d'assurance	12,9	14,7	6,1	6,0

	Exportations		Importations	
	2015	2018	2015	2018
Activités scientifiques et techniques ; services administratifs et de soutien	75,2	80,3	74,2	71,3
Autres services	4,2	4,6	3,0	3,1
Services principalement non marchands[1]	**0,9**	**0,9**	**0,8**	**0,9**
Total	**672,6**	**737,4**	**685,0**	**755,6**

Source : *Tableaux de l'économie française*, Insee, février 2020.

1. Regroupement « Administration publique, enseignement, santé humaine et action sociale ».

DOCUMENT 2 Volume du commerce mondial des marchandises et PIB réel mondial (en indices base 100 en 2008)

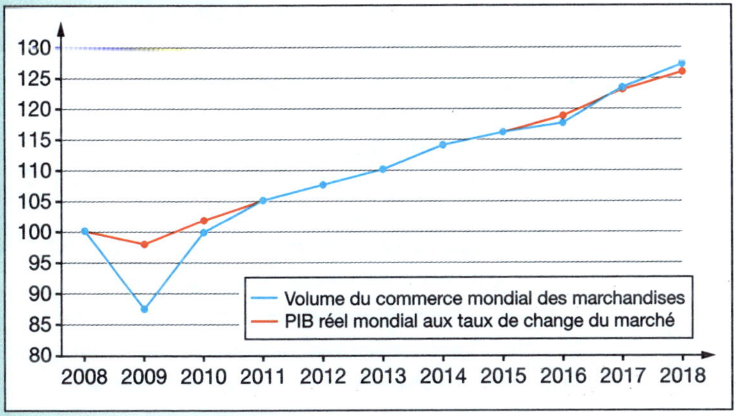

Source : *Rapport mondial sur le commerce*, OMC, 2019.

DOCUMENT 3 Les échanges entre la France et le Qatar (2018)

Principaux produits exportés vers le Qatar	Part dans les exportations (%)
1. Aéronefs et engins spatiaux	77,0
2. Tubes et tuyaux en acier	2,1
3. Parfums et produits de toilette	1,9
4. Préparations pharmaceutiques	1,2
5. Articles de joaillerie et bijouterie	1,1

Principaux produits importés depuis le Qatar	Part dans les importations (%)
1. Gaz naturel	57,6
2. Produits du raffinage du pétrole	28,5
3. Autres produits chimiques	9,5
4. Matières plastiques	2,9
5. Autres produits manufacturés	0,4

Source : « Les échanges commerciaux entre la France et le Qatar en 2018 », direction générale du Trésor, février 2019.

DOCUMENT 4 **Parts de la valeur ajoutée domestique et étrangère en pourcentage de la valeur des exportations de biens et de services en 2016**

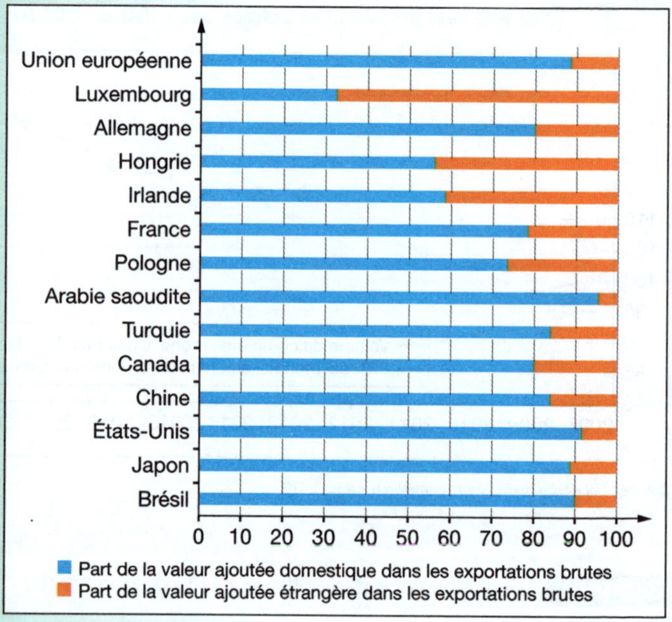

Source : Données OCDE, 2020.

Note : La valeur ajoutée domestique des exportations brutes est une estimation de la valeur de la production de biens et services destinés à l'exportation et réalisée par l'économie locale. Plus cette part est faible et plus le pays a eu besoin d'importer des biens et des services, incorporant ainsi de la valeur ajoutée étrangère à la production exportée.

LES CLÉS DU SUJET

Analyser la consigne et dégager une problématique

Analyse du sujet

- **quels sont**
  Utilisez les documents afin de trouver des illustrations en lien avec les mécanismes et notions mobilisés
- **fondements**
  Facteurs ou déterminants à l'origine du développement du commerce international.
- **commerce international**
  Échanges commerciaux faits d'importations et d'exportations de biens et de services entre pays.

• **Problématique.** Le sujet invite à rechercher les différentes causes du commerce international. On peut ainsi distinguer les facteurs qui expliquent les échanges entre pays différents et ceux qui concernent des pays comparables, tout en s'interrogeant sur le rôle des agents économiques : pays, firmes et consommateurs.

Exploiter les documents

• **Document 1.** Quels types de biens et services sont principalement exportés et importés par la France en 2015 et en 2018 ? Quels sont les produits pour lesquels la France exporte plus qu'elle n'importe ? Quels sont ceux qui font l'objet d'échanges interbranches ? Qu'en déduire ?

• **Document 2.** À quel rythme ont évolué le commerce mondial de marchandises et le produit intérieur brut (PIB) réel mondial depuis 2008 ? Quels liens peut-on établir entre les deux évolutions ?

• **Document 3.** En quoi la nature des échanges croisés entre la France et le Qatar nous renseigne-t-elle sur les avantages comparatifs et la spécialisation des deux pays ?

• **Document 4.** Comparez les parts de la valeur ajoutée étrangère dans la valeur des exportations brutes de différents pays présentés. Quels liens peut-on établir avec l'internationalisation de la production et les stratégies des firmes ?

Définir le plan

I. Un commerce international permis par les différences entre les économies	• Quel rôle jouent les dotations factorielles dans les échanges (documents 1 et 3) ? • Quel en est l'impact sur les économies (document 2) ? • Quels sont les liens entre les avantages comparatifs et la fragmentation de la chaîne de valeur (document 4) ?
II. Un commerce mondial en essor grâce aux échanges entre économies semblables	• Montrez qu'il existe des échanges intrabranches (document 1). • Quels avantages en retirent les pays dont les économies sont comparables ? • En quoi l'internationalisation de la chaîne de valeur peut-elle expliquer une partie de ce commerce mondial (document 4) ?

13 CORRIGÉ **GUIDÉ**

Les titres des parties ne doivent pas figurer sur votre copie.

Introduction

[accroche] Bien qu'il marque le pas à la suite de la crise de 2008, le commerce international a tendance à croître fortement depuis une cinquantaine d'années. [présentation du sujet] Entendu au sens large comme l'ensemble des échanges internationaux de matières premières, de produits semi-finis, de produits finis mais aussi de services, il a été encouragé par les organisations internationales et les États, majoritairement favorables au libre-échange après la fin de la Seconde Guerre mondiale. [problématique] Il convient de s'interroger sur les multiples facteurs qui expliquent à la fois l'importance de ce commerce mondial mais aussi, sur le long terme, son développement. [annonce du plan] En premier lieu, nous analyserons les facteurs des échanges entre économies différentes, puis, en second lieu, nous expliquerons l'essor du commerce entre économies semblables.

▶ Le secret de fabrication

Il convient de bien départager les facteurs du commerce mondial entre ceux qui concernent les économies semblables et ceux qui ont lieu entre des économies différentes. L'internationalisation des chaînes de valeur est un argument qui peut figurer dans les deux parties, mais les mécanismes et illustrations ne sont alors pas les mêmes.

I. Commerce international et différences entre économies

1. La thèse des avantages comparatifs

• Au XIXe siècle, David Ricardo, un économiste classique anglais, a théorisé les bienfaits du libre-échange. Il prend l'exemple de l'Angleterre et du Portugal qui ont chacun un plus grand avantage comparatif à produire respectivement du drap et du vin. Chaque pays se spécialise alors dans la production dans laquelle il est relativement le plus productif et importe les biens qu'il ne produit pas.

• Au XXe siècle, d'autres économistes ont enrichi les travaux de Ricardo en expliquant les échanges internationaux par d'inégales dotations factorielles. Certains pays ont un facteur de production plus abondant qu'ils pourront se procurer à moindre coût. Ils ont alors intérêt à se spécialiser dans les productions utilisant intensément le facteur de production abondant et à importer les autres productions.

2. La spécialisation des économies à la base du commerce international

• Les pays qui se spécialisent vont donc exporter les biens ou services pour lesquels ils bénéficient d'avantages comparatifs en termes de productivité ou de dotations factorielles. Ils vont donc réaliser des échanges interbranches. Par exemple, les importations de la France en provenance du Qatar, dont le sous-sol regorge d'hydrocarbures, sont constituées à 86,1 % de gaz naturel et de produits pétroliers (document 3). Mais les avantages comparatifs peuvent également se construire : on parle alors de dotations technologiques. La France a ainsi fait de certaines de ses industries de véritables « fers de lance » de son économie. C'est le cas de l'aéronautique : en 2018, 77 % de ses exportations à destination du Qatar concernent des aéronefs et engins spatiaux (document 3). Et environ 25 % de ses exportations industrielles totales sont constituées de matériels de transport (document 1).

> **MOT CLÉ**
> Les services sont les secteurs du transport, du tourisme, du commerce, de l'assurance ou de l'information-communication. Leur part dans les échanges internationaux connaît un essor important.

• Les firmes s'appuient sur la spécialisation des territoires pour localiser leur production : elles vont ainsi profiter des avantages comparatifs à chaque stade de la production, d'autant que les coûts de transport baissent. La fragmentation croissante de la chaîne de valeur qui en résulte donne naissance à une hausse du commerce de produits semi-finis. L'examen de la valeur ajoutée de la production destinée à l'exportation montre ainsi qu'une partie est imputable aux importations : c'est le cas, en 2016, de 40 % des biens et services exportés par l'Irlande (document 4).

3. Le commerce mondial, source de multiples avantages

• Ricardo a démontré que les pays qui se spécialisaient réalisaient un gain en commerçant entre eux. Les échanges internationaux sont depuis considérés comme un moteur essentiel de la croissance. Depuis 2008, le commerce mondial de marchandises et le PIB mondial évoluent de manière parallèle : ils ont tous deux augmenté de 25 % environ en dix ans, tandis que le tassement du PIB mondial qui a suivi la crise de 2008 s'est accompagné d'une baisse de 12 % du commerce mondial de biens (document 2).

• En se tournant vers le commerce international, les firmes peuvent profiter d'une diminution des coûts de production liée aux avantages comparatifs. Elles peuvent ainsi améliorer leur compétitivité-prix. Les ménages vont pouvoir profiter d'une baisse des prix, qui alimente la demande. À l'échelle macro-économique, les avantages qui en résultent favorisent la croissance.

II. Un commerce mondial favorisé par les échanges entre économies semblables

1. De nombreux échanges entre économies comparables

• Depuis la création du GATT en 1947, remplacé par l'OMC en 1995, les accords de libre-échange se multiplient. On voit alors croître les échanges dits intra-zone, concernant des pays proches géographiquement et parfois économiquement. L'élargissement des marchés permet aux firmes de réaliser des économies d'échelle et de gagner en compétitivité-prix.

> **▶ Le conseil de méthode**
>
> Les documents sont tous factuels dans une dissertation. Il convient donc de se poser des questions sur l'usage des données. Demandez-vous à chaque fois quel est l'intérêt du document, en rapport avec la question. Ce sont vos connaissances et la bonne compréhension du sujet qui vont vous permettre d'exploiter au mieux les statistiques. Ici les exportations et importations françaises sont rapprochées de la notion d'échanges intrabranches.

• Les échanges peuvent concerner un même type de produits : on parle alors d'échanges intrabranches. En 2018, la France exporte des produits agricoles et de la pêche et en importe également pour des montants relativement proches. Il en est de même pour les matériels de transport (document 1).

2. La recherche de différenciation des produits

• Dans un contexte de mondialisation accrue, les firmes vont essayer de se soustraire à la concurrence en menant des stratégies de différenciation de produits, source de compétitivité hors-prix. La mise sur le marché de produits aux caractéristiques différentes va ainsi alimenter le commerce mondial.

• Dans la seconde moitié du XXe siècle, différents économistes ont mis en évidence la demande de différence des consommateurs. Des produits, en apparence similaires, peuvent présenter des caractéristiques différentes. Si, par exemple, la France importe des voitures d'Allemagne, elle en exporte également : il s'agit de biens au design et à la qualité distincts. Les échanges internationaux permettent ainsi aux ménages de satisfaire ce besoin de variété.

3. La fragmentation des chaînes de valeur dans des économies comparables

• Pour optimiser la production et gagner en compétitivité, les firmes peuvent choisir de se concentrer sur leur métier de base. Par exemple, les fabricants automobiles font appel à des équipementiers qui vont leur fournir des pièces détachées : des pare-brise, des pots d'échappement, etc. Une partie de la production est ainsi externalisée, c'est-à-dire confiée à des sous-traitants. Les firmes mettent alors en concurrence différents fournisseurs, dont certains peuvent se situer à l'étranger, contribuant à fragmenter la chaîne de valeur mondiale.

• L'internationalisation de la production qui en résulte peut ainsi concerner des économies semblables. La réalisation du produit fini va nécessiter d'importer des biens intermédiaires ou semi-finis, certains pouvant franchir la frontière plusieurs fois. La valeur ajoutée créée dans la plupart des pays de l'OCDE provient de productions réalisées en partie à l'étranger (document 4). Les stratégies des firmes conduisent ainsi à un essor du commerce mondial.

À NOTER
Il ne faut pas confondre commerce international et internationalisation de la production. La seconde notion n'est à présenter que dans la mesure où elle favorise le développement du commerce international.

Conclusion

[bilan] Une multiplicité de facteurs explique le commerce international. Une partie des échanges vient de la complémentarité des spécialisations des économies, en raison d'avantages comparatifs. En outre, les firmes, en fragmentant leur chaîne de valeur pour profiter de ces avantages, vont elles-mêmes être à l'origine d'échanges. Mais le commerce mondial concerne également des économies comparables, permettant aux entreprises de gagner en compétitivité et aux consommateurs de répondre à leurs besoins. [ouverture] La crise sanitaire que traverse l'économie mondiale en 2020 nourrit les critiques à l'encontre de la mondialisation, déjà pointée du doigt pour les dommages créés à l'environnement. Une relocalisation d'activités et une baisse des échanges sont-elles possibles ? La forte imbrication des économies semble pourtant difficilement contournable…

14 Sujet spécimen 2021 • DISSERTATION

L'internationalisation des chaînes de valeur

4 heures
20 points

INTÉRÊT DU SUJET • L'internationalisation des chaînes de valeur constitue l'un des aspects essentiels de la mondialisation de l'économie, car elle a favorisé la multiplication des échanges internationaux.

Comment expliquer l'internationalisation de la chaîne de valeur ?

DOCUMENT 1 **Part des chaînes de valeur mondiales (CVM) dans les échanges internationaux (en %)**

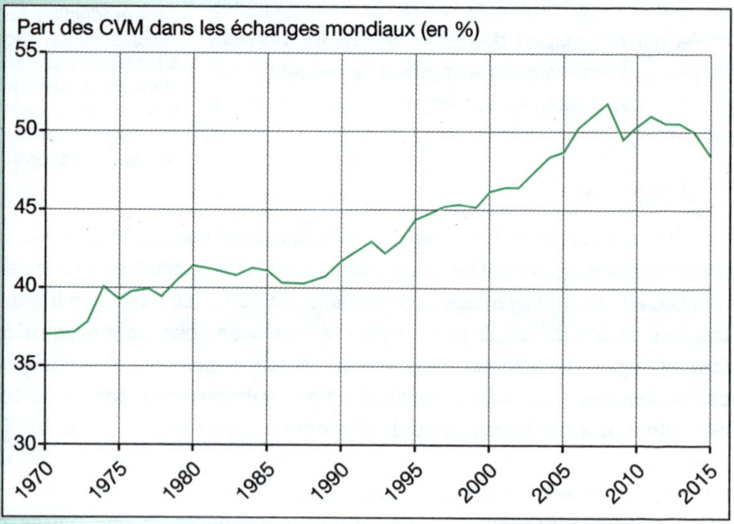

Source : *Rapport sur le développement dans le monde 2020. Le commerce au service du développement à l'ère de la mondialisation des chaînes de valeur*, Banque mondiale, 2020.

DOCUMENT 2 La chaîne de valeur de l'iPhone

L'iPhone est un concentré de mondialisation à lui tout seul où la Chine ne joue qu'un rôle mineur dans la chaîne de valeur. À l'intérieur du dernier modèle, l'iPhone X, l'écran Oled fourni par le sud-coréen Samsung coûte déjà 110 dollars, soit près d'un tiers du coût de production total de l'appareil, selon IHS Markit. À cela, il faut rajouter les mémoires NAND achetées auprès du japonais Toshiba, les mémoires DRAM conçues par le sud-coréen Hynix, ou encore certains éléments de la caméra à reconnaissance faciale qui sont fournis par ST Microelectronics et Texas Instruments.

Dans une étude de 2010 décomposant le coût d'un iPhone, deux chercheurs avaient évalué la « création de valeur » de la Chine dans un iPhone à seulement de 3,6 %, loin derrière les 34 % de produits japonais, 17 % de produits allemands, 13 % de produits coréens et… 6 % de produits américains ! « *Du point de vue de la valeur ajoutée, lorsqu'un iPhone est expédié de Chine vers les États-Unis, ce sont la Corée, Taïwan, le Japon, la Chine et les États-Unis eux-mêmes qui exportent vers les États-Unis* », ont souligné récemment les économistes de Deutsche Bank.

Si Apple réalise des marges importantes sur les ventes d'iPad et d'iPhone et capte ainsi une large majorité de la valeur ajoutée, d'autres entreprises internationales sont ravies de profiter du succès des produits de la firme.

Source : Frédéric Schaeffer, « L'iPhone, un concentré de mondialisation à lui seul », *Les Échos*, 2 août 2018.

DOCUMENT 3 Les dix premiers avantages comparatifs de quelques pays en 2018

	Chine	France	Pologne	Viêt-Nam
1	Matériel de communication	Aéronautique et Espace	Services de transports	Matériel de télécommunication
2	Matériel informatique	Voyages	Meubles	Cuirs
3	Fournitures électriques	Autres services	Éléments de véhicules automobiles	Vêtements de bonneterie
4	Articles manufacturés	Produits de toilette	Autres services aux entreprises	Vêtements de confection

	Chine	France	Pologne	Viêt-Nam
5	Quincaillerie	Boissons	Voyages	Meubles
6	Cuirs	Produits pharmaceutiques	Télécommunications, services informatiques et d'information	Matériel informatique
7	Vêtements de bonneterie	Céréales	Tabacs manufacturés	Pétrole brut
8	Fils et tissus	Services financiers	Électroménager	Électronique grand public
9	Vêtements de confection	Composants électroniques	Moteurs	Conserves animales
10	Meubles	–	Électronique grand public	Produits agricoles comestibles autres que les céréales

Source : www.cepi.fr, 20 juillet 2020.

DOCUMENT 4 **Coût moyen en euro de l'heure de travail dans l'industrie et les services marchands dans l'Union européenne en 2019**

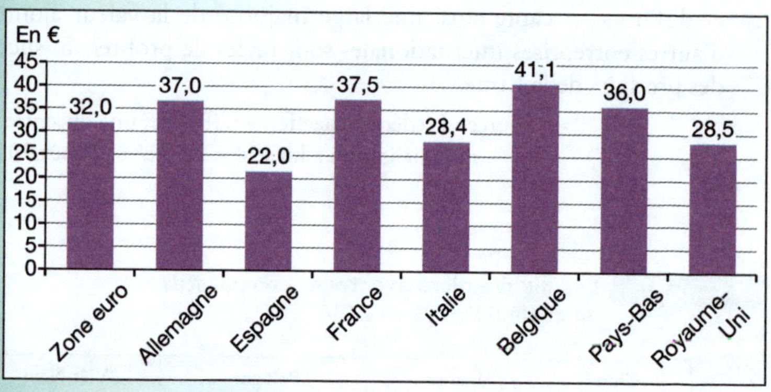

Source : « Les coûts de la main-d'œuvre dans l'Union européenne au 4e trimestre 2019 », Rexecode, 5 juin 2020.

LES CLÉS DU SUJET

Analyser la consigne et dégager une problématique

Analyse du sujet

- **Comment** : Introduit une question dont la réponse implique une analyse du phénomène étudié.
- **expliquer** : Analyser les causes du phénomène étudié.
- **l'internationalisation** : La production et les échanges se situent au niveau international en dépassant le cadre de l'économie nationale.
- **chaîne de valeur** : Représente l'ensemble des étapes dans la production d'une marchandise. Chacune de ces étapes ajoute de la valeur à la marchandise.

• **Problématique.** Quelles sont les causes de l'internationalisation de la chaîne de valeur ?

Exploiter les documents

• **Document 1.** Le graphique montre l'évolution de la **part des chaînes de valeur mondiales dans les échanges internationaux**, c'est-à-dire la part des échanges internationaux entre entreprises dus à la fragmentation du processus de production entre différents pays. Comment évolue cette part ? Cette évolution est-elle régulière ?

• **Document 2.** Ce texte décrit la décomposition du **processus de production de l'iPhone X** entre différents pays. Quels sont les pays concernés ? Pourquoi cette décomposition du processus de production de l'iPhone X ?

• **Document 3.** Le tableau résume les **avantages comparatifs** dont disposent quatre pays en énumérant les branches d'activité dans lesquelles ils ont un avantage par rapport aux autres pays. Quelles sont les caractéristiques des branches dans lesquelles les quatre pays ont un avantage comparatif ? Quels sont les effets sur l'internationalisation des chaînes de valeur ?

• **Document 4.** Ce diagramme en barres permet de **comparer les coûts moyens de l'heure de travail dans des pays de l'Union européenne.** Quels sont les effets du coût du travail sur les chaînes de valeur ?

Définir le plan

I. La recherche d'avantages comparatifs	• Comment évolue l'internationalisation de la chaîne de valeur (document 1) ? • Quel rôle jouent les avantages comparatifs dans cette internationalisation (documents 2, 3 et 4) ?
II. Les causes techniques et politiques	• Comment l'évolution des technologies favorise-t-elle l'internationalisation de la chaîne de valeur ? • Quel rôle joue le libre-échange dans l'internationalisation de la chaîne de valeur (document 4) ?

14 CORRIGÉ GUIDÉ

Les titres des parties ne doivent pas figurer sur votre copie.

Introduction

[accroche] Depuis la Seconde Guerre mondiale, les échanges entre pays ont fortement augmenté et, à partir des années 1990, le processus de production s'est fragmenté au niveau international contribuant ainsi à la mondialisation des économies. [présentation du sujet] Comment peut-on expliquer l'internationalisation de la chaîne de valeur ? Celle-ci représente l'ensemble des étapes dans la production d'une marchandise. Chacune de ces étapes, situées dans des pays différents d'où leur internationalisation, ajoute de la valeur à la marchandise. [problématique] Le problème soulevé par cette question revient à chercher les causes de cette internationalisation de la chaîne de valeur. [annonce du plan] La première est la recherche d'avantages comparatifs, mais d'autres sont de nature technologique et politique.

I. La recherche d'avantages comparatifs

▶ **Le secret de fabrication**

En mettant en évidence, dans un premier temps, la recherche d'avantages comparatifs pour expliquer l'internationalisation de la chaîne de valeur, on fait référence à la théorie classique du libre-échange de David Ricardo.

1. L'évolution de l'internationalisation de la chaîne de valeur

• Dans son sens le plus classique, les échanges internationaux sont constitués d'échanges de biens finis et de services entre différents pays. Dès lors, l'internationalisation de la chaîne de valeur donne un nouveau sens aux échanges internationaux car ceux-ci se font entre entreprises intervenant aux différents stades du processus de production, de la conception à la consommation finale du produit. Par exemple, l'iPhone X a été conçu aux États-Unis mais les différents éléments qui le composent ont été fabriqués en Corée du Sud, au Japon, en Allemagne, etc. (document 2).

• Cette internationalisation de la chaîne de valeur implique des échanges entre les différents pays fabriquant les composants du produit. Ces échanges occupent une place de plus en plus importante dans les échanges internationaux. Ainsi, entre 1970 et 2012, la part des chaînes de valeur mondiales dans les échanges internationaux est passée de 37 % à 52 %, soit une hausse de 15 points de pourcentage. Depuis 2012 cette évolution est freinée puisqu'en 2015 cette part était de 48 % (document 1).

2. Le rôle des avantages comparatifs

• David Ricardo, économiste de l'école classique, justifie le libre-échange par la théorie des avantages comparatifs. Il montre qu'un pays doit se spécialiser dans la production pour laquelle il possède le plus grand avantage absolu ou le plus petit désavantage absolu. Les avantages des pays dépendent des différences de productivité entre eux. Le modèle HOS, plus récent, fait quant à lui dépendre la spécialisation des dotations en facteurs de production des pays : travail, capital, ressources naturelles.

À NOTER
Eli Heckscher, Bertil Ohlin et Paul Samuelson sont trois économistes dont les travaux ont défini le modèle HOS.

• Pour les entreprises, l'objectif de la fragmentation de leur processus productif est de minimiser les coûts de production. Ainsi, chaque stade de la chaîne de valeur au niveau international va dépendre des avantages comparatifs des pays : la Chine et le Viêt-Nam vont être spécialisés dans le matériel de télécommunication par exemple (document 3). Au sein de l'Union européenne (UE), les productions nécessitant une main-d'œuvre abondante seront réalisées en Europe de l'Est ou en Espagne car le coût moyen horaire de l'heure de travail y est inférieur à ceux des autres pays de l'Union (document 4).

II. Des causes technologiques et politiques

1. L'évolution de la technologie

• Le progrès technique a favorisé l'internationalisation de la chaîne de valeur. Ainsi, le coût du transport, notamment maritime, a fortement baissé, ce qui a accéléré la dispersion géographique de la production. Aujourd'hui, grâce aux conteneurs empilés sur des navires porte-conteneurs, les bateaux transportent un volume de plus en plus important de marchandises d'un pays à un autre, permettant des économies d'échelle élevées.

• Les coûts d'information et de coordination entre les entreprises intervenant dans la chaîne de valeur ont également été réduits grâce aux nouvelles technologies de l'information et de la communication (NTIC). Celles-ci ont facilité la synchronisation d'unités de production dispersées dans plusieurs pays.

2. Une volonté politique de favoriser le libre-échange

• À la fin de la Seconde Guerre mondiale, les gouvernements ont facilité le développement des échanges internationaux par des accords de libre-échange entre économies nationales. Ainsi, le General Agreement on Tariffs and Trade (GATT) en 1947, devenu l'Organisation mondiale du commerce (OMC) en 1995, a favorisé les échanges entre pays, notamment ceux portant sur les différents éléments de la chaîne de valeur.

• Sur le plan régional, de grands marchés se sont formés. L'Union européenne, composée aujourd'hui de 27 pays membres, constitue par exemple un espace économique dans lequel circulent librement marchandises, capitaux et personnes. En fonction des avantages comparatifs, notamment ceux liés au coût de la main-d'œuvre (document 4), les entreprises peuvent délocaliser leur processus de production. Le libre-échange, au sein de l'Union européenne, a par ailleurs favorisé la fragmentation de la production dans des pays offrant les mêmes avantages comparatifs : c'est le cas de l'Airbus.

> **À NOTER**
> D'autres accords régionaux de libre-échange ont été signés : le Mercosur entre pays d'Amérique du Sud, l'Alena (puis l'Aceum) entre les États-Unis, le Canada et le Mexique.

Conclusion

[bilan] Plusieurs causes peuvent expliquer l'internationalisation de la chaîne de valeur. La première correspond aux théories classiques du libre-échange : la recherche d'avantages comparatifs afin de minimiser le coût de production. D'autres explications font référence à l'évolution de la technologie et à la volonté des pouvoirs politiques nationaux de favoriser les échanges internationaux. Il en résulte une augmentation de la part des échanges entre entreprises produisant les différents éléments du processus de production dans les échanges internationaux. [ouverture] Depuis quelques années, on assiste cependant à un certain retour du protectionnisme freinant la mondialisation de l'économie. On peut donc légitimement se demander si cette internationalisation de la chaîne de valeur ne va pas être remise en cause.

15 Asie, mars 2021
MOBILISATION DES CONNAISSANCES

Asymétries d'information et chômage structurel

30 min
4 points

S'ENTRAÎNER

INTÉRÊT DU SUJET • Alors que les causes du chômage sont toujours largement débattues, ce sujet permettra de comprendre le rôle des problèmes d'information sur le marché du travail, indépendamment de la conjoncture économique.

▶ Expliquez en quoi les asymétries d'information sur le marché du travail sont sources de chômage structurel.

LES CLÉS DU SUJET

Définir les mots clés

• On parle d'**asymétries d'information** dans un échange lorsque l'une des parties dispose d'informations que l'autre ignore.
• Le **chômage structurel** est une forme de chômage lié à des difficultés d'ajustement entre l'offre et la demande sur le marché du travail.

Structurer la réponse

• Premièrement, nous expliquerons **en quoi consistent** les asymétries d'information sur le marché du travail.
• Deuxièmement, nous montrerons qu'en leur présence, les employeurs ont des **pratiques de rémunération** qui créent du chômage structurel.

15 CORRIGÉ GUIDÉ

Les titres des parties ne doivent pas figurer sur votre copie.

Introduction

Le marché du travail est imparfait : les employeurs, soit les demandeurs de travail, ne disposent pas des mêmes informations que les actifs, soit les offreurs de travail. On parle d'asymétries d'information. Nous allons montrer que celles-ci peuvent être source de chômage structurel, une forme de chômage liée à des difficultés d'ajustement entre l'offre et la demande sur le marché du travail.

Développement

- Sur le marché du travail, il existe deux types d'asymétries d'information : avant et après l'embauche. Lors d'un recrutement, les employeurs ne connaissent pas le niveau de productivité des candidats. On parle de problème de sélection adverse. Une fois que le contrat de travail est signé, les employeurs ne savent pas si les salariés embauchés vont être productifs. C'est un problème d'aléa moral.

- Pour pallier ces difficultés, les employeurs peuvent proposer un salaire plus élevé que le salaire d'équilibre, appelé salaire d'efficience. D'une part, ce dernier doit permettre d'attirer les meilleurs candidats et, d'autre part, il est censé inciter les salariés embauchés à être plus productifs. Mais ce niveau de salaire augmente le coût du travail pour les entreprises qui diminuent alors la quantité de travail demandée tandis que l'offre de travail reste élevée. Cette situation est alors source de chômage structurel.

> **MOT CLÉ**
> Le salaire d'équilibre est nommé ainsi par les économistes néoclassiques : il s'agit du salaire qui permet d'égaliser la quantité de travail offerte à la quantité de travail demandée, soit une situation de plein-emploi.

Conclusion

En voulant résoudre les problèmes d'asymétries d'information, les employeurs peuvent adopter des pratiques de rémunération qui déséquilibrent le marché du travail, créant du chômage structurel.

16 Sujet spécimen 2021 • ÉTUDE DE DOCUMENT

Taux de croissance du PIB et taux de chômage

1 heure
6 points

S'ENTRAÎNER

INTÉRÊT DU SUJET • Ce sujet vous permettra de comprendre pourquoi le taux de chômage a tendance à augmenter quand l'activité économique est en baisse.

DOCUMENT **Taux de croissance du PIB (en %) et taux de chômage (en % de la population active) en France**

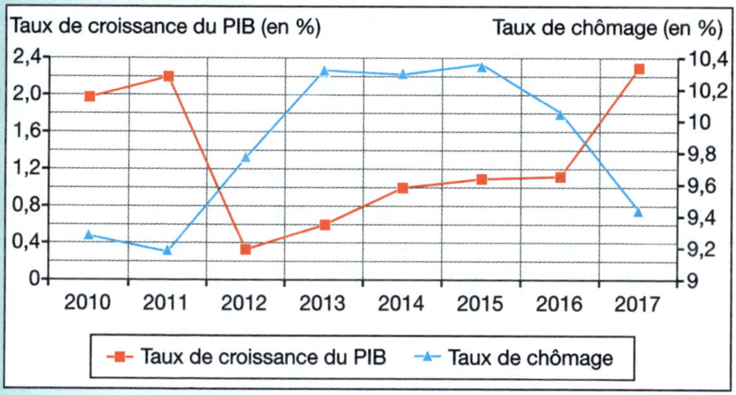

Source : OCDE, 2020.

▶ **1.** À l'aide des données du document, vous présenterez l'évolution du taux de croissance du PIB entre 2010 et 2017.

▶ **2.** À l'aide des données du document et de vos connaissances, vous expliquerez la corrélation entre le taux de chômage et le taux de croissance du PIB de 2010 à 2017.

LES CLÉS DU SUJET

Définir les mots clés

- Le **taux de croissance du produit intérieur brut (PIB)** mesure l'évolution en pourcentage de la production réalisée par les agents économiques résidents, d'une année à l'autre. Il permet de mettre en évidence les **fluctuations de l'activité économique**, qui correspondent à des mouvements de ralentissement ou d'accélération du rythme de la croissance économique à court terme.
- Le **taux de chômage** mesure la part en pourcentage des chômeurs dans la population active. Un chômeur est une personne en âge de travailler, dépourvue d'emploi et qui en recherche un.

Comprendre le document

Le graphique présente, d'une part, l'évolution entre 2010 et 2017 du taux de croissance du PIB en pourcentage (échelle de gauche) et, d'autre part, celle du taux de chômage en pourcentage (échelle de droite). Il permet de **comparer les deux évolutions** afin d'établir des liens entre les fluctuations de l'activité économique et l'évolution du chômage. Par exemple, entre 2016 et 2017, le taux de croissance du PIB double, passant de 1,1 % à 2,2 %, tandis que le taux de chômage diminue de 0,7 point pour atteindre 9,4 %.

Structurer la réponse à la seconde question

- On mettra en évidence la corrélation entre le taux de chômage et le taux de croissance du PIB en s'appuyant sur **le graphique.**
- Puis on expliquera le lien statistique mis en évidence en mobilisant les **connaissances** sur la nature du chômage.

16 CORRIGÉ **GUIDÉ**

1. On peut distinguer trois périodes dans l'évolution du taux de croissance du produit intérieur brut (PIB) depuis 2010. Entre 2010 et 2011, il augmente de 0,2 point pour atteindre 2,2 %, avant de baisser significativement l'année suivante : en 2012, le PIB croît seulement de 0,3 %. De 2012 à 2017, la croissance s'accélère : son taux augmente de 0,8 point jusqu'en 2016 pour atteindre environ 2,3 % en 2017, soit la plus forte croissance sur la période.

> **▶ Le secret de fabrication**
> • Vous devez découper la période en phases homogènes de variation.
> • Les taux de croissance sont exprimés en pourcentage : vous pouvez calculer les différences en points de pourcentage, ou encore utiliser un coefficient multiplicateur, plus adapté à la mesure d'une forte variation.

2. *Les titres des parties ne doivent pas figurer sur votre copie.*

Introduction

L'activité économique, mesurée par le taux de croissance du produit intérieur brut (PIB), est fluctuante à court terme. Ces variations vont avoir un impact sur le taux de chômage, qui est la part en pourcentage des chômeurs dans la population active. Comment peut-on expliquer ce lien ?

Développement

• Le graphique permet de mettre en évidence une corrélation négative entre le taux de croissance du PIB et le taux de chômage. Quand le premier diminue, le second augmente, et inversement. Par exemple, entre 2011 et 2012, la forte baisse du taux de croissance s'accompagne d'une hausse du taux de chômage qui passe de 9,1 % à 9,7 % en 2012, pour atteindre 10,3 % l'année suivante. Il faut attendre 2015 pour voir le taux de chômage diminuer alors que le taux de croissance augmente depuis 2012. On observe bien une relation inverse entre les deux évolutions.

• Les fluctuations économiques jouent un rôle dans l'évolution du chômage. Quand la croissance diminue, les employeurs anticipent une baisse de leurs besoins en main-d'œuvre, ce qui les conduit à licencier. Ce chômage, dit conjoncturel, a été mis en évidence lors de la crise de 1929. À l'inverse, le chômage tend à diminuer si la croissance est perçue comme durable par les entrepreneurs. À productivité constante, il faut en effet utiliser davantage de facteur travail pour suivre la hausse de la production, comme en France depuis 2012. Ce n'est pourtant qu'à partir de 2015 que le chômage va baisser significativement : la corrélation n'est pas parfaite car il existe d'autres formes de chômage, indépendantes de l'activité économique.

> **MOT CLÉ**
> Le chômage conjoncturel est la forme de chômage qui trouve son origine dans les fluctuations de l'activité économique.

Conclusion

La corrélation négative entre le taux de croissance du PIB et le taux de chômage s'explique par la composante conjoncturelle du chômage. Une partie du chômage est ainsi liée aux fluctuations de l'activité économique.

S'ENTRAÎNER

17 Raisonnement

La lutte contre les différents types de chômage

2 h 30
10 points

INTÉRÊT DU SUJET • Dans ce sujet, vous devez mobiliser la plupart des notions et mécanismes du chapitre : la mesure du chômage, ses formes et toutes les politiques de l'emploi étudiées. À vous de jouer !

▶ **Vous montrerez que les différentes composantes du chômage appellent des politiques de l'emploi adaptées.**

DOCUMENT 1 La coexistence de différentes formes de chômage

À la composante keynésienne due à [une] insuffisance de la demande vient se greffer une [autre] composante [...] : le chômage de masse en France se concentre avant tout sur les non-qualifiés. Pour impulser l'emploi des non-qualifiés, les gouvernements successifs mènent depuis 1993 une politique d'exonération de charges sociales sur les bas salaires. Le crédit d'impôt pour la compétitivité et l'emploi (CICE) et le Pacte de responsabilité s'inscrivent dans cette stratégie, qui, au total, représentera près de 50 milliards d'euros en 2017. Cette politique repose sur la thèse selon laquelle le coût du travail, déterminé par le niveau du SMIC et des cotisations sociales, pèserait sur la demande de travail des non-qualifiés. Les cotisations sociales des employeurs représentent, après prise en compte du CICE et du Pacte de responsabilité, 9,5 % du salaire brut au niveau du SMIC et 43,8 % à partir de 1,6 SMIC. De ce fait, le coût du travail au niveau des bas salaires représente 35 % du coût du travail au niveau du salaire moyen, ratio ramené à celui observé aux États-Unis. Stimuler l'offre d'emploi par la baisse des charges semble désormais avoir atteint ses limites...

Il convient alors de s'attaquer à l'autre versant du problème, à savoir la faible productivité de ces citoyens. Cela passe par une réforme en profondeur du système éducatif français [...], de la formation professionnelle [...] et de l'apprentissage afin d'améliorer l'appariement[1] entre les besoins des entreprises et la formation des jeunes.

Source : D'après Éric Heyer, « Controverses – Du chômage au plein-emploi : quelles solutions en France ? », *La Nouvelle Revue du travail*, août 2016.

1. Action de rendre compatibles l'offre de travail et la demande de travail.

DOCUMENT 2 **Évolution du produit intérieur brut (PIB), de l'emploi et du taux de chômage entre le premier trimestre 2008 et le deuxième trimestre 2009 (en %)**

	France	Allemagne	Espagne	États-Unis
Taux de variation du PIB entre le premier trimestre 2008 et le deuxième trimestre 2009	– 3,2	– 6,4	– 4,2	– 3,5
Taux de variation de l'emploi total entre le premier trimestre 2008 et le deuxième trimestre 2009	– 1,2	0,2	– 7,6	– 3,8
Taux de chômage au premier trimestre 2008	7,1	7,6	9,2	4,9
Taux de chômage au deuxième trimestre 2009	9,1	7,6	17,9	9,2

Source : D'après « Chômage à durée indéterminée », *Revue de l'OFCE*, octobre 2009.

DOCUMENT 3 **Part des entreprises citant chaque barrière à l'embauche au deuxième trimestre 2019 (en %)**

	Industrie	Bâtiment	Services
Existence de barrières	53	67	43
Incertitude sur la situation économique	25	27	22
Main-d'œuvre compétente indisponible	36	55	29
Coûts liés à l'emploi	15	32	15
Coûts de recrutement	5	11	4
Cotisations sociales trop élevées	11	23	11
Niveau des salaires trop élevé	6	12	5
Réglementation	11	19	8
Coûts de licenciement	5	11	4
Risques juridiques associés au licenciement	7	13	5
Pérennité de la législation du travail	6	10	4
Autres	4	2	3

Source : *Enquête de conjoncture*, Insee, juin 2019.

Note : Une même entreprise peut signaler plusieurs types de barrières à l'embauche.

LES CLÉS DU SUJET

Analyser les termes du sujet et mobiliser ses connaissances

vous montrerez
Il faut analyser les deux documents statistiques et le texte afin de trouver des illustrations en lien avec les mécanismes et notions mobilisés.

composantes du chômage
• Chômage : situation d'actifs sans emploi, disponibles et à la recherche effective d'un emploi.
• On distingue 3 composantes du chômage : conjoncturelle, classique, structurelle.

Analyse du sujet

politiques de l'emploi adaptées
Chaque action des pouvoirs publics pour réduire le chômage dépend du diagnostic porté.

Exploiter les documents

• **Document 1.** Ce texte montre qu'il peut coexister plusieurs types de chômage nécessitant des **politiques différentes** : allègement du coût du travail contre le chômage des non-qualifiés, mais aussi politiques de formation.

• **Document 2.** Ce tableau permet de mettre en évidence une corrélation entre la baisse du PIB de l'Espagne, de la France, de l'Allemagne et des États-Unis entre le premier trimestre 2008 et le deuxième trimestre 2009 et la hausse de leur taux de chômage. Ces données renvoient à l'existence d'un **chômage conjoncturel**.

• **Document 3.** Ce tableau nous présente les **freins à l'embauche** déclarés par les chefs d'entreprise de différents secteurs d'activité en 2019. La demande de travail semble affectée, pour environ un quart des entrepreneurs, par l'incertitude sur la situation économique ; pour un tiers des entreprises du bâtiment, par les coûts liés à l'emploi ; et pour une minorité, par la réglementation.

Définir les arguments

Argument 1	La composante **conjoncturelle** du chômage, liée aux fluctuations de l'activité économique, appelle des politiques de soutien de la demande globale.
Argument 2	La composante **classique** du chômage, expliquée par un coût du travail trop élevé, nécessite des politiques d'allègement du coût du travail.
Argument 3	La composante **structurelle** du chômage, trouvant son origine dans l'inadéquation de l'offre à la demande de travail, doit être traitée par des politiques de formation et de flexibilisation du marché du travail.

S'ENTRAÎNER

17 CORRIGÉ GUIDÉ

Les titres des parties ne doivent pas figurer sur votre copie.

Introduction

Depuis une trentaine d'années, les pays développés sont confrontés à un chômage de masse : une partie croissante de leur population active est ainsi privée d'emploi, et en recherche un activement. Mettre en œuvre des politiques de l'emploi pour lutter contre ce fléau est devenu la priorité des gouvernements. Mais la pluralité des formes de chômage nécessite de prendre des mesures adaptées à chacune d'entre elles : conjoncturelle, classique ou encore structurelle.

> ▶ **Le secret de fabrication**
> Pour argumenter, il s'agit de montrer, au sein de chaque partie, qu'une politique est adaptée pour traiter un seul type de chômage.

I. Le chômage conjoncturel nécessite des politiques macro-économiques adaptées

• Le chômage conjoncturel est lié aux fluctuations de l'activité économique. Par exemple, dans un contexte de crise économique puis de récession, comme en 2008-2009, l'insuffisance de demande anticipée par les chefs d'entreprise est responsable de la hausse brutale du chômage. Dans ce contexte, les entrepreneurs ne prennent pas le risque d'embaucher et de produire plus, par crainte de manque de débouchés. En Espagne, la baisse de 4,2 % du produit intérieur brut (PIB) entre le premier trimestre 2008 et le deuxième trimestre 2009 s'est ainsi accompagnée d'une très forte hausse du taux de chômage (document 2). Aujourd'hui encore, 27 % des chefs d'entreprise du bâtiment citent l'incertitude économique comme un frein à l'embauche (document 3).

• Dans ce contexte, les pouvoirs publics peuvent intervenir pour mener des politiques de soutien de la demande globale, par des mesures budgétaires et/ou monétaires de relance. Ces actions doivent favoriser la hausse du niveau de production et de l'emploi.

> **MOT CLÉ**
> La demande globale recouvre l'ensemble des achats de biens et services réalisés par les agents économiques résidents (demande intérieure) et non résidents (demande extérieure).

II. Des politiques d'allègement du coût du travail peuvent répondre à un chômage classique

• Le chômage classique est lié à un coût du travail trop élevé. Il touche davantage les actifs peu qualifiés et/ou à faible productivité (document 1). Le montant trop élevé des charges sociales est ainsi jugé comme préjudiciable à l'embauche pour 23 % des entreprises du bâtiment en 2019 (document 3).

• Les pouvoirs publics peuvent alors agir, comme en 2016 et 2017, sur les composantes du coût du travail : en diminuant les cotisations sociales des bas salaires, en subventionnant les embauches et en contenant les hausses de salaire minimum (document 1).

III. D'autres mesures peuvent atténuer le chômage structurel

- Développer la formation permet de renforcer l'employabilité des plus jeunes et des non-qualifiés. La hausse du niveau de qualification favorise une meilleure adéquation entre l'offre de travail et la demande de travail, contribuant à réduire le chômage structurel (document 1).

À NOTER
Le chômage structurel est celui qui perdure même en cas de situation économique favorable, *a contrario* du chômage conjoncturel.

- Parallèlement, les pouvoirs publics peuvent prendre différentes mesures afin de diminuer les rigidités institutionnelles freinant les embauches, ainsi que le mettent en avant 19 % des sociétés du bâtiment (document 3). Faciliter les licenciements ou encore assouplir le droit du travail peut permettre aux entreprises de réduire leurs coûts de production et de mieux s'adapter aux évolutions de leur marché.

Conclusion

Il existe plusieurs politiques de l'emploi, chacune ayant des objectifs précis en termes de lutte contre le chômage. Les politiques de soutien à la demande globale traitent le chômage conjoncturel ; celles d'allègement du coût du travail, le chômage classique ; quant aux politiques de formation et de flexibilisation du marché du travail, elles visent à réduire le chômage structurel. Chacune d'entre elles peut néanmoins avoir des effets pervers, ce qui témoigne de la difficulté de réellement « inverser la courbe du chômage »

18 Dissertation

Comment expliquer la diversité des politiques de l'emploi ?

4 heures
20 points

INTÉRÊT DU SUJET • Ce sujet permet de mobiliser l'ensemble des connaissances sur le chômage, à la fois sa mesure, ses formes et les politiques de l'emploi adaptées.

DOCUMENT 1 Taux de chômage, selon le niveau de diplôme et la durée, depuis la sortie de formation initiale en 2016 (en %)

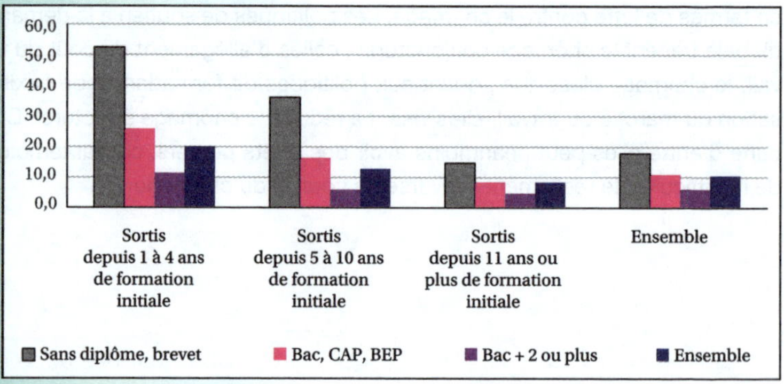

Source : Insee, 2017.

Champ : France hors Mayotte, population des ménages, personnes actives de 15 ans ou plus.

DOCUMENT 2 Mesures gouvernementales pour la création d'emplois

Initié par la loi de finances rectificative pour 2012, le Crédit d'impôt pour la compétitivité et l'emploi (CICE) est entré en vigueur le 1er janvier 2013. Ce crédit d'impôt[1] porte sur la masse salariale des salariés ayant une rémunération inférieure à 2,5 fois le SMIC. [...] Le projet de loi de finances pour 2017 prévoit une augmentation de ce taux [...].

Depuis 2015, le CICE a été complété par des exonérations de cotisations sociales mises en œuvre dans le cadre du Pacte de responsabilité et de solidarité. Le premier volet du Pacte consiste en une exonération totale des cotisations Urssaf[2] (hors assurance chômage) pour les rémunérations au niveau du SMIC et une baisse des cotisations famille de 1,8 point pour les salaires inférieurs à 1,6 fois le SMIC. Le deuxième volet du Pacte, effectif depuis le 1er avril 2016, a permis d'étendre la réduction des cotisations famille aux salaires compris entre 1,6 et 3,5 fois le SMIC.

En 2016, un dispositif de prime à l'embauche ciblé sur les salariés peu qualifiés a également été instauré dans les entreprises de moins de 250 salariés. La prime d'un montant de 500 euros par trimestre est versée sur toute la durée du contrat, pour une durée de deux ans maximum. Sont éligibles à ce dispositif « embauche PME » les embauches faites entre le 18 janvier 2016 et le 31 décembre 2017 en CDI ou CDD de plus de 6 mois dont la rémunération n'excède pas 1,3 fois le SMIC.

Source : www.travail-emploi.gouv.fr

1. Crédit d'impôt : avantage fiscal.
2. Urssaf : organisation qui collecte les cotisations sociales patronales et salariales pour la Sécurité sociale.

N.B. : Depuis le 1er janvier 2019, le CICE a été transformé en un allègement des cotisations sociales à la charge des employeurs.

DOCUMENT 3 Protection de l'emploi et taux de chômage en 2013

	Indicateur de protection de l'emploi[1] contre les licenciements	Taux de chômage (en %)	Taux de chômage des jeunes de 15 à 24 ans (en %)
Belgique	2,99	8,4	23,7
Canada	1,51	7,1	13,7
Danemark	2,32	7,0	13,0
France	2,82	9,9	24,1
Allemagne	2,84	5,2	7,8
Grèce	2,41	27,5	58,3
Italie	2,89	12,1	40,0
Mexique	2,62	4,9	9,5
Pays-Bas	2,94	7,2	13,2
Pologne	2,39	10,3	27,3
Portugal	2,69	16,2	38,1
Espagne	2,36	26,1	55,5
Royaume-Uni	1,59	7,5	20,6
États-Unis	1,17	7,4	15,5

Source : OCDE, 2017.

1. Indicateur créé par l'OCDE portant sur la réglementation des licenciements des salariés en emploi à durée indéterminée. Sa valeur est comprise entre 0 et 6 : plus l'indice est élevé, plus la protection de l'emploi est dite forte.

LES CLÉS DU SUJET

Analyser la consigne et dégager une problématique

expliquer
Analysez les documents afin de trouver des illustrations en lien avec les mécanismes et notions mobilisés.

diversité
Vous devez maîtriser les différentes politiques de l'emploi liées aux différentes formes de chômage.

Analyse du sujet

politiques de l'emploi
Action des pouvoirs publics pour réduire le chômage.

• **Problématique.** Il faut montrer que la complexité du chômage nécessite une diversité des politiques de l'emploi devant permettre de lutter contre les différentes formes de chômage frappant les économies.

Exploiter les documents

• **Document 1.** En quoi le **diplôme** est-il un rempart contre le chômage ? Qu'en déduire quant aux politiques de l'emploi ?
• **Document 2.** À quelles politiques de l'emploi peut-on relier les mesures décrites ? À quel(s) type(s) de chômage répondent-elles ?
• **Document 3.** Quelle corrélation peut-on établir entre l'indicateur de protection de l'emploi, c'est-à-dire le niveau de **flexibilité** du marché du travail, et le taux de chômage ? La corrélation est-elle toujours vérifiée ? Qu'en déduit-on ?

Définir le plan

I. Les politiques de soution de la demande pour lutter contre le chômage conjoncturel	• Qu'est-ce que le chômage conjoncturel ? Dans le document 3, comparez les données de la Grèce et de la Pologne : pourquoi peut-on dire que le chômage en Grèce a aussi une composante conjoncturelle ? • Cherchez des illustrations de mesures soutenant la demande dans l'actualité récente.
II. Les politiques d'allègement du coût du travail pour lutter contre le chômage classique	• À quelle forme de chômage ce type de politique renvoie-t-il ? Cherchez des illustrations en utilisant le document 2. • Quels sont les pays pour lesquels l'écart entre le taux de chômage moyen et celui des jeunes est élevé (document 3) ? Qu'en déduit-on ?
III. Les politiques de flexibilisation du marché du travail et de formation pour réduire le chômage structurel	• Qu'est-ce que le chômage structurel ? En quoi le document 1 permet-il de l'illustrer ? • Quelles différences faites-vous entre les marchés du travail des pays du sud de l'Europe et ceux des pays anglo-saxons (document 3) ? Quels liens peut-on faire avec le chômage structurel ?

S'ENTRAÎNER

18 CORRIGÉ GUIDÉ

Les titres des parties ne doivent pas figurer sur votre copie.

Introduction

[accroche] Dans nos sociétés l'emploi reste le principal vecteur de l'intégration sociale tandis qu'un niveau élevé de chômage nuit à la cohésion sociale. [présentation du sujet] Les gouvernements ont pour priorité de lutter contre ce fléau : ils mettent alors en œuvre des politiques de l'emploi, entendues comme un ensemble de mesures prises par les pouvoirs publics pour réduire le chômage. Mais les causes de ce dernier sont multiples, ce qui peut expliquer la diversité de ces politiques de l'emploi. [problématique] Dès lors, le problème est de savoir comment articuler ces diverses politiques pour réduire les différentes formes de chômage. [annonce du plan] Nous étudierons successivement les principales politiques de l'emploi correspondant à des causes majeures du chômage : politiques de soutien de la demande pour agir sur le chômage conjoncturel, politiques d'allègement du coût du travail pour lutter contre le chômage classique, et enfin politiques de formation et de flexibilisation du marché du travail pour répondre au chômage structurel.

> **▶ Le secret de fabrication**
>
> Il est important de bien expliquer chaque forme ou type de chômage, en exposant rigoureusement leurs mécanismes, pour ensuite montrer qu'il existe une politique de l'emploi adaptée. On peut faire une analogie avec une maladie : la forme de chômage correspond aux symptômes, et la politique de l'emploi mise en œuvre par les pouvoirs publics (les médecins) en constitue le remède.

I. Les politiques de soutien de la demande pour lutter contre le chômage conjoncturel

1. Le chômage conjoncturel

- Pour John Maynard Keynes, le chômage s'explique par l'insuffisance de la demande anticipée sur le marché des produits. Les entreprises, par manque de débouchés, n'augmentent pas leurs capacités de production et ne créent pas d'emplois, provoquant alors du chômage, qualifié de conjoncturel.

• Plus généralement, les fluctuations de l'économie sont sources de chômage. La croissance est en effet irrégulière. Suite à des chocs négatifs de demande, c'est-à-dire la baisse d'une des composantes de la demande globale, un pays peut traverser une période de récession, voire de dépression, à l'instar de la Grèce, qui s'accompagne d'une hausse du chômage. En 2013, 27,5 % des actifs grecs sont au chômage, c'est près de quatre fois plus qu'au Danemark (document 3).

2. Les politiques macro-économiques de soutien de la demande globale

• Pour relancer l'activité économique, les pouvoirs publics disposent d'un premier instrument, le budget de l'État, qui peut servir à augmenter les dépenses publiques ou à baisser les impôts afin de soutenir la demande. Par exemple, afin d'endiguer la dépression des années 1930, le président américain Franklin Delano Roosevelt a mis en œuvre une politique de soutien à la demande globale, c'est-à-dire des mesures budgétaires expansives, appelée le *New Deal*.

• Le second instrument des pouvoirs publics est la politique monétaire, *via* une baisse des taux d'intérêt directeurs pour stimuler les débouchés. Après la crise de 2008, la Banque centrale européenne (BCE) a considérablement réduit ses taux d'intérêt pour diminuer le coût du crédit, relancer l'investissement et ainsi soutenir la demande globale.

II. Les politiques d'allègement du coût du travail pour lutter contre le chômage classique

1. Le chômage classique

• Dans l'analyse néoclassique du marché du travail, un coût du travail trop élevé peut causer du chômage. Les institutions peuvent en être à l'origine. Par exemple, suite à des revendications syndicales, le salaire peut s'élever au-dessus de celui d'équilibre, c'est-à-dire le salaire égalisant offre et demande de travail. La régulation par les prix étant impossible, l'ajustement va alors se faire par les quantités : du chômage apparaît.

À NOTER
Dans ce contexte, les institutions désignent à la fois des règles qui structurent les relations entre agents économiques, et des organisations (syndicats, pouvoirs publics).

• Embaucher des actifs peu qualifiés, ou avec peu d'expérience, peut sembler peu rentable pour une entreprise quand elle compare leur niveau de productivité à leur coût, c'est-à-dire au salaire versé. Les actifs à faible productivité (jeunes, peu qualifiés) connaissent ainsi des taux de chômage plus élevés. En 2013, celui des 15-24 ans est plus de deux fois supérieur au taux de chômage moyen (document 3). En 2016, un actif sans diplôme sur deux, en début d'insertion professionnelle, est au chômage en France (document 1).

2. Les politiques d'allègement du coût du travail

• Le coût du travail correspond à ce que versent les entreprises en salaires nets et cotisations sociales salariales, appelées aussi charges sociales. Pour alléger le coût du travail, les pouvoirs publics peuvent prendre différentes mesures. Il s'agit d'inciter les entreprises à embaucher, notamment des salariés à faible productivité. En premier lieu, l'État peut baisser les cotisations sociales ou accorder du crédit d'impôt sur les sociétés pour les salaires proches du SMIC (document 2). En second lieu, il peut aussi limiter les hausses de ce salaire minimum.

• D'autres mesures peuvent être combinées pour les moins employables, comme les emplois subventionnés par les pouvoirs publics. En Allemagne, le gouvernement a fait le choix de proposer des *mini-jobs*, c'est-à-dire des emplois à temps partiel, sans cotisations sociales, dont les salaires sont plafonnés à un niveau bas. Et c'est dans ce pays que l'écart entre le taux de chômage moyen et celui des actifs de moins de 24 ans est le plus faible (document 3).

À NOTER
Si des études montrent que les *mini-jobs* ont eu un rôle positif sur le chômage classique, la mesure est controversée, dans la mesure où elle s'est accompagnée d'une hausse de la pauvreté et de la dégradation de la protection sociale des salariés.

III. Les politiques de flexibilisation et de formation pour réduire le chômage structurel

1. La politique de formation

• Le chômage structurel est lié en partie à l'inadéquation de la formation des actifs avec les besoins des entreprises. Celles-ci demandent un travail de plus en plus qualifié, provoquant le chômage des moins diplômés ou des moins expérimentés. Quelle que soit l'ancienneté sur le marché du travail, on peut remarquer que les actifs non diplômés connaissent les taux de chômage les plus élevés (document 1).

• Le développement de la formation des actifs peu qualifiés accroît leur polyvalence et les rend dès lors plus employables. Il peut s'agir notamment d'encourager la formation continue au sein des entreprises ou encore de mettre en place des programmes ciblant les chômeurs de longue durée, les plus éloignés du marché du travail.

2. Les politiques de flexibilisation du marché du travail

• Le chômage structurel a également pour origine un marché du travail trop rigide empêchant les entreprises de moduler leur demande de travail en fonction de leurs besoins. Au Portugal, en Espagne et en Italie, les règles de licenciement sont plus contraignantes, et le taux de chômage y est élevé (document 3).

• La flexibilisation du marché du travail (création d'emplois temporaires, facilités pour licencier) favorise l'adéquation entre offre et demande de travail en réduisant les rigidités institutionnelles, sources de chômage. Dans les pays anglo-saxons et au Danemark, la flexibilité du marché du travail s'accompagne d'un taux de chômage modéré, autour de 7 % (document 3).

Conclusion

[bilan] Le chômage est un phénomène complexe car on ne peut lui attribuer une seule cause, d'où la diversité des politiques pour lutter contre lui. Les causes conjoncturelles du chômage nécessitent des mesures de relance. Mais il peut aussi être dû à un coût du travail trop élevé. Pour le réduire, l'exonération des cotisations sociales pour les emplois dont le niveau de salaire est proche du salaire minimum est une mesure appropriée. Par ailleurs, les actions de formation doivent améliorer l'employabilité des actifs les moins qualifiés. Enfin, d'autres mesures pour rendre le marché du travail plus fluide doivent également permettre de diminuer le chômage structurel. [ouverture] Cette diversité des politiques de l'emploi n'a pas empêché la persistance d'un chômage de masse, lequel peut fragiliser une partie de la population et ainsi menacer la cohésion sociale.

19 Mobilisation des connaissances

La stratification sociale selon Karl Marx

30 min
4 points

INTÉRÊT DU SUJET • La connaissance de l'analyse marxiste de la stratification sociale est un enjeu important du programme : la notion de classes sociales est en effet incontournable pour étudier les sociétés contemporaines.

Comment la société est-elle structurée selon Karl Marx ?

LES CLÉS DU SUJET

Définir le mot clé

La **structure sociale** désigne une organisation de la société en positions sociales distinctes et hiérarchisées, qui peuvent donner naissance à des groupes sociaux.

Structurer la réponse

• On pourra d'abord présenter les **mécanismes qui déterminent l'existence de classes sociales distinctes et hiérarchisées.**

• On montrera ensuite que ces classes forment des groupes sociaux dotés d'une **conscience de classe.**

19 CORRIGÉ GUIDÉ

Les titres des parties ne doivent pas figurer sur votre copie.

Introduction

La structure sociale correspond à l'organisation de la société en positions sociales distinctes et hiérarchisées. L'analyse qu'en fait Karl Marx mobilise la notion de classes sociales.

Développement

- Pour Marx, c'est le mode de production, c'est-à-dire l'organisation de la production et des échanges, qui détermine la structure sociale. Le mode de production capitaliste se caractérise par l'existence de deux grands groupes distincts. Le premier, le prolétariat ou classe ouvrière, ne possède que sa force de travail qu'il doit, pour assurer sa subsistance, vendre au second, la bourgeoisie. Cette dernière possède les moyens de production (le capital), ce qui assure sa domination sur le prolétariat. Ces deux groupes, qui forment les deux grandes classes sociales caractérisant la société capitaliste, ont des intérêts objectivement opposés.

- Dans un premier temps, la concurrence à laquelle se livrent les ouvriers pour vendre leur force de travail les empêche d'agir collectivement pour défendre leurs intérêts communs face à la bourgeoisie : ils ne forment alors qu'une « classe en soi ». Mais, progressivement, émerge une « conscience de classe », c'est-à-dire le sentiment de partager les mêmes intérêts et de devoir lutter collectivement contre la bourgeoisie. Chacune des deux grandes classes sociales devient ainsi une « classe pour soi », c'est-à-dire un groupe social doté d'un sentiment d'appartenance, uni pour défendre son intérêt face à l'autre.

À NOTER
En mobilisant les notions de « conscience de classe », « classe en soi », « classe pour soi » et « lutte des classes », votre réponse attestera de votre bonne maîtrise de l'analyse marxiste de la stratification sociale.

Conclusion

Ainsi, pour Marx, la structure sociale se caractérise par l'existence de groupes sociaux distincts et hiérarchisés, les classes sociales, qu'une lutte (la « lutte des classes ») oppose pour faire triompher leurs intérêts respectifs.

Tertiarisation de la structure socioprofessionnelle

1 heure
6 points

INTÉRÊT DU SUJET • Quelles transformations marquent la population active ? L'évolution des catégories socioprofessionnelles apporte un éclairage.

DOCUMENT **Catégorie socioprofessionnelle des personnes en emploi de 1982 à 2019 (en %)**

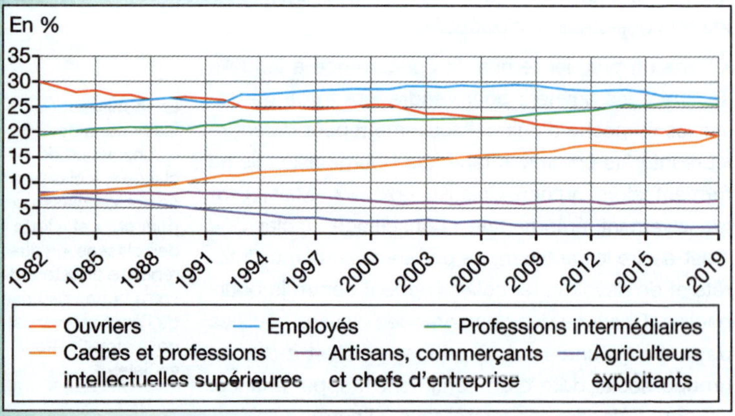

Source : « Emploi, chômage, revenus du travail », *Insee Références*, juillet 2020.

Champ : France hors Mayotte, population des ménages, personnes en emploi.

▶ **1.** À l'aide des données du document, vous comparerez l'évolution de la part des catégories socioprofessionnelles « Cadres et professions intellectuelles supérieures » et « Ouvriers » parmi les personnes en emploi.

▶ **2.** À l'aide des données du document et de vos connaissances, vous expliquerez le phénomène de tertiarisation de la population active française.

LES CLÉS DU SUJET

Définir les mots clés

• Les **catégories socioprofessionnelles** (CSP) classent statistiquement les individus de la **population active** (population occupant ou cherchant un emploi) dans des ensembles homogènes selon **plusieurs critères** : le statut de l'emploi et de l'employeur, le secteur d'activité, la taille de l'entreprise, le niveau de qualification... Les CSP représentent les niveaux intermédiaire et agrégé de la **nomenclature des professions et catégories socioprofessionnelles (PCS).**

• Les **cadres et professions intellectuelles supérieures** constituent un ensemble dont l'homogénéité repose essentiellement sur le **niveau élevé de diplôme**, tandis que les **ouvriers** sont des salariés dont le niveau de diplôme est faible et exerçant des activités de transformation de la matière dans l'artisanat et l'industrie.

• La **tertiarisation** de la population active est liée à la prépondérance des activités et des emplois de services dans l'économie. Ce phénomène se traduit par une augmentation de la part des cadres, professions intermédiaires et employés au détriment de celle des ouvriers.

Comprendre le document

• Le graphique, dont la source est l'Institut national de la statistique et des études économiques (Insee), montre **l'évolution de la structure socioprofessionnelle française depuis 1982**. Les données sont des pourcentages de répartition se rapportant pour chaque année à la population en emploi.

• Les ouvriers représentent 30 % des personnes en emploi en 1982, 20 % en 2019.

Structurer la réponse à la seconde question

• On montrera dans un premier temps les **effets de la tertiarisation** sur la structure socioprofessionnelle.

• On expliquera ensuite que la tertiarisation est liée à une **évolution sectorielle des emplois**, elle-même due au progrès technique, à l'évolution de la demande et à la concurrence internationale.

20 CORRIGÉ GUIDÉ

1. En 1982 les cadres et professions intellectuelles supérieures représentent une part trois fois moins importante (environ 8 %) que celle des ouvriers (30 %), tandis qu'en 2019 leurs parts sont équivalentes (20 %).

2. *Les titres des parties ne doivent pas figurer sur votre copie.*

Introduction

La population active (personnes occupant ou cherchant un emploi) est marquée par un processus de tertiarisation, soit l'augmentation de la part des emplois exercés dans les services, marchands et non marchands. Ce processus s'accompagne d'une transformation de la structure socioprofessionnelle.

Développement

• La tertiarisation de la population active française s'accompagne d'une transformation de la structure socioprofessionnelle. La part des agriculteurs (environ 2 % de la population en emploi en 2019) a poursuivi son déclin, tandis que les ouvriers ont vu leur poids baisser d'environ 10 points depuis 1982, en raison de la baisse de l'emploi industriel. Parallèlement, les cadres et professions intellectuelles supérieures, professions intermédiaires et employés ont vu leur part respective augmenter fortement, égalant ou dépassant le poids des ouvriers.

À NOTER
Tous les ouvriers n'appartiennent pas au secteur industriel, de même que les cadres et les employés n'exercent pas seulement dans le secteur tertiaire.

• La tertiarisation de la population active se traduit par l'augmentation significative de la part des emplois dans le secteur tertiaire, en raison de la hausse de la demande de services. Ces emplois représentent aujourd'hui plus de 75 % de la population en emploi, contre 40 % au début des années 1960. Parallèlement, les emplois dans l'agriculture puis dans l'industrie ont connu un déclin en raison de forts gains de productivité dus au progrès technique et de la concurrence accrue de produits étrangers.

MOT CLÉ
Les gains de productivité désignent l'augmentation du rapport production/emploi. S'ils croissent plus fortement que la production dans un secteur, alors l'emploi de ce secteur diminue.

Conclusion

Majoritaire dans l'agriculture et dans l'industrie jusqu'aux années 1970, la population active est aujourd'hui pour plus des trois quarts dans le secteur tertiaire, du fait de transformations de la production et de la demande.

21 Sujet spécimen 2021 • RAISONNEMENT

La structure socioprofessionnelle

2 h 30
10 points

S'ENTRAÎNER

INTÉRÊT DU SUJET • Salarisation, féminisation, tertiarisation… En quoi ces phénomènes marquent-ils l'évolution des emplois ?

À l'aide de vos connaissances et du dossier documentaire, vous montrerez que la structure socioprofessionnelle a évolué en France depuis la seconde moitié du XXe siècle.

DOCUMENT 1 **Part (en %) dans l'emploi selon la catégorie socioprofessionnelle, par sexe, en moyenne annuelle**

	1982			2019		
	Homme	Femme	Ensemble	Homme	Femme	Ensemble
Agriculteurs exploitants	7,3	6,7	7,1	2,1	0,8	1,5
Artisans, commerçants, chefs d'entreprise	9,1	7,2	8,3	9,3	3,9	6,7
Cadres et professions intellectuelles supérieures	10,3	4	7,8	21,6	16,8	19,3
Professions intermédiaires	19,2	19,8	19,5	23,1	28,3	25,6
Employés qualifiés	6,9	27,4	15,2	6,9	21,4	13,9
Employés non qualifiés	3,8	19,4	10,1	6	20,3	12,9

	1982			2019		
	Homme	Femme	Ensemble	Homme	Femme	Ensemble
Ouvriers qualifiés	24,5	3,8	16,1	21,7	3,5	12,9
Ouvriers non qualifiés	16,1	11,3	14,2	8,8	4,6	6,8
Autres	2,8	0,3	1,8	0,4	0,4	0,4
Ensemble	100	100	100	100	100	100
Effectifs (en milliers)	13 600	9 243	22 842	13 992	13 184	27 176

Source : d'après *Insee Résultats*, juin 2020.

Note : données de 1982 à 2019, corrigées pour les ruptures de série.
Champ : France hors Mayotte, population des ménages, personnes de 15 ans et plus.

DOCUMENT 2 Emploi salarié par secteur d'activité de 1989 à 2019

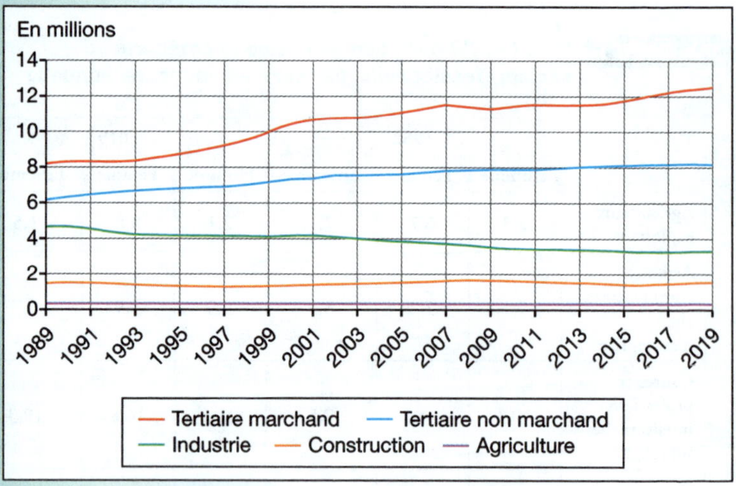

Source : « Emploi, chômage, revenus du travail », *Insee Références*, juillet 2020.

Champ : France hors Mayotte, personnes de 15 ans ou plus.

DOCUMENT 3 **Les grandes évolutions du marché du travail depuis les années 1960**

Quels que soient les chiffres, les taux, les indicateurs que l'on utilise, les faits sont là : depuis le début des années 1960, la montée de l'activité féminine est l'élément moteur de la croissance de la population active. Dans la période récente, ce sont les femmes qui ont assuré l'essentiel de l'augmentation des forces de travail. [...]

Les faits étant établis, comment peut-on expliquer ce mouvement [...] ? Il serait bien commode, ici, de pouvoir parler d'un « changement de mentalités », de l'émergence de nouveaux courants socioculturels : les femmes en veulent plus, comme on dit, elles s'accrochent à leur travail, elles affirment leur désir d'indépendance économique, etc. Tout cela est juste, mais n'explique rien. [...] On pourrait, bien sûr, renvoyer à des mutations socioculturelles d'un autre ordre : c'est la même génération de femmes qui a inauguré, à la fin des années 1960, la liberté de la contraception et de l'avortement, l'apparition d'un mouvement féministe radical, l'émergence de nouveaux modèles familiaux et la poussée de l'activité féminine. La coïncidence est trop belle pour n'être pas mentionnée. Mais au fond, qu'est-ce qui explique quoi ? Est-ce la maîtrise de la conception qui pousse au développement du travail féminin ou l'inverse ? Est-ce le renouveau du féminisme qui est à l'origine de la volonté d'autonomie économique des femmes, ou l'inverse ? La prudence, ici, s'impose. Ne parlons pas d'explication, mais de corrélation. Ces phénomènes forment un tout. Ils sont le signe des temps, ils sont concomitants, mais c'est tout ce que l'on peut dire. À défaut de pouvoir expliquer, on peut tenter de caractériser cette mutation sociale, d'en identifier les acteurs. Qui sont les femmes qui, depuis le début des années 1960, ont afflué sur le marché du travail ? Ce sont pour l'essentiel des mères de famille, des salariées du tertiaire, des femmes instruites et qualifiées.

Depuis la fin des années 1950, deux tendances ont caractérisé l'évolution de la structure des emplois : la tertiarisation et la salarisation du marché du travail. Au cœur de ces mutations, les femmes n'ont pas accompagné le mouvement, elles ont très fortement contribué à le produire. Et inversement : c'est parce que l'emploi devenait de plus en plus tertiaire et salarié que les femmes y ont accédé nombreuses.

Source : Margaret Maruani, *Travail et emploi des femmes*, Paris, La Découverte, 2017.

LES CLÉS DU SUJET

Analyser les termes du sujet et mobiliser ses connaissances

Analyse du sujet

vous montrerez
On vous demande de dégager des constats, qu'il s'agira de classer.

structure socioprofessionnelle
Répartition de la population en catégories socioprofessionnelles (CSP).

a évolué
L'analyse est centrée sur les changements au cours du temps.

depuis la seconde moitié du xxe siècle
Approximativement depuis les années 1960-1970.

Exploiter les documents

- **Document 1.** Ce tableau statistique montre, entre 1982 et 2019, l'évolution de la population en emploi (ligne « effectifs en milliers ») et de la **structure socioprofessionnelle des hommes et des femmes** (en pourcentage). Quelle place occupent les femmes dans l'emploi ? Quelles sont les CSP en déclin ? Et celles en expansion ?
- **Document 2.** Ce graphique expose l'**évolution des emplois salariés** en millions par secteur d'activité entre 1989 et 2019. Comment évoluent les emplois dans le secteur tertiaire ? Et les emplois industriels ?
- **Document 3.** Ce texte rédigé par une sociologue du travail, Margaret Maruani, évoque la **féminisation de la population active.** À quelles évolutions majeures de la population active cette féminisation est-elle liée ?

Définir les arguments

Argument 1	L'évolution de la structure socioprofessionnelle est caractérisée par un mouvement de salarisation et de féminisation.
Argument 2	La tertiarisation et une tendance à la hausse des qualifications transforment également la composition de la population active.

21 CORRIGÉ GUIDÉ

Les titres des parties ne doivent pas figurer sur votre copie.

Introduction

La structure socioprofessionnelle, c'est-à-dire la composition de la population active en catégories socioprofessionnelles, a connu en France de profondes mutations depuis les années 1960. Après avoir montré qu'elle est touchée par un phénomène de salarisation et de féminisation des actifs, nous observerons qu'elle est aussi marquée par un processus de tertiarisation et d'élévation des qualifications.

> **▶ Le secret de fabrication**
> Ce sujet repose sur un dossier documentaire qui fournit l'essentiel des éléments de réponse. La qualité de votre devoir va reposer sur une exploitation fine des documents et notamment l'utilisation des données statistiques, complétées de calculs pertinents pour étayer votre argumentation.

S'ENTRAÎNER

I. La structure socioprofessionnelle se salarise et se féminise

> **MOTS CLÉS**
> Un salarié est lié à un employeur par un contrat de travail qui crée une relation de subordination, au contraire d'un indépendant qui exerce pour son propre compte.

• La structure socioprofessionnelle est marquée par un processus long de salarisation (document 3), c'est-à-dire que le statut de salarié a pris massivement le pas sur celui d'indépendant, ce dernier n'occupant aujourd'hui qu'environ 10 % de la population active en France, contre un peu moins de 30 % au début des années 1960. Ce phénomène de salarisation se perçoit en particulier au travers de la baisse des deux catégories socioprofessionnelles (CSP) constituées exclusivement d'indépendants : les agriculteurs, dont la part a été divisée par près de cinq entre 1982 et 2019, et les artisans, commerçants et chefs d'entreprise, dont la part baisse plus faiblement (- 1,6 point) (document 1).

• La féminisation est une autre tendance lourde de l'évolution de la structure socioprofessionnelle, qui explique l'essentiel de l'augmentation de la population active depuis les années 1960 (document 3). Ce phénomène se poursuit : entre 1982 et 2019, le nombre de femmes en emploi progresse beaucoup plus vite que celui des hommes. La proportion de femmes atteint aujourd'hui près de la moitié de la population en emploi, contre environ 40 % en 1982 (document 1).

II. Le poids croissant du secteur tertiaire et la hausse des qualifications

• La tertiarisation, c'est-à-dire, la part croissante – et aujourd'hui très majoritaire – des emplois dans le secteur des services, est une autre tendance majeure de l'évolution de la population active, à l'œuvre depuis la fin des années 1950 (document 3). Si le tertiaire marchand croit plus vite que le tertiaire non marchand, ils représentent ensemble plus des trois quarts de la population active française contre environ 40 % dans les années 1960. Parallèlement le secteur industriel a connu une baisse importante de près de 1,5 million d'emplois salariés entre 1989 et 2019 (document 2).

• Le niveau de qualification s'est également élevé, la grande majorité des actifs étant aujourd'hui diplômée et les emplois offerts requérant des qualifications plus importantes. Ce phénomène est perceptible au travers de l'évolution de la structure socioprofessionnelle (document 1), caractérisée par une part croissante des cadres (7,8 % en 1982, 19,3 % en 2019) et des professions intermédiaires (+ 6,1 points), tandis que la part des ouvriers non qualifiés décroît fortement (de 14,2 % en 1982 à 6,8 % en 2019). Il faut cependant nuancer ce point puisqu'au cours de la même période la part des employés qualifiés a baissé tandis que celle des employés non qualifiés a augmenté.

> **CONSEIL**
> Pensez à effectuer des calculs simples pour bien exploiter les données (écart en points de pourcentage, coefficient multiplicateur).

Conclusion

La structure socioprofessionnelle a été profondément bouleversée par quatre mutations majeures en interaction : salarisation, féminisation, tertiarisation, qualification, qui ont en France considérablement modifié sa composition depuis le milieu du XXe siècle.

22 Dissertation

La pertinence de l'analyse en termes de classes sociales

4 heures
20 points

INTÉRÊT DU SUJET • Ce sujet permet de rendre compte des débats théoriques et statistiques en vigueur sur la pertinence d'une approche en termes de classes sociales pour analyser la structure sociale.

L'analyse en termes de classes sociales est-elle pertinente pour rendre compte de la structure sociale ?

DOCUMENT 1 Indicateurs de niveau de vie depuis 1996 en France (montants annuels en euros constants de 2017)

	1996	2002	2008	2010	2012	2013	2014	2017
Niveau de vie médian	17 280	19 150	20 370	20 200	20 120	20 100	20 150	20 880
Niveau de vie moyen	19 610	22 200	23 730	23 820	23 670	23 270	23 270	23 920
1er décile (D1)	9 190	10 680	11 290	10 970	10 670	10 790	10 770	11 190
9e décile (D9)	32 270	36 230	38 140	37 890	38 070	37 380	37 260	38 210
Rapport inter-décile (D9/D1)	3,5	3,4	3,4	3,5	3,6	3,5	3,5	3,4

Source : D'après *France, portrait social*, Insee, 2019.

Champ : France métropolitaine, personnes vivant dans un ménage dont le revenu déclaré à l'administration fiscale est positif ou nul et dont la personne de référence n'est pas étudiante.

DOCUMENT 2 Les inégalités face à la santé

La santé de la population s'est améliorée de façon remarquable au cours des dernières décennies, puisqu'en un siècle, nous avons gagné 30 ans de vie en plus. Néanmoins, cet état de santé moyen recouvre d'importantes disparités. À 35 ans, un cadre supérieur a encore 47 ans à vivre en moyenne, un ouvrier 41 ans : ces six ans de différence représentent plus que les progrès accomplis globalement sur l'espérance de vie en un quart de siècle. À âge égal, la mortalité des personnes sans diplôme est deux fois plus élevée que celle des bacheliers. Quel que soit le critère retenu, revenu, éducation, catégorie sociale, statut d'emploi..., les moins favorisés meurent plus prématurément. Dans cette vie plus courte, ils vivent également plus longtemps avec des maladies ou des incapacités. Ainsi, sur les 47 ans qui restent à vivre, en moyenne, à un homme cadre supérieur de 35 ans, celui-ci peut espérer vivre 34 ans sans aucune incapacité même légère, tandis que pour un ouvrier, ce seront 24 ans sur 41 au total. Pour les femmes, si l'écart d'espérance de vie entre cadres supérieures et ouvrières est deux fois moins important que pour les hommes (3 ans), la différence est plus proche pour l'espérance de vie sans aucune incapacité (8 ans). [...] Les écarts de mortalité entre groupes sociaux s'observent aussi pour la plupart des pathologies. Ils sont particulièrement élevés pour certaines d'entre elles : un homme ouvrier a deux fois et demie plus de chances de mourir d'un AVC avant 65 ans qu'un cadre, un non diplômé 4,4 fois plus de chances de décéder d'un cancer des voies aéro-digestives supérieures qu'un bachelier. Les cancers contribuent, globalement, à 40 % des écarts de mortalité entre les deux niveaux d'éducation, les maladies cardiovasculaires à un tiers. Pour les femmes, ce sont ces dernières qui contribuent le plus à la surmortalité des non diplômées (pour 40 %), devant les cancers.

Source : Dominique Polton, « Les inégalités de santé », *Cahiers français*, mai-juin 2015, La Documentation française © DILA.

DOCUMENT 3 **Sentiment d'appartenance à une classe sociale (en %)**

Question : Avez-vous le sentiment d'appartenir à une classe sociale ? Et, si oui, laquelle ?

Sentiment d'appartenance	1966	2001	2002	2010	2015
Non	**39**	**46**	**47**	**36**	**35**
Total Oui	**61**	**54**	**53**	**64**	**65**
La classe bourgeoise	4	2	2	3	1
Les classes dirigeantes	–	–	0	–	0
Les cadres	1	3	3	2	3
Les classes moyennes	13	27	22	38	38
La classe ouvrière	23	9	14	6	6
Les travailleurs, les salariés	3	2	2	1	3
Les paysans, les agriculteurs	3	1	1	1	0
Les commerçants	1	–	1	–	0
Les pauvres	3	1	1	2	3
Autre	8	6	5	10	11

Source : *L'État de l'opinion*, TNS-Sofres, 2016.

Note : en raison des arrondis la somme des données d'une même colonne ne correspond pas toujours exactement au « Total Oui ».

LES CLÉS DU SUJET

Analyser la consigne et dégager une problématique

Analyse du sujet

- **Classes sociales**
  Vous devez maîtriser la théorie des classes sociales de Karl Marx.
- **pertinente**
  Vous devez être capable de rendre compte des principaux débats théoriques et statistiques de l'approche en termes de classes sociales.
- **structure sociale**
  Organisation de la société en groupes sociaux hiérarchisés selon des critères qui peuvent être multiples (catégorie socioprofessionnelle, revenu, âge…)

• **Problématique.** Elle reformulera le sujet en faisant apparaître les débats théoriques et statistiques autour de la pertinence de l'analyse en termes de classes sociales.

Exploiter les documents

• **Document 1.** Ce tableau vous renseigne sur l'**évolution du niveau de vie** en France. Quel constat pouvez-vous faire ? Quel calcul peut le justifier ? Demandez-vous si votre constat met en évidence l'existence de classes sociales ou non.

• **Document 2.** Ce texte traite des **inégalités liées à la santé**. Quels exemples permettent de dire que l'analyse en termes de classes sociales est encore valable aujourd'hui ? Lesquels s'y opposent ?

• **Document 3.** Ce tableau donne les résultats d'une enquête d'opinion sur le sentiment d'appartenance à une classe sociale. Commencez par lire la ligne « Total Oui » : qu'en déduisez-vous ? Demandez-vous si certaines catégories de population se distinguent. Ce document remet-il en cause l'analyse en termes de classes sociales ?

Définir le plan

Ce **sujet débat** appelle un plan en deux parties.

I. Une analyse dépassée	• Montrez que la réduction des inégalités et le déclin de la conscience de classe remettent en cause l'analyse en termes de classes sociales.
II. Une nouvelle légitimité	• Expliquez que l'on observe un retour des inégalités et une persistance, chez certains groupes sociaux, d'une conscience de classe.

22 CORRIGÉ GUIDÉ

Les titres de parties ne doivent pas figurer sur votre copie.

Introduction

[accroche] De la fin de la Seconde Guerre mondiale au début des années 1990, la société française a connu un processus continu de réduction des inégalités, permettant à tous de bénéficier d'un niveau de vie plus élevé et de conditions d'existence décentes. En parallèle, les modes de vie se sont rapprochés, laissant place à une vaste classe moyenne, effaçant les disparités économiques et sociales entre les individus.

> **MOT CLÉ**
> Le niveau de vie correspond au revenu disponible en tenant compte de la composition du ménage.

[présentation du sujet] Certains théoriciens ont vu dans ce processus de moyennisation le signe de la disparition des classes sociales et ont remis en cause l'analyse fondatrice de Karl Marx de la stratification sociale reposant sur l'existence de deux classes aux positions et intérêts diamétralement opposés. Mais ce mouvement de réduction des inégalités a cessé, les écarts se creusant aujourd'hui. [problématique] Aussi, dans quelle mesure est-il encore pertinent d'analyser la structure sociale française contemporaine à l'aune de la théorie de Marx ? [annonce du plan] Nous verrons que si l'analyse en termes de classes sociales ne semble plus aussi pertinente qu'auparavant, il n'en demeure pas moins qu'elle redevient d'actualité aujourd'hui.

I. L'analyse en termes de classes sociales a perdu de sa pertinence

Au premier abord, l'analyse en termes de classes sociales paraît dépassée. Les inégalités entre groupes sociaux se sont réduites et l'on observe un certain déclin de la conscience de classe.

> **▶ Le secret de fabrication**
> Les introductions des grandes parties doivent annoncer leurs différentes sous-parties sous la forme de phrases précisant la façon dont vous allez répondre au sujet. N'oubliez pas de conclure chaque grande partie en résumant chacune de leurs sous-parties.

S'ENTRAÎNER

1. La réduction des inégalités entre groupes sociaux

• Les écarts de revenu ou de détention de patrimoine sont moins forts aujourd'hui qu'il y a 60 ans. Les ménages ont vu leur niveau de vie s'améliorer : selon l'Insee, entre 1996 et 2017, le revenu médian français est passé de 17 280 à 20 880 euros, soit une augmentation de 20 % (document 1).

MOT CLÉ
Le revenu médian est le revenu par rapport auquel 50 % de la population gagne plus, et 50 % gagne moins.

• D'autre part, l'accès aux ressources sociales (éducation, emploi, santé, etc.) s'est généralisé. Cela a permis, par exemple, à notre espérance de vie de gagner 30 ans en l'espace d'un siècle (document 2).

▶ Le secret de fabrication
Dans ce sujet, vous devez montrer s'il existe ou non des inégalités. Pour cela, dans chaque document, vous devez sélectionner les données chiffrées qui vous permettent de justifier vos affirmations. Dès que possible, faites également des calculs d'écarts relatifs afin de montrer que vous maîtrisez les savoir-faire statistiques.

2. Le déclin de la conscience de classe

• Selon Marx, l'autre condition pour qu'un groupe constitue une classe sociale, c'est que ses membres aient un sentiment d'appartenance commun et soient capables de s'organiser pour défendre leurs intérêts. Ce groupe est alors une classe pour soi. Or, en 2015, 35 % des individus interrogés déclarent n'appartenir à aucune classe sociale, selon une enquête de TNS-Sofres (document 3).

• Ce déclin de la conscience de classe est particulièrement fort dans les milieux populaires : en 2015, seuls 6 % des individus revendiquent leur appartenance à la classe ouvrière, soit une proportion presque 4 fois inférieure à celle de 1966 (document 3). À l'inverse, dans le même temps, la part des individus déclarant appartenir aux classes moyennes a été presque multipliée par 3 (de 13 à 38 %).

[conclusion partielle] Ainsi, les conditions objectives d'existence des ménages français, mesurées par l'accès aux ressources économiques et sociales, se sont rapprochées, ce qui rend moins pertinente la théorie des classes sociales comme outil d'analyse de la société française contemporaine. En parallèle, le sentiment d'appartenance à la classe ouvrière décline, au profit de l'identification aux classes moyennes. [transition] Si ces évolutions semblent témoigner d'un processus de moyennisation de la population, d'autres observations suggèrent une pertinence nouvelle de l'analyse en termes de classes sociales.

II. Mais certaines observations redonnent de la légitimité à cette analyse

Deux phénomènes semblent rendre possible un retour à l'analyse en termes de classes sociales. D'une part, le processus de réduction des inégalités s'est arrêté depuis le début des années 1990, et d'autre part la conscience de classe n'a pas totalement disparu.

1. Un processus de réduction des inégalités au point mort

• On observe aujourd'hui des écarts croissants dans l'accès aux ressources socialement valorisées, entre les classes sociales, mais aussi à l'intérieur de chacune d'entre elles.

• En premier lieu, les inégalités économiques et sociales entre classes persistent. Ainsi, selon l'Insee, les 10 % des ménages français les plus pauvres (D1) ont un niveau de vie toujours 3,4 fois inférieur à celui des 10 % des ménages les plus riches (D9) en 2017, comme c'est le cas depuis 1996 (document 1). Nous pouvons en déduire que même si les niveaux de vie moyen et médian augmentent, le processus de réduction des inégalités économiques ne s'est pas poursuivi au-delà des années 1990. De même, si l'espérance de vie n'a cessé de croître au sein de la population, on observe toujours de grandes disparités entre les catégories sociales les plus favorisées et les milieux populaires. Par exemple, un ouvrier a aujourd'hui deux fois et demie plus de chances de mourir d'un accident vasculaire cérébral (AVC) avant 65 ans qu'un cadre (document 2).

• En second lieu, à cette distance interclasses s'ajoute une distance intraclasse de plus en plus grande. Au sein d'une même classe sociale, on note des écarts dans l'accès aux ressources valorisées par la société, qui favorisent une partie des membres de cette classe par rapport à l'autre : c'est le cas des inégalités de revenus entre les hommes et les femmes de même catégorie socioprofessionnelle, ou entre les jeunes cadres et leurs aînés, ou encore entre les salariés résidant en région parisienne et ceux habitant en province.

> **CONSEIL**
> Les notions de distance interclasses et intraclasse renvoient au cours ; vous devez donc les mobiliser dans votre dissertation.

2. La persistance d'une conscience de classe

• En outre, la conscience de classe n'a pas totalement disparu. Une grande partie de la population exprime toujours le sentiment d'appartenir à une classe sociale : c'est le cas de 65 % des individus interrogés en 2015 dans l'enquête TNS-Sofres (document 3). Ce chiffre a même tendance à augmenter ; il s'élevait à 61 % en 1966.

S'ENTRAÎNER

• La persistance du sentiment d'appartenance est notable chez les cadres. La proportion d'individus qui s'en réclament est certes faible, mais elle est relativement stable depuis le début des années 2000. Les ressources économiques des cadres leur permettent de se distinguer des autres groupes sociaux, de même que leur mode de vie qui favorise une socialisation garante de l'entre-soi bourgeois et de leurs intérêts : scolarisation dans des établissements de centre-ville, pratique d'activités sportives dans des clubs qui leur sont réservés, fréquentation de rallyes facilitant l'homogamie. On retrouve ici les caractéristiques marxistes de la classe pour soi.

[conclusion partielle] Ainsi, la société française semble toujours traversée par des inégalités économiques et sociales fortes, inter et intraclasses, qui structurent des groupes sociaux distincts et hiérarchisés. La conscience de classe demeure, quant à elle, un élément fondateur de la bourgeoisie, capable de se mobiliser pour préserver ses intérêts. Ces éléments redonnent de la pertinence à l'analyse de la structure sociale à l'aide de la théorie marxiste des classes sociales.

Conclusion

[bilan] Le débat est donc toujours d'actualité sur la pertinence de l'approche en termes de classes sociales pour rendre compte de la société française, tant au niveau théorique que statistique, du fait de l'évolution des distances inter et intraclasses, de l'articulation des inégalités avec les rapports de genre, et de la plus ou moins grande conscience de classe de certains groupes sociaux. [ouverture] Nous pouvons nous demander par ailleurs dans quelle mesure les facteurs d'individualisation contribuent à brouiller les distances inter et intraclasses.

Démocratisation et massification scolaires

30 min
4 points

INTÉRÊT DU SUJET • L'École est une instance essentielle longtemps réservée aux plus favorisés. Il est important de comprendre comment elle a été rendue accessible à tous et dans quelle mesure cette évolution constitue une réussite, même si elle demeure inaboutie.

▶ À l'aide de vos connaissances, montrez que la démocratisation scolaire est imparfaite.

LES CLÉS DU SUJET

Définir les mots clés

• La **démocratisation** est le processus qui consiste à rendre accessible à tous une ressource.

• La **démocratisation scolaire** est effective lorsque chaque élève peut avoir accès à l'ensemble des diplômes proposés, quelle que soit son origine sociale.

Structurer la réponse

• En introduction, distinguez la démocratisation quantitative (**massification**) de la démocratisation qualitative.

• Dans le développement, montrez que la démocratisation scolaire est bien **réelle**, puis expliquez que celle-ci est **peu qualitative** et présente une réussite et des taux d'accès aux diplômes inégaux.

• En conclusion, rappelez que les **deux formes** de démocratisation, massification et démocratisation, cohabitent.

23 CORRIGÉ GUIDÉ

Les titres des parties ne doivent pas figurer sur votre copie.

Introduction

L'École s'est transformée tout au long de son histoire pour assurer sa démocratisation. Celle-ci est quantitative quand elle permet l'accès du plus grand nombre à l'École, et qualitative lorsqu'il existe également une réelle égalité des chances de réussite. Nous verrons tout d'abord que l'École s'est démocratisée d'un point de vue quantitatif, puis qu'elle peine cependant à se démocratiser d'un point de vue qualitatif.

Développement

- La démocratisation quantitative de l'École commence en 1881 lorsque celle-ci devient gratuite et obligatoire pour tous avec les lois scolaires de Jules Ferry. L'obligation scolaire initialement fixée à 13 ans sera régulièrement augmentée, jusqu'à 16 ans en 1959. Actuellement les taux de scolarisation sont très élevés : 80 % des jeunes de 18 ans sont inscrits dans un établissement scolaire et près de 100 % des enfants âgés de 3 ans, contre 60 % pour ces derniers en 1960. Le taux d'accès au baccalauréat a été multiplié par quatre en cinq décennies en raison notamment de la création des filières technologiques (1968) et professionnelles (1985).
- Cependant, la démocratisation qualitative est insuffisante. Les élèves les moins favorisés socialement et économiquement maîtrisent moins la langue française, et ce dès l'école primaire. Un peu plus d'un tiers des enfants d'ouvriers obtiennent un baccalauréat dans une filière générale contre 75 % des enfants de cadres. Et ces élèves les moins favorisés socialement et économiquement ne représentent que 7 % des effectifs des classes préparatoires.

Conclusion

L'École a connu une démocratisation quantitative (massification) indéniable ; mais elle reste marquée par une trop faible démocratisation qualitative, source d'inégalités de réussite scolaire et donc professionnelle.

Les dépenses d'éducation en France

1 heure
6 points

S'ENTRAÎNER

INTÉRÊT DU SUJET • L'effort pour assurer un accès à tous à l'École se mesure en partie quantitativement grâce aux dépenses consenties par un pays pour scolariser sa population.

DOCUMENT **Dépense (en euros) par élève en France (1980-2015)**

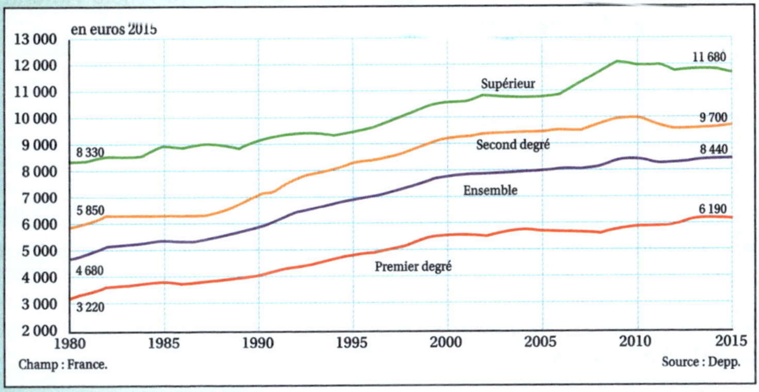

Source : Insee, 2016.

Note : « premier degré » correspond à l'école primaire et « second degré » au collège et au lycée.

▶ **1.** Pour le second degré, calculez une variation entre 1980 et 2015.

▶ **2.** Faites le lien entre l'évolution des dépenses par élève entre 1980 et 2015 et la massification scolaire dans l'accès au baccalauréat.

LES CLÉS DU SUJET

Définir le mot clé

• **La massification scolaire**, c'est-à-dire l'augmentation des taux de scolarisation et d'accès aux diplômes, permet la réussite au baccalauréat pour un grand nombre d'élèves.

Comprendre le document

• Menez une **comparaison** entre 1980 et 2015 et étudiez la **courbe du second degré**. Vous pouvez aussi établir des comparaisons avec les autres courbes du graphique.

Structurer la réponse à la seconde question

• Prouvez que les dépenses ont **augmenté** dans le second degré et qu'elles sont importantes par rapport aux autres dépenses.
• Conclure que l'importance des dépenses par élève reflète **l'intérêt porté à la réussite** de chacun.

24 CORRIGÉ GUIDÉ

▶ **1.** Pour le second degré, entre 1980 et 2015, la variation absolue a été de : 9 700 – 5 850 = 3 850 euros 2015.

Le taux de variation associé est :
(3 850 / 5 850) × 100 = 66 %.

▶ **2.** *Les titres de parties ne doivent pas figurer sur votre copie.*

Introduction

Ce document de l'Insee a été publié en 2016 et présente les dépenses d'éducation en France de 1980 à 2015 en fonction du niveau de scolarisation.

Développement

• Ce graphique de l'Insee compare dans le temps les dépenses par élève en fonction du niveau de scolarisation. Quel que soit ce dernier, elles augmentent globalement et leur hiérarchie reste la même. Ainsi, les dépenses sont toujours les plus fortes pour le supérieur alors qu'elles demeurent toujours les plus faibles pour le premier degré.

• On constate une forte augmentation des dépenses par élève dans le second degré, d'environ 66 % entre 1980 et 2015, avec une accélération vers la fin des années 1980 qui s'est poursuivie jusqu'en 2010. Avec 9 700 euros par élève en 2015, c'est la deuxième plus forte dépense d'éducation, après celle à destination de l'enseignement supérieur pour lequel la France consacre 11 680 euros par élève. Quant aux dépenses pour le premier degré, elles sont presque deux fois inférieures.

> CONSEIL
> Utilisez le résultat du calcul de taux de variation obtenu à la question 1.

• Cette analyse prouve que la France organise la démocratisation scolaire et investit des sommes conséquentes dans cet objectif, ce qui explique en partie l'augmentation du taux de réussite au baccalauréat sur la même période.

Conclusion

La France augmente ses dépenses chaque année pour tous les élèves afin d'assurer au plus grand nombre un accès égal aux différents diplômes.

25 Raisonnement

Évolution de l'accès à l'École et aux études supérieures

2 h 30
10 points

INTÉRÊT DU SUJET • L'augmentation et l'égalisation des chances d'accès aux différentes étapes de la scolarisation permettent d'affirmer le caractère démocratique de l'École. Assiste-t-on à une telle évolution en France ?

Décrivez l'évolution de l'accès à l'École et à l'enseignement supérieur depuis les années 1950 en France.

DOCUMENT 1 La massification scolaire sous la Vᵉ République

Jusqu'à la fin des années 1950, le système scolaire français était encore fondé sur la stricte séparation de deux ordres d'enseignement : élémentaire et secondaire. [...] L'enseignement secondaire [est alors] l'apanage d'une minorité issue des groupes sociaux les plus aisés. [...] À la fin des années 1950, seuls 10 % des jeunes constituant une classe d'âge accédaient au baccalauréat. [...]

La réforme Berthoin de 1959 prévoit donc la généralisation de l'entrée en sixième tout en envisageant le prolongement de la scolarité obligatoire jusqu'à 16 ans à partir de 1967. [...]

Après avoir augmenté de 30 % entre 1959 et 1962, le nombre des élèves en collège s'accroît de 58 % entre 1968 et 1972 avant de se stabiliser [...].

L'évolution des effectifs du second cycle général et technologique est tout aussi massive. [...] Alors que moins de 400 000 élèves sont scolarisés au lycée de la seconde à la terminale en 1958, ils sont plus de 1,5 million au début des années 1990. [...]

En 1985, la création des baccalauréats professionnels favorise l'allongement des études des élèves de l'enseignement professionnel. [...]

En 2012, près de 80 % d'une génération obtient le premier grade de l'enseignement supérieur, dont un quart de bacheliers professionnels.

Source : Florence Defresne et Jérôme Krop, « La massification scolaire sous la Ve République », *Éducation & Formations*, n° 91, septembre 2016.

DOCUMENT 2 **Évolution de la part des individus selon leur milieu social et les filières de l'enseignement supérieur (en %)**

	Enfants de cadres		Enfants d'ouvriers	
	2007	2017	2007	2017
Université	35,6	34,1	11,2	11,7
IUT	28,8	31,1	15,0	14,1
BTS	15,8	16,0	21,3	24,1
Classes préparatoires	52,2	51,8	5,3	7,2
Écoles normales supérieures	60,6	61,0	3,9	2,9
Proportion dans l'ensemble des étudiants	34,0	34,9	12,2	12,2

Source : ministère de l'Éducation nationale.

LES CLÉS DU SUJET

Analyser les termes du sujet et mobiliser ses connaissances

Analyse du sujet

décrivez
On vous demande de présenter des faits ; il ne s'agit pas de les expliquer.

évolution
Il faut comparer différentes années/périodes.

accès à l'École
Accès à un niveau ou à un certain type d'établissement scolaire.

depuis les années 1950 en France
Cadre spatio-temporel.

Exploiter les documents

• **Document 1.** Cet extrait d'article présente le processus de **massification scolaire**, c'est-à-dire d'augmentation des taux de scolarisation et d'accès aux différents diplômes, en France entre les années 1950 et 2012. Quelles en sont les grandes étapes ?

• **Document 2.** Ce tableau montre l'évolution de la proportion des **enfants de cadres et d'ouvriers dans différentes filières** de l'enseignement supérieur entre 2007 et 2017. Observe-t-on un rapprochement entre ces deux catégories ?

Définir les arguments

Argument 1	Le taux de scolarisation a augmenté en France pour tous les niveaux d'études depuis les années 1950.
Argument 2	Si les chances d'accès à l'École sont meilleures, elles restent très inégalitaires dans les filières les plus prestigieuses.

25 CORRIGÉ GUIDÉ

Les titres des parties ne doivent pas figurer sur votre copie.

Introduction

Comme la Loi pour une École de la confiance promulguée en 2019, de nombreuses réformes se sont succédé en France depuis les années 1950 pour réduire les inégalités d'accès et de réussite à l'École et dans l'enseignement supérieur. Ces réformes se sont-elles accompagnées d'une réelle démocratisation scolaire ? Une première partie montrera que, depuis les années 1950, la proportion d'individus d'une génération accédant aux différents niveaux du système scolaire a bien augmenté, attestant d'une démocratisation quantitative de l'École, ou massification scolaire. Une seconde partie insistera sur le fait que les inégalités de chances perdurent, la démocratisation qualitative semblant ainsi bien plus lente.

I. Une indéniable démocratisation quantitative

▶ Le secret de fabrication

Il s'agit ici de présenter un processus de démocratisation scolaire quantitative en s'appuyant sur des statistiques mesurant l'évolution de l'accès à l'École et à l'enseignement supérieur. Vous pouvez en évoquer les raisons ; mais ce n'est pas le cœur du sujet.

- Depuis les années 1950, une démocratisation quantitative certaine s'observe au collège. Après la réforme Berthoin de 1959 (généralisation de l'entrée en sixième et prolongement de la scolarité obligatoire jusqu'à 16 ans à partir de 1967), le nombre de collégiens augmente de 30 % entre 1959 et 1962, puis de 58 % entre 1968 et 1972 (document 1).
- On observe également un mouvement de massification d'ampleur au lycée. Alors que moins de 400 000 élèves y sont scolarisés en 1958, ils sont plus de 1,5 million au début des années 1990 (document 1).
- Ce mouvement se traduit par une hausse du taux d'accès au baccalauréat : alors que seuls 10 % des jeunes constituant une classe d'âge y accédaient, ils sont près de 80 % en 2012 (document 1).

II. Une démocratisation qualitative moins spectaculaire

- Si le secondaire n'est plus l'apanage des groupes sociaux les plus aisés, au lycée les catégories populaires sont surreprésentées dans les filières technologiques et professionnelles, et sous-représentées dans les filières générales, plus prestigieuses.
- On retrouve ce phénomène dans le supérieur : en 2017, l'écart entre les proportions d'enfants de cadres et d'ouvriers parmi les étudiants à l'université est de 22,4 points (document 2).
- L'écart s'accroît même dans certaines filières sélectives : ainsi 56,7 à 58,1 points séparent leurs parts respectives parmi les étudiants des écoles normales supérieures.

À NOTER
Un tel écart est d'autant plus parlant que les premiers ne représentent que 17 % d'une classe d'âge, contre près de 50 % des seconds.

Conclusion

Depuis les années 1950, l'École française a connu une indéniable démocratisation quantitative ; les taux d'accès aux différents niveaux de formation initiale ont ainsi augmenté. Cependant, des inégalités demeurent entre les enfants selon leurs milieux sociaux. Le mouvement de démocratisation scolaire est donc loin d'être achevé.

26 Polynésie française, mars 2021
DISSERTATION

Les inégalités de réussite scolaire

4 heures
20 points

INTÉRÊT DU SUJET • Les inégalités scolaires constituent un enjeu fort pour notre société car elles sont susceptibles de remettre en cause la cohésion sociale. Il est donc important d'en comprendre les causes.

▶ Comment expliquer les inégalités de réussite scolaire ?

DOCUMENT 1 **Niveau de diplôme des 25-34 ans selon le milieu social, en 2018, en France (en %)**

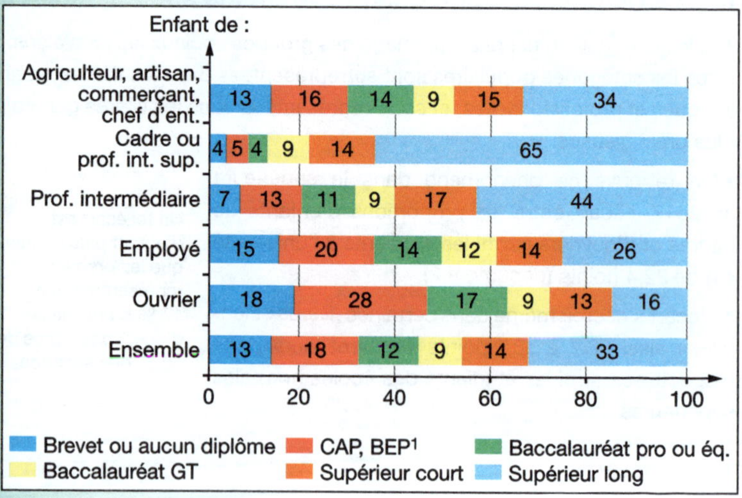

Source : ministère de l'Éducation nationale, de la jeunesse et des sports, *L'État de l'école 2019*.

Champ : France métropolitaine + DOM (hors Mayotte), données provisoires.
1. CAP : Certificat d'aptitude professionnelle ; BEP : Brevet d'études professionnelles.

DOCUMENT 2 Environnement familial et accès aux livres

Les parents [de Lucie, 5 ans, en grande section maternelle], Pierre et Aline, se sont rencontrés en 1994 et pacsés en 2012. Né en 1964, Pierre a 51 ans au moment de l'enquête. C'est un écrivain connu et reconnu, publiant dans une maison d'édition parisienne renommée [...].

Née en 1974, Aline, la mère, a 41 ans et enseigne actuellement à trois quarts de temps la philosophie dans un lycée de Besançon. Depuis ses maternités, elle a utilisé ses congés parentaux et les temps partiels pour être plus présente auprès de ses filles et avoir aussi du temps pour elle. [...]

Des tableaux, essentiellement d'art contemporain, originaux ou simples reproductions, tapissent les murs. Dans toutes les pièces, les livres envahissent les étagères. [...] Les chambres se trouvent à l'étage. Celles des filles, chacune disposant de la sienne, se situent de part et d'autre de celle de leurs parents. Dans la chambre de Lucie, une bibliothèque regroupe les livres pour enfants et des bandes dessinées de toutes sortes [...].

À la maison le livre est central et banal. [...] Objet du quotidien dont la présence est banalisée, ils n'ont plus rien d'exceptionnel pour des enfants qui peuvent quotidiennement en constater l'usage et en mesurer l'importance aux yeux des adultes. Lucie et Élise voient cependant que les livres ne sont pas des objets comme les autres, qu'ils sont destinés à être lus et qu'il faut pour ça acquérir des compétences qui permettent d'entrer en contact avec eux. L'envie de lire est générée presque naturellement chez les enfants vivant une telle situation, tant ils souhaitent pouvoir à leur tour d'accéder aux mystères contenus par ces objets. À propos de Lucie, Pierre dit : « Parfois, elle prétend presque savoir déjà lire, enfin elle déchiffre quand même. Dès qu'elle peut déchiffrer un mot, elle est toute fière. »

Source : *Enfances de classe*, sous la direction de Bernard Lahire, 2019.

DOCUMENT 3 **Attentes des familles en matière de formation et vœu d'orientation en fin de troisième générale, selon qu'au moins un des parents est ou non bachelier**

	Aucun des parents n'a le baccalauréat	Au moins un des parents a le baccalauréat
Diplôme considéré comme le plus utile pour trouver un emploi (en %)		
Aucun	1,8	1,3
CAP ou BEP[1]	14,1	1,7
Baccalauréat professionnel	21,7	10,4
Baccalauréat général ou technologique	15,2	9,1
Diplôme de l'enseignement supérieur	19,1	57
Ne sait pas	28	20,4
Vœu d'orientation en seconde générale et technologique en fin de troisième générale selon les notes au contrôle continu du brevet[2] (en %)		
Moins de 8/20	11,5	31,6
De 8/20 à moins de 10/20	38,9	65,7
De 10/20 à moins de 12/20	70	90,3
De 12/20 à moins de 15/20	91,8	98,8
15/20 ou plus	99,3	99,7
Part des élèves qui choisissent la voie professionnelle quand ils ont obtenu 10/20 ou plus au contrôle continu du brevet (en %)		
	17,4	3,3

Source : d'après Insee, *France, portrait social*, 2009.

Champ : France, entrants en sixième en 1995.
Lecture : quand aucun d'entre eux n'avait le baccalauréat, 14,1 % des parents déclarent que le CAP ou le BEP sont les diplômes les plus utiles pour trouver un emploi.
1. CAP : Certificat d'aptitude professionnelle ; BEP : Brevet d'études professionnelles.
2. Moyenne obtenue par l'élève en français, mathématiques et première langue vivante.

S'ENTRAÎNER

DOCUMENT 4 **Effectifs de l'enseignement supérieur en 2018-2019**

	Effectifs (en milliers)	Part des femmes (en %)	Part des élèves ayant des parents[1] CPIS (%)	Part des élèves ayant des parents[1] ouvriers ou inactifs (%)
Université	**1 615**	**57,4**	**33,3**	**18,3**
Préparation au DUT	120	40,3	30,7	18,3
Droit, sciences politiques	207	66,6	36,6	17
Économie, AES	192	53,4	28,1	22,7
Arts, lettres, langues, SHS	506	69,5	27,1	21,2
STAPS	57	31	29,7	18,4
Santé	233	64	47,8	10,8
Sciences	270	41,1	33,6	18,6
Formations d'ingénieurs	31	28,8	43,2	12,3
Formations d'ingénieurs hors université	**133**	**27,4**	**53,9**	**7,6**
Écoles de commerce, gestion, vente et comptabilité	**188**	**50,9**	**51,1**	**6,1**
Écoles artistiques, d'architecture et de journalisme	**95**	**58,9**	**47,4**	**7,7**
Écoles paramédicales et sociales	**135**	**85,6**	**23**	**19**
CPGE et prépas intégrées	**96**	**41,1**	**52,6**	**10,3**
STS et assimilés	**263**	**49**	**15,6**	**34,3**
Autres écoles et formations[2]	**155**	**53,8**	**44,2**	**11,7**
Ensemble	**2 679**	**55,3**	**34,3**	**18,1**

Source : D'après Insee, 2020.

1. Les proportions sont calculées en excluant les étudiants dont l'origine sociale n'est pas renseignée, soit 14 % en moyenne. Cette proportion est inférieure à 20 % sauf dans les écoles de commerce (37 %), les autres écoles et formations (31 %) et les écoles artistiques (45 %).
2. Notamment établissements privés, ENS, écoles juridiques et administratives.
Note : CPIS : cadres et professions intellectuelles supérieures ; DUT : Diplôme universitaire de technologie ; AES : administration économique et sociale ; SHS : sciences humaines et sociales ; STAPS : sciences et techniques des activités physiques et sportives ; CPGE : classes préparatoires aux grandes écoles ; STS : section de technicien supérieur ; ENS : École normale supérieure.

LES CLÉS DU SUJET

Analyser la consigne et dégager une problématique

Analyse du sujet

comment expliquer
Vous devez analyser les causes des inégalités de réussite scolaire.

inégalités
Elles représentent les différences d'accès aux ressources socialement valorisées (comme la réussite scolaire).

réussite scolaire
Elle se mesure par l'accès aux différents niveaux scolaires et de diplômes.

• **Problématique.** Quels sont les principaux facteurs agissant sur la réussite scolaire ?

Exploiter les documents

• **Document 1.** Le graphique permet de comparer le **niveau de diplôme** des 25-34 ans en France en 2018. Quelle est l'origine sociale des plus diplômés de cette génération ? Quel peut être le rôle de l'origine sociale dans la réussite scolaire ?

• **Document 2.** Le texte décrit un exemple **d'environnement familial** dans lequel les enfants sont stimulés à lire et à assimiler les principaux savoirs scolaires. Quelle place la famille occupe-t-elle dans la réussite scolaire ? Par quelles voies l'environnement familial peut-il faciliter cette réussite ?

• **Document 3.** Le tableau statistique permet de comparer les **attentes en termes d'orientation** pour leurs enfants des parents en fonction de leur niveau de diplôme (baccalauréat ou non). Quelles sont les différences dans les attentes familiales sur l'orientation des enfants ? Comment ces attentes peuvent-elles agir sur la réussite scolaire ?

• **Document 4.** Les données du tableau renseignent sur les **effectifs de l'enseignement supérieur** en fonction du type d'enseignement et de l'appartenance socioprofessionnelle des parents. Quels sont les enseignements du supérieur les plus valorisés ? Quelle est la catégorie socioprofessionnelle des parents dans ces études les plus valorisées ?

Définir le plan

I. Origine sociale et réussite scolaire	• Quelle est la place de l'origine sociale dans la réussite scolaire ? (documents 1 et 4) • L'origine sociale est-elle le seul facteur explicatif de la réussite scolaire ?
II. Environnement familial et réussite scolaire	• Comment l'environnement familial peut-il favoriser la réussite scolaire ? (documents 2 et 4) • Comment les attentes des familles peuvent-elles favoriser la réussite scolaire ? (document 3)

26 CORRIGÉ **GUIDÉ**

Les titres des parties ne doivent pas figurer sur votre copie.

Introduction

[accroche] Les enquêtes internationales sur les systèmes éducatifs mettent en évidence les inégalités que connaît la France en matière de réussite scolaire. [présentation du sujet] Comment peut-on expliquer un tel phénomène ? La réussite scolaire est mesurée par l'accès aux différents niveaux scolaires et de diplômes et elle est considérée comme une ressource socialement valorisée. Or, l'existence d'inégalités signifie qu'il y a des différences d'accès à cette ressource. [problématique] Quels sont alors les principaux facteurs de la réussite scolaire ? [annonce du plan] Un premier facteur tient à l'origine sociale, entretenue par le système scolaire ; un second facteur est le rôle de la famille.

I. Origine sociale et inégalités scolaires

1. L'influence de l'origine sociale sur la réussite scolaire

> ▶ **Le secret de fabrication**
> Les documents portent surtout sur l'origine sociale et la famille comme facteurs d'inégalités scolaires. Cependant, il est nécessaire de mettre en avant d'autres déterminants, en vous appuyant sur vos connaissances.

• En 2018, en France, 65 % des enfants de cadres et de professions intellectuelles supérieures âgés de 25 à 34 ans ont un diplôme du supérieur long, contre 16 % des enfants d'ouvriers (document 1). Cette même année, plus de la moitié des élèves de classes préparatoires aux grandes écoles et des prépas intégrées, qui sont les formations les plus valorisées, sont des enfants de cadres et professions intellectuelles supérieures, 10,3 % sont des enfants d'ouvriers (document 4).

• Les données statistiques montrent bien que l'origine sociale des élèves explique en grande partie les inégalités de réussite scolaire. En effet, ce sont les enfants dont les parents ont le niveau de diplôme le plus élevé qui ont la plus grande probabilité de réussir leurs études. Selon le sociologue Pierre Bourdieu, cette situation est le résultat de la transmission d'un capital culturel valorisé par le système scolaire.

MOT CLÉ
Le capital culturel défini par Pierre Bourdieu désigne les diplômes, les connaissances (langage, savoir...) ainsi que la possession d'objets culturels comme les livres.

2. Le système scolaire renforce le rôle de l'origine sociale

• On peut expliquer cette valorisation du capital culturel des plus diplômés par la proximité culturelle des enseignants qui ont connu, eux-mêmes, la réussite scolaire. Ces derniers ont donc, inconsciemment, tendance à valoriser la culture des élèves qui maîtrisent le mieux la culture scolaire, privilégiant ainsi ceux issus de milieux favorisés.

• Le manque de mixité sociale des établissements scolaires influence aussi les inégalités de réussite scolaire. On peut l'expliquer par la carte scolaire qui oriente les élèves dans les écoles en fonction de leur lieu de résidence. Il existe également un « effet établissement » : certaines écoles se révèlent plus efficaces, grâce à des pédagogies favorisant la progression des élèves.

À NOTER
En France, on mesure l'« effet établissement » en calculant sa valeur ajoutée, égale à la différence entre les résultats obtenus et ceux attendus en fonction des caractéristiques sociales des élèves.

II. Le rôle de la famille dans la réussite scolaire

1. L'environnement familial favorise la réussite scolaire

• La famille est une instance de socialisation, et plus particulièrement de socialisation selon le genre. Or, celle-ci a des effets sur les inégalités de réussite scolaire. Les filles ont des résultats scolaires supérieurs à ceux des garçons, pourtant, dans l'enseignement supérieur, elles sont surreprésentées dans les filières les moins valorisées (document 4).

MOT CLÉ
La socialisation selon le genre correspond à l'intégration de valeurs et de normes différentes entre les filles et les garçons.

• L'environnement familial joue un rôle important dans les inégalités scolaires. Ainsi, les enfants vivant dans un milieu familial qui les met en contact avec des outils scolaires comme les livres sont favorisés (document 2). De même, l'attention des parents auprès de leurs enfants pour les initier aux pratiques scolaires est également un facteur de réussite scolaire.

2. Attentes et stratégies des familles

• Pour le sociologue Raymond Boudon, les familles définissent des stratégies scolaires selon un calcul coûts-avantages. Les coûts sont ceux liés aux études, les avantages ceux obtenus grâce à un diplôme de niveau élevé. Or, pour les enfants de milieux défavorisés, les coûts sont le plus souvent supérieurs aux avantages, et inversement pour les ménages les plus aisés.

• Les familles, dans le système scolaire français, jouent un rôle important dans les choix d'orientation des enfants. Or, ces choix dépendent des attentes des parents. C'est dans les familles dont l'un des parents a le baccalauréat que les attentes pour des études longues dans les filières valorisées sont les plus importantes (document 3).

Conclusion

[bilan] En France, deux facteurs primordiaux jouent un rôle déterminant pour expliquer les inégalités de réussite scolaire. Le premier tient à l'origine sociale des élèves : ceux issus des milieux favorisés, ayant reçu de leurs parents un capital culturel, auront plus de chances de réussir leurs études. Et ce d'autant plus que ces élèves sont privilégiés par l'École elle-même qui valorise des savoirs scolaires maîtrisés par leurs parents diplômés. Un second facteur tient au milieu familial. Celui-ci tend à défavoriser les filles et peut créer un environnement propice, ou non, à la réussite scolaire. De plus, les stratégies familiales, notamment en matière d'orientation, accentuent les différences d'accès aux diplômes. [ouverture] Ce constat établi, il s'agit alors de s'attacher à réduire ces inégalités de réussite scolaire, la question étant de savoir comment procéder pour y parvenir.

27 Sujet spécimen 2021
MOBILISATION DES CONNAISSANCES

Configurations familiales et mobilité sociale

30 min
4 points

INTÉRÊT DU SUJET • La famille change. Quelles en sont les incidences sur la mobilité sociale ?

▶ **Vous montrerez, à partir d'un exemple, comment les configurations familiales contribuent à expliquer la mobilité sociale.**

LES CLÉS DU SUJET

Définir les mots clés

• La **mobilité sociale** désigne les changements de position sociale, soit au cours de la vie d'un individu (mobilité **intragénérationnelle**), soit par rapport à la position occupée par ses parents (mobilité **intergénérationnelle**).

• La notion de **configuration familiale** exprime la diversité des modes de composition, de constitution et de fonctionnement des familles (famille recomposée, monoparentale ou homoparentale, structure de la fratrie, nature des relations intrafamiliales…).

Structurer la réponse

• On précisera dans un premier temps ce que revêtent les diverses **configurations familiales.**

• Dans un deuxième temps, on mettra en évidence leurs **effets** possibles sur la mobilité sociale intergénérationnelle.

• On illustrera enfin le propos à partir d'un **exemple**, celui des familles recomposées.

27 CORRIGÉ GUIDÉ

Introduction

Les configurations familiales sont les différents modes de composition, de constitution et de fonctionnement des familles. Nous allons montrer quels sont leurs effets sur la mobilité sociale des individus, celle-ci désignant les changements de position sociale par rapport à celle des parents, et illustrer le propos par l'exemple des familles recomposées.

Développement

- Les configurations familiales agissent sur la mobilité sociale au travers de plusieurs facteurs. Le mode de constitution des familles est lié au mariage, au divorce, à la recomposition familiale. Le nombre d'enfants, la présence ou non des deux parents déterminent la composition et la taille des familles. Les relations au sein de la famille, la place occupée par les grands-parents, un grand frère ou une grande sœur, jouent également un rôle important.

- Ces configurations familiales vont influencer le parcours scolaire des enfants et leur position sociale future. Par la socialisation primaire et secondaire, elles transmettent des goûts, des aspirations et des aptitudes scolaires. Elles fournissent aussi des modèles et des ressources (économiques, sociales et culturelles) plus ou moins favorables. La taille de la fratrie joue un rôle important, les enfants réussissant généralement d'autant mieux leur scolarité que la fratrie est réduite.

- Dans les familles recomposées, l'enfant va être soumis à un cadre socialisateur différent avec la présence de beaux-parents, de demi-frères ou demi-sœurs qui n'ont pas connu le même environnement. Il peut évoluer au sein de deux familles, celle de son père et celle de sa mère, et l'une d'elles peut être monoparentale. Ces cadres peuvent lui ouvrir des horizons, mais également générer instabilité et conflits, sources de difficultés scolaires.

MOTS CLÉS
Une famille recomposée est constituée de parents avec leurs enfants nés de plusieurs unions différentes. Une famille monoparentale est constituée d'un seul parent.

Conclusion

Les configurations familiales, à l'image des familles recomposées de plus en plus nombreuses, modifient les conditions de la socialisation et les ressources dont disposent les enfants, ce qui a des effets sur leur mobilité sociale.

28 Asie, mars 2021 • ÉTUDE DE DOCUMENT

La mobilité sociale des hommes

1 heure
6 points

INTÉRÊT DU SUJET • Peut-on s'extraire de son milieu social d'origine ? L'étude de la mobilité sociale des hommes français en 2015 apporte un éclairage nuancé à cette question.

DOCUMENT Destinées sociales des hommes selon la position sociale de leur père en 2015 (%)

CSP des fils / CSP des pères	Agriculteurs exploitants	ACCE*	CPIS*	Professions intermédiaires	Employés et ouvriers qualifiés	Employés et ouvriers non qualifiés	Ensemble
Agriculteurs exploitants	26,7	7,9	8,5	20,4	27,4	9,1	100
ACCE*	0,9	20,6	23,1	23,8	23,6	7,9	100
CPIS*	0,2	7,9	49	25,4	13,7	3,8	100
Professions intermédiaires	0,6	7,8	26,5	31,1	26,2	7,7	100
Employés et ouvriers qualifiés	0,6	7,2	12,7	26,8	42,6	10,1	100
Employés et ouvriers non qualifiés	0,6	6,5	8,3	18,7	43,9	22,1	100
Ensemble	2,8	9,1	20,4	25,3	32,4	10,1	100

Source : Insee, enquêtes Formation et qualification professionnelle 2014-2015.

Champ : France métropolitaine, hommes français actifs occupés ou anciens actifs occupés, âgés de 35 à 59 ans au 31 décembre de l'année d'enquête.
* ACCE : artisans, commerçants et chefs d'entreprise ; CPIS : cadres et professions intellectuelles supérieures.

▶ **1.** À l'aide des données du document, vous comparerez la destinée des fils de cadres et des fils d'employés et d'ouvriers non qualifiés (*2 points*).

▶ **2.** À l'aide des données du document et de vos connaissances, vous illustrerez et expliquerez une situation de mobilité ascendante et une situation de reproduction sociale (*4 points*).

LES CLÉS DU SUJET

Définir les mots clés

• La mobilité sociale désigne un **changement de la position sociale d'un individu**, évaluée par la catégorie socioprofessionnelle (CSP), par rapport à celle de ses parents (mobilité intergénérationnelle).

• On parle de **mobilité ascendante** lorsque l'individu acquiert une position sociale supérieure à celle de ses parents et de **reproduction sociale** lorsqu'il conserve la même position que celle de ses parents.

Comprendre le document

La mobilité sociale se mesure au moyen des **tables de mobilité** : la **table des destinées** (en %) indique quelles CSP occupent 100 hommes dont le père avait la même position sociale. Par exemple, en 2015 sur 100 fils d'agriculteurs, 26,7 étaient agriculteurs eux-mêmes et 8,5 étaient cadres. La **diagonale du tableau** indique la part des hommes dont le père occupait la même CSP.

Structurer la réponse à la seconde question

• Il s'agira de montrer dans un premier temps une situation de **mobilité ascendante** et d'en exposer les causes.

• Puis nous adopterons la même démarche pour une situation de **reproduction sociale.**

28 CORRIGÉ GUIDÉ

▶ **1.** En 2015, pour les fils de cadres c'est la reproduction, ou immobilité sociale, qui domine puisque près de la moitié d'entre eux (49 %) sont devenus cadres eux-mêmes. Chez les fils d'employés et ouvriers non qualifiés, seulement 22,1 % le sont eux-mêmes. Si 17,5 % des fils de cadres sont devenus ouvriers ou employés (13,7 + 3,8), c'est le cas des deux tiers des fils d'employés et ouvriers non qualifiés (43,9 + 22,1).

▶ **2.** *Les titres des parties ne doivent pas figurer sur votre copie.*

Introduction

La mobilité sociale désigne un changement de position sociale entre générations. Cette mobilité est ascendante lorsque l'individu acquiert une position supérieure à celle de ses parents. On parle de reproduction ou d'immobilité sociale lorsqu'il conserve la même position que ses parents. Nous allons successivement montrer et exposer les causes de chacune de ces situations.

Développement

• Sur 100 fils d'employés et ouvriers qualifiés 39,5 % (26,8 + 12,7) occupent une profession intermédiaire ou sont devenus cadres : ils connaissent donc une mobilité ascendante. Cette situation peut s'expliquer par la mobilité structurelle, liée à la croissance des emplois qualifiés, et par l'élévation du niveau de formation qui amène davantage d'individus vers ces emplois qualifiés.

MOT CLÉ
La mobilité structurelle désigne les déplacements intergénérationnels, ascendants ou non, liés aux transformations de la structure socioprofessionnelle.

• Les fils de cadres et d'employés et ouvriers qualifiés sont touchés par la plus forte reproduction sociale puisque respectivement 49 % et 42,6 % occupent la même position que celle de leur père. Ce phénomène s'explique principalement par le rôle socialisateur de la famille, qui transmet des capitaux (économique, culturel, social) déterminant les choix et la réussite scolaire ainsi que les possibilités d'insertion professionnelle.

Conclusion

La table des destinées permet de constater que les trajectoires sociales des individus sont influencées par leur position d'origine. Une telle situation met en lumière le rôle de la famille dans la mobilité et l'immobilité sociale, même si la structure socioprofessionnelle et le système de formation ont une action également importante.

29 Raisonnement

La mobilité structurelle

2 h 30
10 points

INTÉRÊT DU SUJET • Cet exercice type bac permet de vous entraîner à réaliser un raisonnement de sociologie (partie 3 de l'épreuve composée) en travaillant spécifiquement sur l'une des causes de la mobilité sociale.

S'ENTRAÎNER

▶ À l'aide de vos connaissances et du dossier documentaire, vous montrerez que l'évolution de la structure socioprofessionnelle constitue un déterminant de la mobilité sociale.

DOCUMENT 1 **Catégorie socioprofessionnelle (CSP) du fils en fonction de celle du père en 2017 (en %)**

	CSP du père						
CSP du fils	1	2	3	4	5	6	Ensemble
1. Agriculteurs exploitants	*79,4*	*3,1*	*2,9*	*2,6*	*1,7*	*10,3*	*100,0*
	24,6	**0,6**	**0,5**	**0,4**	**0,4**	**0,7**	**2,5**
2. Artisans, commerçants et chefs d'entreprise	*6,3*	*27,6*	*13,5*	*12,1*	*7,9*	*32,7*	*100,0*
	7,4	**19,3**	**8,8**	**7,3**	**7,2**	**8,0**	**9,4**
3. Cadres et professions intellectuelles supérieures	*4,3*	*14,6*	*32,9*	*20,3*	*9,2*	*18,7*	*100,0*
	11,6	**23,4**	**49,3**	**28,1**	**19,3**	**10,5**	**21,6**
4. Professions intermédiaires	*5,3*	*12,5*	*14,8*	*21,11*	*11,7*	*34,6*	*100,0*
	16,0	**22,0**	**24,4**	**32,2**	**27,0**	**21,4**	**23,8**
5. Employés	*4,8*	*11,4*	*9,9*	*17,3*	*16,1*	*40,6*	*100,0*
	6,9	**9,7**	**7,9**	**12,7**	**17,9**	**12,1**	**11,5**
6. Ouvriers	*8,5*	*10,8*	*4,2*	*9,6*	*9,2*	*57,8*	*100,0*
	33,5	**25,1**	**9,2**	**19,2**	**28,2**	**47,2**	**31,4**
Ensemble	*7,9*	*13,5*	*14,4*	*15,6*	*10,3*	*38,3*	*100,0*
	100,0	**100,0**	**100,0**	**100,0**	**100,0**	**100,0**	**100,0**

Source : Site de l'académie de Versailles, Insee, hommes de 30 à 59 ans, 2017.

Note : La table des destinées est en colonne (en gras), celle des recrutements est en ligne (en italiques).

DOCUMENT 2 **Catégorie socioprofessionnelle des personnes en emploi de 1982 à 2018 (en %)**

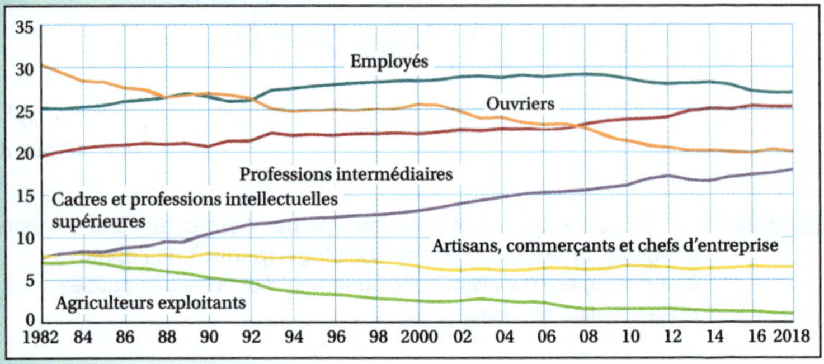

Source : *Emploi, chômage, revenus du travail*, coll. « Insee Références », Insee, édition 2019.

DOCUMENT 3 **La mobilité sociale**

En 2003, 65 % des hommes âgés de 40 à 59 ans exercent un métier dans une catégorie socioprofessionnelle différente de celle de leur père. Cette mobilité dépend en partie de l'évolution de la structure de l'économie et des dynamismes démographiques des différents groupes sociaux. Entre les années soixante-dix et aujourd'hui, l'agriculture a poursuivi son déclin séculaire. L'industrie a marqué le pas avant de décliner à son tour, provoquant une forte diminution du nombre d'ouvriers. […]

À l'inverse, la part des cadres et des professions intermédiaires dans la population active est passée de 21 % en 1977 à 38 % en 2003, accompagnant le développement des activités tertiaires. Les classes moyennes et supérieures du salariat sont donc forcément constituées de membres d'origines diverses. Les fils d'ouvrier et d'agriculteur accèdent aux catégories supérieures du salariat en raison de ce formidable appel d'air et non pas d'une réelle évolution de l'égalité des chances. […]

En 1977, 57 % des fils occupaient une position différente de celle de leur père, contre 65 % en 1993 et en 2003. Cependant, l'écart entre la structure sociale des pères et la structure sociale des fils était moindre en 1977 qu'en 1993 ou aujourd'hui. Du fait de l'évolution économique, occasionnant des échanges de plus en plus nombreux entre groupes sociaux pour s'adapter au marché de l'emploi, la mobilité structurelle a constamment augmenté entre 1977 et 2003.

Source : Stéphanie Dupays, « En un quart de siècle, la mobilité sociale a peu évolué », *Données sociales*, 2006.

LES CLÉS DU SUJET

Analyser les termes du sujet et mobiliser ses connaissances

Analyse du sujet

- **montrerez** — On vous demande d'exposer des éléments et de les expliquer.
- **évolution** — Ce sont les effets de changements que l'on veut mettre en évidence.
- **structure socioprofessionnelle** — Répartition des actifs/des emplois par CSP.
- **déterminant** — Synonyme de cause, de facteur.
- **mobilité sociale** — Déplacements au sein de la structure socioprofessionnelle entre générations (enfants/parents).

Exploiter les documents

• **Document 1.** Ce tableau présente les deux tables de mobilité (destinées/recrutements) en 2017. Pour identifier la mobilité structurelle, il faut comparer les **marges** du tableau (ligne et colonne « Ensemble ») qui montrent l'évolution entre la structure socioprofessionnelle des fils et celle de leurs pères.

• **Document 2.** Ce graphique montre les **transformations** de la structure socioprofessionnelle des emplois depuis 1982. On y voit ainsi les CSP dont la proportion augmente et celles dont le poids diminue.

• **Document 3.** Ce texte explique le lien entre les transformations socioprofessionnelles et la mobilité sociale. Il souligne que cette dernière est pour l'essentiel une **mobilité structurelle**.

Définir les arguments

Argument 1	Les transformations de la structure socioprofessionnelle conduisent au déclin de certaines CSP, et donc à une mobilité structurelle qui contraint les enfants issus de ces CSP à les quitter…
Argument 2	… et à accéder aux CSP en expansion.

29 CORRIGÉ GUIDÉ

Les titres des parties ne doivent pas figurer sur votre copie.

Introduction

La mobilité sociale, définie comme les changements de position sociale au cours de la vie active d'un individu ou par rapport à ses parents, s'explique en partie par les évolutions de la structure socioprofessionnelle qui dépendent des évolutions économiques et de l'emploi. On montrera successivement comment le déclin puis l'expansion de certaines catégories sociales favorisent une mobilité sociale structurelle.

I. La mobilité sociale est déterminée par le déclin de certaines catégories sociales

• La comparaison de la structure sociale des pères (ligne « Ensemble ») avec celle des fils (colonne « Ensemble ») met en évidence des catégories en déclin entre générations. On constate ainsi que si 7,9 % des hommes de 30-59 ans sont fils d'agriculteurs en 2017, seulement 2,5 % sont agriculteurs eux-mêmes. Dès lors, si 79,4 % des agriculteurs sont fils d'agriculteurs, seuls 24,6 % des fils d'agriculteurs sont devenus agriculteurs comme leur père et 75,4 % (100 – 24,6) ont été amenés à occuper d'autres positions sociales. Cette mobilité est également vraie, dans une moindre mesure, chez les enfants d'ouvriers et d'artisans, commerçants et chefs d'entreprise (document 1).

> **CONSEIL**
> Attention ! En exploitant les données des tables, distinguez bien la lecture en ligne (sur 100 ouvriers, 57,8 sont fils d'ouvriers) de la lecture en colonne (sur 100 fils d'ouvriers, 47,2 sont ouvriers).

• La baisse continue de la part des agriculteurs dans l'emploi total, passant de 7 % environ en 1982 à moins de 2 % en 2018, confirme cette tendance. La même évolution s'est produite pour la part des ouvriers, en diminution de 10 points (document 2). Ces baisses réduisent mécaniquement les chances d'occuper la même position sociale que celle de ses parents.

• Ces constats s'expliquent par les transformations profondes qui ont marqué les économies des pays développés au cours des dernières décennies, frappées par le déclin des activités et de l'emploi agricoles et plus tardivement par une désindustrialisation due au progrès technique et à la concurrence internationale (document 3).

II. La mobilité sociale découle également de l'expansion de certaines catégories sociales

• D'autres catégories socioprofessionnelles ont au contraire connu une expansion entre la génération des pères et celle des fils. Ainsi en 2017, 14,4 % des hommes de 30-59 ans sont fils de cadres et 21,6 % sont cadres eux-mêmes. Le poids des professions intermédiaires a également augmenté : 15,6 % des hommes de 30-59 ans sont fils de professions intermédiaires et 23,8 % le sont eux-mêmes (document 1).

• Ces données sont confirmées par le doublement de la part des cadres dans l'emploi entre 1982 et 2018 et la hausse de 5 points de celle des professions intermédiaires (document 2). Ces augmentations créent autant d'opportunités de mobilité sociale, principalement ascendante, dans les catégories moyennes et supérieures pour les enfants venant de CSP en déclin.

• Ces catégories en expansion sont caractéristiques du processus de tertiarisation des économies des pays développés et de la progression du salariat qualifié (document 3).

Conclusion

Les évolutions de la structure socioprofessionnelle expliquent ainsi une dimension importante de la mobilité sociale, dite structurelle. Celle-ci, pour une part relativement importante, est ascendante car elle est liée au développement des emplois qualifiés.

S'ENTRAÎNER

30 Dissertation

Les déterminants de la mobilité sociale

4 heures
20 points

INTÉRÊT DU SUJET • La mobilité sociale est un enjeu majeur des sociétés démocratiques. Quelles sont les tendances de cette mobilité en France ? Comment les expliquer ?

Comment expliquer la mobilité sociale en France ?

DOCUMENT **Destinées sociales des femmes selon l'origine sociale de leur mère en 2015 (en %)**

	Catégorie socioprofessionnelle des filles						
Catégorie socioprofessionnelle de la mère	AE	ACCE	CPIS	PI	EOQ	EONQ	Ensemble
AE	8,0	3,0	11,2	19,1	33,2	25,5	100,0
ACCE	1,3	10,1	15,4	28,0	27,9	17,3	100,0
CPIS	0,3	4,6	41,7	31,6	11,6	10,2	100,0
PI	0,1	3,9	29,0	37,7	19,0	10,4	100,0
EOQ	0,6	4,1	14,9	30,2	32,9	17,4	100,0
EONQ	0,9	3,7	7,5	22,4	34,1	31,4	100,0
Ensemble	1,3	4,4	15,2	27,5	30,0	21,6	100,0

Mobilité non verticale : Mobilité de statut ; Mobilité horizontale
Mobilité verticale : Mobilité ascendante ; Mobilité descendante
Immobilité sociale

Source : *Insee Première*, n° 1739, février 2019.

AE : agricultrices exploitantes
PI : professions intermédiaires
ACCE : artisanes, commerçantes et chefs d'entreprise
EOQ : employées et ouvrières qualifiées
CPIS : cadres et professions intellectuelles supérieures
EONQ : employées et ouvrières non qualifiées

DOCUMENT 2 Catégorie socioprofessionnelle des personnes en emploi de 1982 à 2018 (en %)

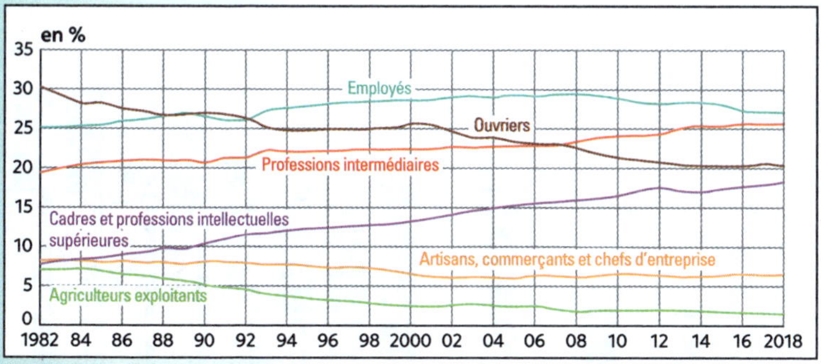

Source : *Emploi, chômage, revenus du travail*, coll. « Insee Références », Insee, édition 2019.

DOCUMENT 3 Niveau de vie et taux de pauvreté selon le type de ménage en 2011

	Taux de pauvreté (en %)					Niveau de vie mensuel moyen en euros
	Ensemble	Un enfant	Deux enfants	Trois enfants	Quatre enfants ou plus	Ensemble
Ménages d'une famille avec au moins un enfant mineur	17,5	13,9	13,1	21,3	41,2	1 800
Couples avec au moins un enfant mineur	14,0	9,9	10,1	17,8	35,2	1 880
Familles « traditionnelles »	13,5	10,0	9,7	18,0	35,0	1 910
Familles recomposées	17,6	9,3	13,0	16,3	37,0	1 660
Familles monoparentales	39,6	29,5	35,7	49,9	75,3	1 240

Source : *Couples et familles* », coll. « Insee Références », Insee, édition 2015

S'ENTRAÎNER

DOCUMENT 4 **Obtention du baccalauréat selon la génération et le milieu social (en %)**

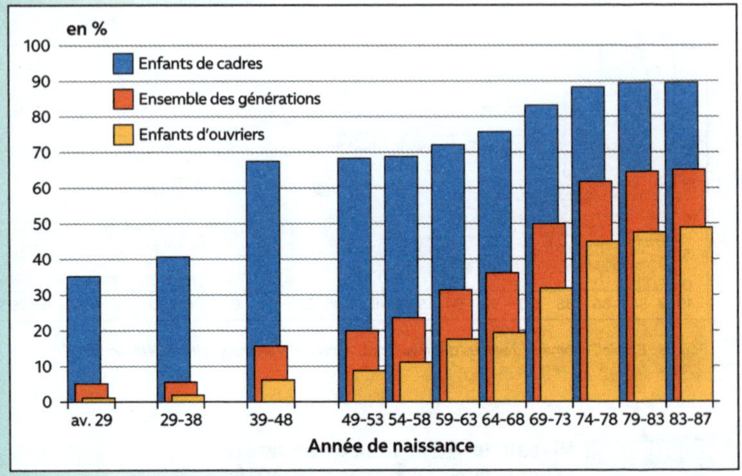

Source : *L'État de l'École 2010*, ministère de l'Éducation nationale et de la Jeunesse.

LES CLÉS DU SUJET

Analyser la consigne et dégager une problématique

comment expliquer
Sujet-analyse : il s'agit d'exposer les différentes causes de la mobilité sociale.

mobilité sociale
On retient ici la mobilité intergénérationnelle : changements de position sociale d'un individu par rapport à ses parents.

Analyse du sujet

France
Le cadre spatial est la France, le cadre temporel est la période contemporaine, comme le confirment les documents.

• **Problématique.** La mobilité sociale n'est pas le seul résultat de choix individuels. Elle s'explique aussi par des facteurs socio-économiques et sociologiques.

Exploiter les documents

• **Document 1.** Ce tableau est une **table des destinées.** Que signifie cette appellation ? Comment en lire les données ? La mobilité sociale des femmes est présentée : quelles sont ses spécificités ? Aidez-vous du jeu de couleurs et de sa légende.

• **Document 2.** Ce graphique révèle les **évolutions de la structure socioprofessionnelle** française depuis 1982. Quelle est la nature des données ? Quelles transformations expliquent une partie de la mobilité sociale ?

• **Document 3.** Ce tableau compare le **niveau socio-économique** des ménages **selon leurs configurations.** Quels sont les indicateurs socio-économiques retenus ici ? À quelle notion du cours renvoie cette distinction entre types de ménages ?

• **Document 4.** Ce graphique indique le **taux d'obtention du baccalauréat** selon l'origine sociale, à ne pas confondre avec le taux de réussite. Observez l'évolution générale et selon la catégorie socioprofessionnelle (CSP). Comment évolue l'écart entre les deux CSP ? Que peut-on en déduire sur le rôle de la formation dans la mobilité sociale ? Celle-ci joue-t-elle le même rôle pour toutes les CSP ?

Définir le plan

I. La mobilité sociale liée aux évolutions socio-professionnelles	• Étudiez l'évolution de la structure socioprofessionnelle. Faites le lien entre les documents 1 et 2 : où se situe une partie importante de la mobilité ? • Étudiez l'élévation du niveau de formation. Quel est son effet ? (document 4)
II. L'action des ressources et des configurations familiales	• Étudiez le rôle du milieu social familial. Montrez que l'immobilité sociale représente une part importante des destinées (document 1). Quel phénomène cela met-il en évidence ? Montrez les inégalités d'accès aux diplômes selon les CSP (document 4). • Étudiez les effets des différentes configurations familiales (document 3).

S'ENTRAÎNER

30 CORRIGÉ GUIDÉ

Les titres des parties ne doivent pas figurer sur votre copie.

Introduction

[accroche] Matthieu Chedid est un musicien issu d'une lignée d'artistes prestigieux. [présentation du sujet] Cette trajectoire sociale particulière est-elle à l'image de l'attribution des positions sociales ? Autrement dit, quels sont les facteurs de la mobilité sociale dans la société française contemporaine ? [problématique] Nous allons montrer que celle-ci ne résulte pas des seuls choix individuels, mais qu'elle s'explique par des facteurs socio-économiques et sociologiques. [annonce du plan] Nous étudierons d'abord le rôle des évolutions socioprofessionnelles, puis nous montrerons le poids de la famille.

I. La mobilité sociale liée aux évolutions socioprofessionnelles

▶ Le secret de fabrication

Il s'agit de montrer que le phénomène de mobilité structurelle est dû aux évolutions de la structure socioprofessionnelle et des niveaux de formation qui y sont liés.

1. La mobilité due aux évolutions de la structure socioprofessionnelle

- La structure socioprofessionnelle est marquée par des transformations importantes entre 1982 et 2018 (document 2) : la part des agriculteurs et des ouvriers diminue (respectivement – 5 et – 10 points de pourcentage), tandis que celle des cadres et des professions intermédiaires augmente (respectivement + 10 et + 5 points de pourcentage). Une telle situation génère une mobilité structurelle.
- Ces transformations expliquent que les catégories socioprofessionnelles (CSP) en déclin connaissent une mobilité forte de leurs enfants, tandis que les CSP en expansion sont marquées par une forte immobilité sociale et attirent des enfants issus d'autres CSP. Ainsi, comme le montre la table des destinées (document 1), en 2015 seulement 8 % des filles d'agricultrices sont agricultrices elles-mêmes (immobilité), tandis que 92 % sont mobiles. 41,7 % des filles de cadres sont elles-mêmes cadres et 31,6 % occupent des professions intermédiaires.

2. Le rôle de l'élévation du niveau de formation

• Les transformations de la structure socioprofessionnelle s'accompagnent d'une élévation du niveau de formation, nécessaire pour favoriser l'accès des individus aux positions socioprofessionnelles qui se développent.

• On constate ainsi, quelle que soit la CSP, une augmentation du taux d'accès au baccalauréat : moins de 5 % pour la génération née en 1929, plus de 60 % pour celles nées entre 1983 et 1987 (document 4), et 75 % aujourd'hui.

> **CONSEIL**
> Étayez votre propos à l'aide des données issues des documents. Vous pouvez effectuer des calculs.

II. L'action des ressources et des configurations familiales

1. La transmission inégale des capitaux selon le milieu social de la famille

• L'immobilité sociale est un phénomène important dans la table des destinées (document 1). Si celle-ci est faible chez les filles issues de mères indépendantes (agricultrices et artisanes, commerçantes, chefs d'entreprises) en raison de la mobilité structurelle, elle représente entre 31,4 % des filles d'employées et ouvrières non qualifiées et 41,7 % des filles de cadres en 2015.

• Ce phénomène s'explique par la transmission de capitaux (économique, culturel et social) inégaux selon les CSP. Le capital culturel joue un rôle déterminant dans la réussite scolaire et professionnelle : il favorise la reproduction des positions sociales tant dans les catégories populaires que supérieures. Ainsi, en dépit de la réduction des écarts, les enfants de cadres ont encore un taux d'accès au baccalauréat supérieur de 40 points à celui des enfants d'ouvriers pour les générations nées entre 1983 et 1987 (document 4).

> **MOT CLÉ**
> Les capitaux représentent ici des ressources mobilisables pour accéder à une position sociale. Ces ressources sont plus ou moins rentables et les individus peuvent investir pour les augmenter, comme le capital d'une entreprise.

2. Les effets des configurations familiales sur la mobilité sociale

• Les configurations familiales, qui désignent la composition et les modes de constitution de la famille (nombre et âge des frères et sœurs, position dans la fratrie, place des grands-parents, etc.), ont des effets sur la socialisation des individus et sur leurs aspirations et leurs projets, leurs choix et leurs réussites d'étude, et donc sur leurs trajectoires sociales futures.

• Certains types de famille apparaissent en difficulté pour assurer un avenir social à leurs enfants compte tenu de leurs conditions de vie, particulièrement les familles ayant quatre enfants et plus, et les familles monoparentales. En effet, 39,6 % de ces dernières et 75,3 % de celles qui ont quatre enfants et plus vivent en dessous du seuil de pauvreté en 2011 (document 3), ce qui rend difficile le financement d'études supérieures ainsi que les conditions pour étudier (espace de travail, équipement numérique, accompagnement familial, etc.).

MOT CLÉ

La pauvreté monétaire est mesurée à partir d'un seuil de revenu, fixé à 50 ou 60 % du revenu disponible. La part des personnes en dessous de ce seuil définit le taux de pauvreté.

Conclusion

[bilan] La mobilité sociale ne dépend donc pas seulement du libre choix des individus d'une trajectoire sociale, mais aussi de contraintes socio-économiques et sociologiques fortes, liées aux évolutions de la structure socioprofessionnelle et du niveau de formation ainsi qu'au rôle de la famille.
[ouverture] Le poids important de la reproduction sociale souligne l'importance majeure de l'école pour favoriser une attribution des positions dans la société moins liée à l'origine sociale et davantage aux capacités et aux choix individuels.

31 Sujet spécimen 2021
MOBILISATION DES CONNAISSANCES

Les formes d'engagement politique

30 min
4 points

S'ENTRAÎNER

INTÉRÊT DU SUJET • Vous pourrez comprendre qu'il ne faut pas réduire l'engagement politique au vote ou encore au militantisme.

▶ À l'aide de deux exemples, vous montrerez que l'engagement politique prend des formes variées.

LES CLÉS DU SUJET

Définir les mots clés

L'engagement politique englobe différentes formes de **participation individuelle et collective** à une activité politique en vue d'influencer de manière directe ou indirecte les décisions politiques et les règles de fonctionnement de la société.

Structurer la réponse

- On définira l'**engagement politique** et on en précisera les formes.
- On prendra comme premier exemple le **militantisme** au sein d'un parti politique.
- Puis on développera un second exemple : la **consommation engagée**.

31 CORRIGÉ GUIDÉ

Les titres des parties ne doivent pas figurer sur votre copie.

Introduction

L'engagement politique englobe toutes les formes de participation individuelle et collective à une action politique visant la défense ou la promotion d'une cause dans le but d'influencer les décisions politiques et les règles de fonctionnement de la société. Il peut prendre différentes modalités : le vote, le militantisme, l'engagement associatif ou encore la consommation engagée. Nous allons développer deux exemples pour en illustrer la variété.

CONSEIL
Même si le sujet vous invite à ne développer que deux exemples, n'hésitez pas à en citer d'autres en introduction afin de montrer vos connaissances sur le thème.

Développement

• Le militantisme dans un parti politique est une forme d'engagement politique qui va au-delà de la simple adhésion. Il s'agit de prendre une part active dans la vie d'un parti, dont l'objectif est de conquérir le pouvoir. Dans le cadre de la compétition politique, les militants d'un parti sont invités à participer à des réunions internes, à faire connaître les positions du parti en distribuant des tracts ou encore en participant à des meetings pour soutenir leur candidat. Cette forme d'engagement, essentielle au fonctionnement des partis, est néanmoins peu fréquente : elle concerne moins de 1 % des votants.

• La consommation engagée, autre forme d'engagement politique, consiste à prendre en compte des principes éthiques, sociaux ou politiques dans le cadre de la consommation de biens et de services afin d'influencer les décisions politiques. Par exemple, des individus choisissent de boycotter certains produits, ou en privilégient d'autres qui répondent davantage à leurs préoccupations écologiques ou éthiques. Cette forme d'engagement politique oblige les producteurs à adapter leur offre et incite les pouvoirs publics à établir de nouvelles réglementations.

À NOTER
Des consommateurs refusent ainsi d'acheter des produits fabriqués en Chine car le gouvernement y persécute une minorité ethnique, les Ouïghours.

Conclusion

Les formes d'engagement politique sont variées, mais elles ont toutes en commun d'influencer directement ou indirectement les décisions politiques.

32 Sujet zéro 2020
Mobilisation des connaissances

La consommation engagée

30 min
4 points

INTÉRÊT DU SUJET • Agriculture biologique, circuits courts, boycott de certains produits : de quoi ces choix de consommation sont-ils le nom ?

▶ En quoi la consommation engagée peut-elle être comprise comme une forme d'engagement politique ?

S'ENTRAÎNER

LES CLÉS DU SUJET

Définir les mots clés

• La **consommation engagée** désigne la **prise en compte de principes éthiques, sociaux ou politiques** dans le cadre de la consommation de biens et de services ainsi que les actions visant à les faire valoir auprès de l'opinion et des pouvoirs publics.

• L'**engagement politique** revêt les différentes formes de **participation individuelle et collective** à une activité politique en vue d'influencer les décisions politiques et les règles de fonctionnement de la société.

Structurer la réponse

• Dans un premier temps, il s'agit de montrer quels sont **les enjeux de la consommation engagée**.

• Dans un second temps, on mettra en évidence ses **acteurs** et leurs **modalités d'action**.

32 CORRIGÉ GUIDÉ

Les titres des parties ne doivent pas figurer sur votre copie.

Introduction

La consommation engagée désigne la prise en compte de principes éthiques, sociaux ou politiques dans le cadre de la consommation de biens et de services, visant à influencer l'opinion publique et l'action des décideurs politiques. Elle se développe dans un contexte de prise de conscience des enjeux environnementaux et sociaux de notre mode de développement.

Développement

- La consommation engagée va de pair avec l'observation des conséquences environnementales et sociales de nos modes de production et des choix de consommation qui les orientent, générant pollutions, déforestation ou encore alimentation de mauvaise qualité. Des citoyens en viennent alors à modifier leurs manières de consommer en cherchant à encourager, au travers de leurs achats, le respect par les producteurs de l'environnement et de normes sociales. Il s'agit également de mobiliser l'opinion publique par des pratiques militantes et de protestation afin d'obtenir des décideurs politiques qu'ils prennent en compte certaines revendications en matière de consommation.

> **MOT CLÉ**
> Les normes sociales désignent en particulier les règles de droit qui protègent les salariés dans l'exercice de leur travail.

- La consommation engagée s'appuie sur différents acteurs : des associations et collectifs de consommateurs, des groupements de producteurs (les associations pour le maintien d'une agriculture paysanne, ou AMAP, par exemple), des entreprises de l'économie sociale et solidaire, des militants. Défendant des causes aussi diverses que le refus de l'obsolescence programmée ou la défense du bien-être animal, elle mobilise un répertoire d'actions également diversifié, de la consommation issue de circuits courts à des actions plus protestataires tels que le boycott de produits (celui, par exemple, prôné par le collectif Éthique sur l'étiquette dans le secteur de l'habillement).

Conclusion

La consommation engagée, aux acteurs et actions fort divers, est bien une forme d'engagement politique qui contribue à modifier la prise de décision politique et le fonctionnement de nos sociétés afin de mieux prendre en compte les préoccupations, notamment environnementales.

33 Dissertation

L'action collective

4 heures
20 points

INTÉRÊT DU SUJET • Mouvement social contre la réforme des retraites, zones à défendre (ZAD), MeToo, mouvement LGBT, luttes écologiques… Qu'est-ce qui distingue ces diverses formes d'action collective ?

Vous montrerez la diversité de l'action collective dans les sociétés occidentales contemporaines.

S'ENTRAÎNER

DOCUMENT 1 **Entreprises ayant déclaré au moins une grève et nombre de jours de grève pour 1 000 salariés de 2005 à 2017**

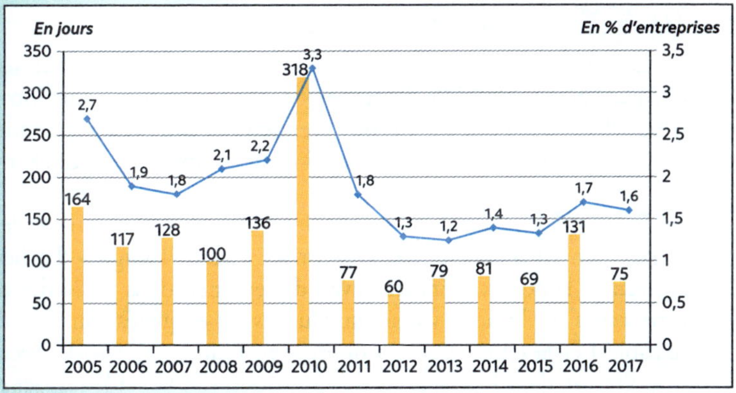

Source : Dares, enquêtes Acemo « Dialogue social en entreprise ».

Champ : entreprises de 10 salariés et plus du secteur marchand non agricole.

DOCUMENT 2 Les moyens d'expression les plus efficaces (en %)

Question : Selon vous, qu'est-ce qui permet aux citoyens d'exercer le plus d'influence sur les décisions prises en France ?
(réponse « En Premier » + « En second », en %)

	2010	2018
Voter aux élections	67	55
Manifester dans la rue	23	42
Boycotter des entreprises ou des produits	35	37
Faire grève	20	27
Militer dans un parti politique	11	8
Discuter sur Internet, sur un blog ou un forum	4	5

Source : Baromètre DJEPVA sur la jeunesse 2019.

Champ : Ensemble des jeunes âgés de 18 à 30 ans.

DOCUMENT 3 Des consommateurs engagés

La sensibilité des Français à la « consommation engagée » est relativement affirmée : 44 % d'entre eux déclarent tenir compte, lors de leurs achats, des engagements que prennent les entreprises en matière de « citoyenneté » […]. Cette attention au comportement des firmes a progressé de 6 points depuis 2002. […]

En fait, les Français sont sensibles à deux grandes causes, deux engagements principaux des entreprises quand il s'agit « d'acheter citoyen » : le non-recours au travail des enfants (dans 50 % des cas, cette cause est l'une des deux auxquelles les enquêtés sont les plus sensibles) et la fabrication du produit en France (37 %). L'absence de pollution dans le processus de fabrication (26 %) et le respect des conditions de travail des salariés (25 %) arrivent ensuite, largement devant tous les autres critères (souffrance des animaux, aide au tiers-monde, aide à la recherche médicale…). En réalité, en quatre ans, les trois premiers thèmes ont gagné en importance. Cet intérêt des consommateurs à l'égard des biens éthiques va jusqu'à inciter 61 %

d'entre eux à envisager d'accepter, à qualité de produit identique, un supplément de prix de 5 % pour obtenir des entreprises le respect des engagements de « citoyenneté » qu'ils valorisent le plus. Ce taux a au total gagné 9 points depuis 2002. C'est surtout pour éviter le travail des enfants que l'on est prêt à payer plus.

Mais la « consommation engagée » est, à vrai dire, constituée de deux versants complémentaires : elle ne s'inscrit pas seulement dans le choix délibéré d'acquérir tel ou tel bien ; elle peut aussi s'appuyer, en creux, sur celui de refuser volontairement, de « boycotter », tel ou tel autre de ces produits. L'analyse des raisons pour lesquelles un boycott aurait le plus de sens confirme que ce qui insupporte le plus l'opinion aujourd'hui est le travail des enfants, puis les licenciements « abusifs » (dans la mesure où l'entreprise concernée fait, par ailleurs, des bénéfices). Enfin, la pollution générée par l'entreprise productrice prend la troisième place.

Source : *Représentations et pratiques de la consommation engagée, évolution 2002-2006*, Credoc.

DOCUMENT 4 **Évolution du taux d'adhésion dans les associations de défense de droits ou d'intérêts[1] (en %)**

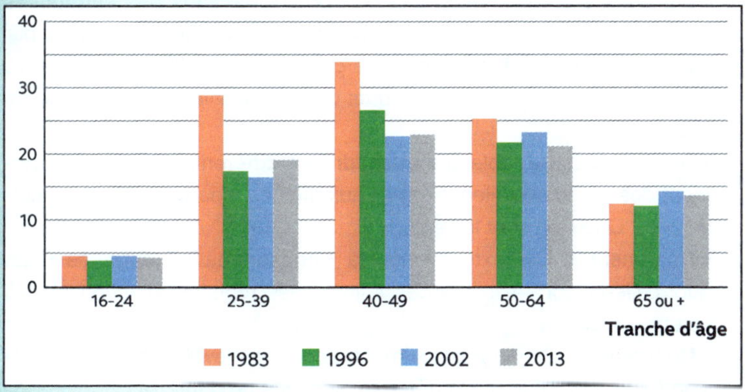

Source : *Insee Première*, n° 1580, janvier 2016.

1. Action humanitaire et caritative, protection de l'environnement, syndicat, parti politique…

LES CLÉS DU SUJET

Analyser la consigne et dégager une problématique

vous montrerez la diversité
Il n'y a pas de débat à ce propos : il faut chercher différents éléments caractérisant cette diversité.

action collective
Action résultant de l'engagement de groupes de personnes pour défendre une cause ou faire valoir des idées ou des revendications.

Analyse du sujet

société française contemporaine
Cadre spatio-temporel donné.

• **Problématique.** L'action collective s'est transformée au fil des années, et s'est diversifiée. Si elle a été, un temps, dominée par les conflits du travail, d'autres formes se sont développées, portées par de nouveaux acteurs sur de nouveaux enjeux avec de nouveaux moyens d'action.

Exploiter les documents

• **Document 1.** Dans ce graphique, **deux variables** sont exposées d'un point de vue chronologique : la part en pourcentage des entreprises de plus de 10 salariés du secteur marchand non agricole touchées par une grève et le nombre de jours de grèves pour 1 000 salariés. Faites attention à la double échelle. À quel type de conflit renvoie l'usage de la grève ?

• **Document 2.** Ce tableau met en lumière **différents types d'engagement** des 18-30 ans. Renvoient-ils aux mêmes répertoires d'action collective ? Quels en sont les enjeux ?

• **Document 3.** Ce texte évoque la « **consommation engagée** ». En quoi celle-ci porte-elle sur des enjeux, des registres d'action et des acteurs différents ?

• **Document 4.** Ce diagramme montre comment évolue le taux d'adhésion à des associations de **défense de droits ou d'intérêts.**

Définir le plan

I. Permanence des formes traditionnelles d'action collective	• Étudiez les actions liées aux échéances électorales. Lesquelles sont collectives (document 2) ? • Présentez les actions liées aux conflits du travail. Quels en sont les acteurs ? (document 1)
II. Développement de nouvelles formes d'action collective	• Abordez les nouveaux enjeux de l'action collective (document 3). Quels sont les enjeux de la consommation engagée ? • Exposez les nouveaux acteurs et nouvelles modalités d'action (document 4). Donnez-en des exemples.

33 CORRIGÉ GUIDÉ

Les titres des parties ne doivent pas figurer sur votre copie.

Introduction

[accroche] Mouvement social contre la réforme des retraites, marches pour le climat, grève des salariés de Michelin… [présentation du sujet] L'actualité de la société française contemporaine est riche d'actions collectives qui résultent de l'engagement pour défendre une cause ou faire valoir des idées ou des revendications. [problématique et annonce du plan] Toutes ces mobilisations sont-elles de même nature ? Nous montrerons que l'action collective s'est transformée et s'est diversifiée au cours du temps. Si les conflits du travail et des formes d'engagement traditionnelles existent toujours (partie I), des formes renouvelées d'action se sont développées (partie II).

I. La permanence des formes traditionnelles d'action collective

> **▶ Le secret de fabrication**
>
> Il s'agit de montrer le rôle des actions conventionnelles relevant du registre de la politique électorale et du vote, puis d'évoquer le champ de l'action syndicale. Pour la première dimension, appuyez-vous sur ce que vous avez étudié en classe de première sur le vote.

1. Les actions collectives liées aux échéances électorales

• Les échéances électorales régulières génèrent un engagement politique citoyen et des actions collectives spécifiques. Le vote apparaît pour plus d'un jeune de 18-30 ans sur deux comme le moyen d'expression le plus efficace en 2018, même si cette proportion baisse significativement (– 12 points en 8 ans) et que l'on constate la montée régulière de l'abstention (document 2).

• En revanche, militer dans un parti politique apparaît comme un moyen d'expression efficace pour seulement 8 % des jeunes en 2018 (document 2). Pourtant, le parti politique est aujourd'hui encore l'institution centrale du système électoral, sélectionnant et promouvant les candidats sur la base d'un programme.

2. Les actions liées aux conflits du travail

• Les actions collectives mises en œuvre dans le monde du travail restent importantes en dépit de la tendance à la baisse des grèves par rapport aux décennies 1960-1970. Depuis les années 2000, le nombre de jours de grèves pour 1 000 salariés oscille entre 164 en 2005 et 75 en 2017, avec de fortes fluctuations conjoncturelles (318 en 2010, liés au mouvement social contre la réforme des retraites). Si 2,7 % des entreprises de 10 salariés et plus du secteur marchand non agricole déclaraient au moins une grève en 2005, c'était le cas de 1,6 % d'entre elles en 2017 et 3,3 % en 2010 (document 1).

• Les syndicats jouent un rôle important dans l'action collective des salariés et les conflits du travail, en dépit d'un taux de syndicalisation faible en France (évalué pour les salariés du privé et du public à environ 10 % aujourd'hui). Ils structurent les mouvements sociaux, portent les revendications, conduisent les négociations.

MOTS CLÉS
Un syndicat est une organisation collective qui vise à défendre les intérêts des salariés. Le taux de syndicalisation représente la part des salariés adhérant à un syndicat.

II. Le développement de nouvelles formes d'action collective

1. De nouveaux enjeux de l'action collective

• Les motivations de l'action collective se sont largement diversifiées depuis plusieurs décennies, s'orientant vers de nouveaux enjeux de société, réclamant l'accès et l'égalité aux droits pour les femmes (interruption volontaire de grossesse, salaires) ou les minorités sexuelles, condamnant les atteintes environnementales et luttant contre le changement climatique.

• Les actions relevant de la consommation engagée se sont largement développées. Une part importante des consommateurs déclare être attentive aux préoccupations sociales ou environnementales dans les décisions d'achats, utilisant le boycott à l'égard de produits issus du travail des enfants ou polluant et déclarant être prête à payer plus cher des produits respectant ces exigences (document 3).

À NOTER
La consommation engagée s'appuie depuis longtemps sur l'action de nombreuses associations de consommateurs dont l'objet est la défense des intérêts de ces derniers.

2. De nouveaux acteurs et de nouvelles modalités d'action

• Ces formes renouvelées d'actions collectives s'accompagnent de l'émergence de nouveaux acteurs, souvent issus du monde associatif ou de collectifs. Même si le taux d'adhésion dans les associations de défense de droits ou d'intérêts a globalement baissé entre 1983 et 1996, il apparaît stable voire augmente selon les tranches d'âge, atteignant près de 25 % chez les 40-49 ans et près de 15 % chez les 65 ans et plus (document 4).

• Ces mouvements mettent en évidence les nouveaux registres d'action. Utilisant des moyens spectaculaires pour frapper les esprits, s'appuyant sur les médias et les réseaux sociaux, ils cherchent à faire connaître au plus grand nombre leurs revendications et à les rendre légitimes. L'occupation de zones à défendre (ZAD), comme à Notre-Dame-Des-Landes pour s'opposer à la construction d'un aéroport, apparaît également comme une forme nouvelle de mobilisation. Ces registres se révèlent complémentaires aux manifestations qui sont toujours considérées comme un moyen d'expression efficace pour 42 % des jeunes de 18-30 ans en 2018, près de deux fois plus qu'en 2010 (document 2).

Conclusion

[bilan] On constate donc une grande diversité de l'action collective dans les sociétés occidentales contemporaines, les mobilisations traditionnelles côtoyant des formes nouvelles d'engagement et d'action. [ouverture] Le mouvement écologique serait-il devenu ce qu'a été un temps la lutte ouvrière, un élément central et structurant de l'ensemble des mobilisations collectives ?

S'ENTRAÎNER

34 France métropolitaine, septembre 2021
DISSERTATION

Les déterminants de l'engagement politique

4 heures
20 points

INTÉRÊT DU SUJET • S'engager politiquement est essentiel au fonctionnement de la démocratie. Mais qu'est-ce qui influence ou incite les citoyens à s'engager ?

Peut-on expliquer l'engagement politique seulement par des variables sociodémographiques ?

DOCUMENT 1 **Indemnités de fonction maximales dans les communes (en France)**

Population totale (tranches démographiques)	Indemnités maximales au 1er janvier 2019			
	Maires Montant des indemnités en euros		Adjoints Montants des indemnités en euros	
	Annuel	Mensuel	Annuel	Mensuel
< 500	11 901	991	4 620	385
500 à 999	18 809	1 567	4 993	416
1 000 à 3 499	24 083	2 006	9 241	770
10 000 à 19 999	25 670	2 139	10 262	855
20 000 à 49 999	42 005	3 500	15 403	1 283
50 000 à 99 999	51 340	4 278	20 536	1 711
100 000 à 200 000	67 675	5 639	30 804	2 567
> 200 000	67 675	5 639	33 837	2 819
Paris, Marseille, Lyon	67 675	5 639	33 837	2 819

Source : D'après les centres de gestion de la fonction publique territoriale de Bretagne, 2020.

DOCUMENT 2 **Écarts d'abstention à des élections (en points de pourcentage) selon différents critères sociodémographiques**

Écarts d'abstention 25-59 ans/65-69 ans				
	Présidentielle 1er tour	Présidentielle 2nd tour	Législatives 1er tour	Législatives 2nd tour
2007	8,9	11,5	32,8	37,1
2012	15,5	18,9	36,7	39,6
2017	18,2	21,1	35,1	37,1
Écarts d'abstention ouvriers/cadres				
	Présidentielle 1er tour	Présidentielle 2nd tour	Législatives 1er tour	Législatives 2nd tour
2007	5,8	6,5	16,6	13,9
2012	6,8	11,2	20	20,7
2017	12,55	12,01	25,8	23
Écarts d'abstention baccalauréat/études supérieures				
	Présidentielle 1er tour	Présidentielle 2nd tour	Législatives 1er tour	Législatives 2nd tour
2007	2,4	2,3	7,1	6,4
2012	4	4,9	8,7	9,9
2017	4,3	5,5	12	10,4

Source : d'après Céline Braconnier, Baptiste Coulmont, Jean-Yves Dormagen, « Toujours pas de chrysanthèmes pour les variables lourdes de la participation électorale. Chute de la participation et augmentation des inégalités électorales au printemps 2017 », *Revue française de science politique*, 2017.

Lecture : En 2007, lors du premier tour de l'élection présidentielle, le taux d'abstention des 25-29 ans était supérieur de 8,9 points à celui des 65-69 ans.

S'ENTRAÎNER

DOCUMENT 3 Part des femmes parmi les députés (en %)

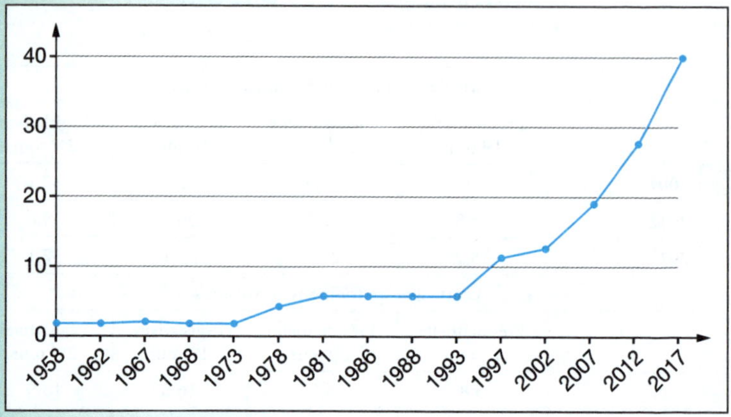

Source : Insee, Observatoire des inégalités, 2017.

DOCUMENT 4 Les bénévoles dans la vie associative

Jérôme Bourbigot, administrateur du comité départemental des médailles de la jeunesse et des sports et délégué du secteur de Cornouaille, a rappelé qu'il existait aujourd'hui trois médailles d'État : la légion d'honneur, la médaille du mérite et celle de la jeunesse et des sports.

« L'objectif de la Fédération française de médaillés de la jeunesse et des sports, régie par la loi 1901, consiste à intervenir auprès des pouvoirs publics et des organismes sportifs, socio-éducatifs et des mouvements d'éducation populaire afin d'appuyer tout projet, en faveur des jeunes et des moins jeunes. C'est soutenir également toute action visant à la valorisation du bénévolat, menée dans le mouvement associatif de la jeunesse et des sports. »

Il a fait remarquer que ce comité départemental restait méconnu alors qu'il existe un grand nombre de bénévoles impliqués. « Si dans vos clubs respectifs, vous sentez que des personnes peuvent réunir les conditions pour obtenir cette médaille, il ne faut pas hésiter à le signaler au comité », recommande-t-il.

Michel Loussouarn, le maire, a souligné que cette décoration saluait un nombre d'années d'engagement au quotidien, dans un club ou une association, au service, notamment, de la collectivité.

Bernard Guillou s'est vu remettre cette décoration pour son implication, depuis 23 ans, au sein du club d'aïkido de la commune dont il est le président. Il remarque : « C'est difficile pour cette discipline d'arts martiaux d'être visible, étant donné que l'on n'organise pas de compétition. C'est davantage une pratique philosophique, où l'on se sert du sport pour améliorer son esprit. »

Quant à Yves Bernard, bénévole impliqué depuis 1970, que ce soit au don du sang, pour les Joutes de l'Aven ou lors de la création du club de football kernévellois, l'ASK, il résume ainsi sa vision du bénévolat : « La vie associative est un combat qu'il faut mener avec détermination. Dans mon rôle de bénévole, je suis toujours allé à la rencontre des autres. »

Source : *Ouest-France*, 22 mai 2017.

LES CLÉS DU SUJET

Analyser la consigne et dégager une problématique

Analyse du sujet

peut-on expliquer
Vous devez travailler sur les causes de l'engagement politique.

engagement politique
Formes variées de participation aux actions politiques et associatives.

seulement par
Il s'agit de montrer la pluralité des causes.

variables sociodémographiques
Indicateurs de l'appartenance à des groupes sociaux : genre, âge, CSP, etc.

• **Problématique.** Si l'appartenance à des groupes sociaux influence l'engagement politique, d'autres facteurs jouent également un rôle.

Exploiter les documents

• **Document 1.** Ce tableau indique le montant en 2019 des **indemnités de fonction** perçues par les maires et leurs adjoints selon la taille de la commune. Quelle motivation de l'engagement est ici suggérée ? L'incitation est-elle aussi forte selon l'importance de la commune ?

• **Document 2.** À partir des écarts de taux d'**abstention**, les données de ce tableau mettent en évidence des **déterminants sociodémographiques** de ce phénomène. Quels sont-ils ? Sont-ils tous aussi importants ? La nature de l'élection a-t-elle aussi un impact ? Que suggère l'évolution de ces écarts ?

• **Document 3.** Ce graphique retrace la part des **femmes élues à l'Assemblée nationale** entre 1958 et 2017. Comment évolue le nombre de femmes députées ? Quels moyens les institutions et la loi ont-elles employés pour parvenir à ce résultat ?

• **Document 4.** Cet article de presse souligne le **rôle des bénévoles dans les associations.** Quel type d'incitation est mis en évidence ici ? Est-ce une incitation sélective ?

Définir le plan

I. Les déterminants sociodémographiques	• Quel est le rôle de l'âge, de la génération et du genre dans l'engagement politique (documents 2 et 3) ? • Comment la CSP et le diplôme exercent-ils un rôle sur l'engagement politique (document 2) ?
II. D'autres facteurs explicatifs	• Quelles incitations peuvent influencer la motivation individuelle à s'engager (documents 1 et 4) ? • Le contexte politique peut-il favoriser ou freiner l'engagement ?

34 CORRIGÉ GUIDÉ

Les titres des parties ne doivent pas figurer sur votre copie.

Introduction

[accroche] 2022 a été une année à fort enjeu électoral, avec les scrutins présidentiel puis législatlf qui se sont déroulés en avril et juin. [présentation du sujet] Ces élections ont (re)posé la question de l'engagement politique, celui-ci désignant au sens large les formes variées de participation aux actions politiques et associatives. [problématique] Si l'appartenance à des groupes sociaux influence cet engagement, d'autres facteurs jouent également un rôle. [annonce du plan] Après avoir présenté les déterminants sociodémographiques de la participation politique, nous montrerons que d'autres facteurs y contribuent.

I. Les déterminants sociodémographiques de l'engagement

> **▶ Le secret de fabrication**
> Il faut montrer ici comment agissent les principales variables sociodémographiques mises en avant par les sociologues pour expliquer les comportements politiques. En plus des documents proposés par le sujet, pensez à mobiliser aussi votre cours de première sur le vote.

1. Le rôle de l'âge, de la génération et du genre

• L'engagement politique sous ses formes les plus conventionnelles est moins fort chez les jeunes et augmente avec l'âge. On constate notamment que le taux d'abstention des 25-29 ans est systématiquement plus fort que celui des 65-69 ans, quelle que soit l'élection, avec un écart de 21,1 points au second tour de l'élection présidentielle de 2017 par exemple (document 2). Cependant les jeunes s'engagent plus volontiers dans des formes non conventionnelles, par exemple pour la défense du climat.

> **MOTS CLÉS**
> Les formes conventionnelles d'engagement sont liées au processus électoral, tandis que les formes non conventionnelles prennent la forme d'actions protestataires multiples (pétitions, manifestations, occupations...).

• Des effets de générations ont aussi une incidence sur l'engagement politique, marqué par les mobilisations d'une époque : c'est le cas des mouvements d'émancipation des années 1960-1970.

• L'engagement des femmes est marqué par un moindre intérêt pour la politique, un sentiment d'incompétence plus grand et un taux d'adhésion plus faible aux partis politiques. Cette situation explique pour partie la place réduite des femmes dans les fonctions électives, celles-ci ne représentant qu'un peu plus de 10 % des députés au début des années 2000 (document 3).

2. Le poids de la catégorie socioprofessionnelle et du diplôme

• L'appartenance à une catégorie socioprofessionnelle (CSP) a un impact sur la probabilité de s'engager, celle-ci étant globalement plus élevée pour les CSP moyennes et supérieures. La socialisation politique, qui diffère selon le milieu social, est à l'origine de compétences et d'un intérêt différenciés pour la politique. C'est ainsi qu'au premier tour des élections législatives de 2017 le taux d'abstention des ouvriers était supérieur d'environ 26 points à celui des cadres (document 2).

> **MOT CLÉ**
> La socialisation politique représente l'intériorisation des façons de penser et d'agir qui déterminent les représentations, les choix et les comportements politiques.

• Les ressources et les compétences nécessaires à l'engagement politique sont aussi liées au parcours scolaire et de formation, la probabilité de s'engager politiquement dépendant de la nature et du niveau de diplôme. Au premier tour des élections législatives de 2017 le taux d'abstention des titulaires du seul baccalauréat est en effet supérieur de 12 points à celui des titulaires d'un diplôme du supérieur (document 2).

II. D'autres déterminants de l'engagement

> **▶ Le secret de fabrication**
> Dans cette partie, selon une logique individualiste, il faut partir de l'analyse de Mancur Olson pour montrer le rôle des incitations, en élargissant à la notion de rétributions symboliques. Pour le rôle du contexte ensuite, vous devez mobiliser votre cours.

1. Des incitations matérielles et symboliques

• Selon l'économiste Mancur Olson, l'engagement dans des actions collectives suppose des incitations sélectives, encourageant l'individu rationnel, qui prend ses décisions sur la base d'un calcul coût-avantage, à ne pas se comporter en passager clandestin. Les indemnités de fonction que perçoivent les maires et leurs adjoints, d'autant plus élevées que la taille de la commune est importante (2 006 euros par mois pour un maire d'une commune de 1 000 à 3 499 habitants), peuvent ainsi contribuer à ce que des individus s'engagent durablement dans ces fonctions (document 1).

> **MOT CLÉ**
> Les incitations sélectives sont des avantages réservés aux participants d'une action collective (des services fournis aux seuls adhérents d'un syndicat par exemple).

• Mais l'engagement politique est aussi motivé par les rétributions symboliques qu'il procure, apportant des satisfactions non matérielles par la défense et le partage de causes et de valeurs communes qui poussent à agir quel qu'en soit le coût. Les décorations et médailles remises aux responsables associatifs particulièrement engagés constituent ainsi une forme d'encouragement public à l'engagement (document 4).

2. Le rôle du contexte et du cadre institutionnel

• La structure des opportunités politiques crée un cadre plus ou moins favorable à la participation politique. Le mécontentement suscité par une loi (la taxe carbone par exemple) ou par l'augmentation des prix (du carburant, des loyers...) peut inciter à des mobilisations et à l'engagement dans des organisations pour tenter de peser sur les décisions publiques, et ce d'autant plus dans le contexte d'une élection proche qui donne plus d'écho et de chance de succès à une revendication.

• Le cadre institutionnel et réglementaire peut aussi freiner ou au contraire contribuer à l'engagement politique. Diverses lois mises en œuvre depuis les années 2000 ont par exemple permis une augmentation significative de la part des femmes occupant des fonctions électives. Alors qu'elles ne représentaient qu'un peu plus de 10 % des députés à la fin de la décennie 1990, elles sont près de 40 % en 2017 (document 3).

Conclusion

[bilan] L'engagement politique est fortement lié à des variables sociodémographiques qui déterminent une probabilité plus ou moins forte à l'action politique. Cependant d'autres facteurs tels que les incitations et le contexte jouent aussi un rôle important. [ouverture] À un moment où l'abstention électorale n'a jamais été aussi forte, signe d'une défiance à l'égard des institutions politiques traditionnelles, il est important de bien identifier ces facteurs qui peuvent être des leviers pour encourager l'engagement politique de tous.

35 Mobilisation des connaissances

La difficile protection de l'environnement

30 min
4 points

INTÉRÊT DU SUJET • La préservation de l'environnement est certainement l'enjeu économique des années à venir. C'est parce qu'il est un bien commun, donc accessible à tous et en quantité limitée, que l'environnement est difficile à protéger.

▶ Pourquoi, en tant que bien commun, l'environnement doit-il être protégé ?

LES CLÉS DU SUJET

Définir les mots clés

• Un **bien commun** est un bien qui est à la fois non excluable (on ne peut pas en contrôler l'accès) et rival (son utilisation par un individu en empêche l'utilisation par un autre).
• L'**environnement**, assimilable au capital naturel, correspond aux ressources naturelles renouvelables (par exemple, les poissons) et non renouvelables (par exemple, le pétrole).

Structurer la réponse

• Dans un premier temps, il faut démontrer que l'environnement est un **bien commun mondial** et qu'à ce titre, il est exposé à une surutilisation.
• Dans un second temps, il s'agit de prouver que ce bien commun est victime du comportement de **passager clandestin**, adopté par certains pays.

35 CORRIGÉ GUIDÉ

Les titres des parties ne doivent pas figurer votre la copie.

Introduction

La Chine prévoit de construire 30 % d'usines à charbon en plus dans la décennie à venir. Sachant que celles-ci sont les principales émettrices des gaz à effet de serre (GES) responsables du réchauffement climatique, cette perspective entraînera une dégradation de l'environnement de tous les pays. L'environnement, comme le climat, est un bien commun : il est impossible d'en bloquer l'accès et sa quantité est limitée. Nous montrerons qu'en tant que bien commun mondial, l'environnement doit être protégé, d'autant plus en raison du comportement de passager clandestin adopté par certains pays.

Développement

• L'environnement, soit l'ensemble des ressources naturelles renouvelables et non renouvelables, est accessible par tous et partout sur la planète, et il n'est pas possible d'en bloquer l'accès. Il constitue ainsi un bien commun mondial. Or, ses ressources non renouvelables peuvent être entièrement épuisées si elles sont surutilisées. Nous ne pouvons donc pas les consommer sans poser de limite. En tant que bien commun mondial, l'environnement peut ainsi être menacé de disparition en cas de surutilisation à travers le monde.

> **À NOTER**
> Il faut veiller à répondre au sujet « pourquoi protéger ce bien commun » et à ne pas seulement réciter la définition du bien commun.

• L'existence des biens communs conduit à l'apparition de passagers clandestins : il s'agit d'agents économiques qui souhaitent profiter d'un bien sans en supporter le coût. Dans le cas de l'environnement, la Chine ne semble pas tenir son engagement en matière de limitation de la pollution (accord de Paris sur le climat de 2015). Tandis que les autres pays baissent leurs émissions de GES, elle augmente les siennes sans payer pour les dégâts provoqués. Ce comportement de passager clandestin peut contribuer à la disparition du bien commun.

Conclusion

L'environnement est un bien commun mondial et, à ce titre, il doit être protégé au niveau mondial. Pour cette raison, les pays s'unissent avec plus ou moins de succès, ce qui peut nous interroger sur l'efficacité des instruments de la politique climatique.

36 Étude de document

L'engagement des États en faveur de l'environnement

1 heure
6 points

INTÉRÊT DU SUJET • Les pays sont fiers d'annoncer qu'ils se coordonnent et mettent en scène leurs rencontres et leurs engagements. Mais leurs promesses sont-elles tenues ?

DOCUMENT **Engagements des pays en vertu du protocole de Kyoto et leur position en 2007 par rapport aux objectifs[1]**

Pays	Objectif de Kyoto [2008-2012]/ année de référence (1990)	Évolution des émissions depuis l'année de référence (1990) jusqu'en 2007[2]	Écart entre les émissions 2007[2] et l'objectif de Kyoto
EU 15	– 8,0 %	– 4,3 %	3,7
Russie	0,0 %	– 33,9 %	– 33,9
Japon	– 6,0 %	8,2 %	14,2
Bulgarie	– 8,0 %	– 35,6 %	– 27,6
Slovaquie	– 8,0 %	– 35,9 %	– 27,9
Nouvelle-Zélande	0,0 %	22,1 %	22,1
Norvège	1,0 %	10,8 %	9,8
Lituanie	– 8,0 %	– 49,6 %	– 41,6
Estonie	– 1,8 %	– 47,5 %	– 39,5
Croatie	– 5,0 %	– 5,2 %	– 0,2
Islande	10,0 %	31,3 %	21,8
États-Unis[3]	– 7,0 %	16,8 %	23,8

Source : CCNUCC, mission Climat de la Caisse des Dépôts, juillet 2009.

1. Les objectifs de Kyoto sont des engagements pris par différents pays, signataires du protocole de Kyoto, en termes de réduction des émissions de gaz à effet de serre, de façon à limiter le réchauffement climatique.
2. Le calcul est réalisé sur la base des émissions 2006, les données 2007 n'étant pas disponibles.
3. Les États-Unis n'ont pas ratifié le protocole de Kyoto et ne sont dès lors pas légalement contraints à respecter leur objectif.

▶ **1.** Comment ont été calculées les deux données en gras ?

▶ **2.** Mettez en évidence le comportement de passager clandestin de certains pays vis-à-vis de la pollution.

LES CLÉS DU SUJET

Définir les mots clés

• Le **passager clandestin** est celui qui souhaite utiliser un bien (par exemple, le climat) sans en supporter les coûts.

• La **pollution** est ici comprise comme le niveau d'émission de gaz à effet de serre (GES).

Comprendre le document

Ce tableau à double entrée est composé de deux taux de variation (celui de l'objectif d'émission de GES et celui des émissions réelles) et de l'écart entre les deux. Lorsque ce dernier est **positif,** le pays n'a **pas tenu son engagement**.

Structurer la réponse à la seconde question

• Dans la présentation du document, il faut expliquer comment il est construit et comment se lisent les données. Il faudra ensuite **diviser les pays en groupes**, avec d'un côté ceux qui ont tenu leur engagement (écart négatif), et de l'autre ceux qui ne l'ont pas fait (écart positif).

• Il restera à montrer que certains pays imposent aux autres la baisse des émissions de GES mais ne s'y tiennent pas eux-mêmes. Ce sont les **pays riches**, et en particulier les États-Unis qui n'ont finalement pas ratifié le protocole de Kyoto.

S'ENTRAÎNER

36 CORRIGÉ GUIDÉ

▶ **1.** Pour obtenir la donnée « – 4,3 % » :

$$\frac{(\text{émissions de GES en 2007} - \text{émissions de GES en 1990}) \times 100}{\text{émissions de GES en 1990}}.$$

• Pour obtenir la donnée « 3,7 points de pourcentage » :

taux de variation entre 1990 et 2007 des émissions (colonne 2)

– taux de variation entre 1990 et 2007 de l'objectif d'émission (colonne 1).

▶ **2.** *Les titres des parties ne doivent pas figurer sur votre copie.*

Introduction

Nous sommes tous dépendants d'un même environnement, et face à sa dégradation les pays du monde cherchent à s'entendre pour le préserver. Cependant, certains incitent les autres à moins polluer tout en continuant à le faire eux-mêmes.

Développement

• Le document compare des objectifs que se sont fixés les pays à la conférence de Kyoto de 1997 en termes de réduction des émissions de gaz à effet de serre (GES) sur la période 2008-2012 par rapport aux niveaux de 1990, et la réalité de cet engagement.

• Il apparaît que certains pays signataires du protocole de Kyoto (le Japon, la Norvège, etc.) n'ont pas tenu leurs engagements en termes de pollution, mesurée par le niveau d'émission de GES. Il en est de même pour les États-Unis, qui n'ont pas ratifié le protocole : l'écart entre l'évolution promise et l'évolution réelle de leurs émissions de GES est de 23,8 points de pourcentage. Ces pays se comportent ainsi en passagers clandestins en promettant des baisses d'émissions de GES qu'ils ne respectent pas.

> **À NOTER**
> Il faut toujours transformer le document, en calculant de nouvelles données ou en formant des groupes.

Conclusion

L'environnement est un bien commun qui incite les pays à adopter un comportement de passager clandestin. Les accords internationaux paraissent alors servir davantage de vitrine au développement durable. En réalité, peu de pays sont prêts à renoncer à leurs intérêts économiques.

37 France métropolitaine, septembre 2021

RAISONNEMENT

Instruments de la politique climatique et changement climatique

2 h 30
10 points

INTÉRÊT DU SUJET • La question du réchauffement climatique est devenue une préoccupation majeure pour les populations. Il est donc intéressant de connaître les différents instruments dont les pouvoirs publics disposent pour faire face au changement du climat.

▶ À l'aide de vos connaissances et du dossier documentaire, vous montrerez comment les différents instruments à disposition des pouvoirs publics peuvent permettre de faire face au changement climatique.

DOCUMENT 1 **Les moyens pour faire baisser les émissions de CO_2 dans les transports**

Le transport est le mauvais élève du protocole de Kyoto. Depuis 1990, la plupart des secteurs économiques ont diminué leurs émissions de gaz à effet de serre (GES) dans l'Union européenne. Seul le transport, qui représente plus d'un quart des rejets de la zone, a vu son bilan s'aggraver : + 28 % en 2017 par rapport à 1990. […] Les voitures particulières représentent près de la moitié des émissions de GES du transport. Elles font l'objet d'une attention particulière de la Commission européenne, dont l'objectif est d'atteindre en 2050 une réduction de 60 % des émissions de GES du secteur du transport par rapport à 1990. À l'horizon rapproché de 2021, les constructeurs automobiles européens ont l'obligation de réduire les émissions moyennes de leurs ventes de voitures neuves de plus de 120 grammes de CO_2 par km en 2018 à 95 grammes. […] Les constructeurs qui failliront se verront infliger une amende de 95 euros par gramme de CO_2 excédentaire par voiture vendue, amende qui pourrait se chiffrer en milliards d'euros pour les moins vertueux d'entre eux. […]

Pour tenir l'objectif de 95 g/km en 2021, les constructeurs devront vendre une proportion significative de voitures à faibles émissions, comme c'est le cas en Norvège, où les émissions moyennes des voitures neuves ont atteint ce seuil dès 2016. […]

La Norvège a en effet mis en place depuis plus de vingt-cinq ans un ensemble d'incitations directes et indirectes très favorables au développement de la mobilité électrique en appliquant à la lettre le principe « pollueur payeur ». C'est un des seuls pays au monde où la voiture électrique coûte moins cher à l'achat que son équivalent thermique. La voiture électrique a bénéficié d'une exemption à la taxe à l'importation dès le début des années 1990, puis d'une taxation réduite de 50 % sur les voitures de société en 2000 et enfin d'une exemption de TVA en 2001. […]

À l'instar de Londres, les villes européennes pourraient aussi instaurer des zones où ne circuleraient que des véhicules à très faibles émissions. Le véhicule électrique, encore pénalisé par rapport à son équivalent thermique car peu adapté aux longues distances, acquerrait instantanément un bénéfice à l'usage, les véhicules thermiques ne pouvant plus couvrir l'ensemble des besoins de mobilité du quotidien car interdits de centre-ville.

Source : France Stratégie, « Comment faire enfin baisser les émissions de CO_2 des voitures », *La Note d'analyse*, n° 78, juin 2019.

DOCUMENT 2 **Évolution de la taxe carbone (en euro par tonne de CO_2) et son impact sur l'emploi total et sur les émissions de CO_2 (en %) dans le secteur manufacturier français**

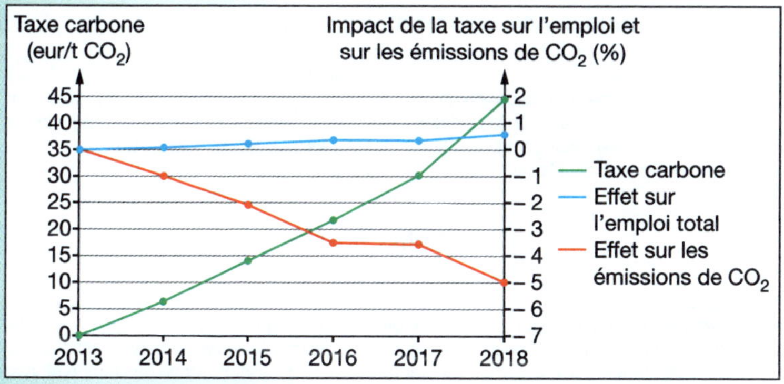

Source : Damien Dusseaux, « Les effets conjugués des prix de l'énergie et de la taxe carbone sur la performance économique et environnementale des entreprises françaises du secteur manufacturier », *OECD Environment Working Papers*, n° 151, janvier 2020.

Note : Les effets sur l'emploi total sont des valeurs estimées de l'impact de l'évolution de la taxe carbone à partir des calculs de l'auteur.

DOCUMENT 3 **Évolution du cours du permis négociable d'émissions d'une tonne de CO_2 (en euros)**

Source : « Rapport sur le fonctionnement du marché européen du carbone », Commission au Parlement européen et au Conseil, octobre 2019.

Note : En 2018, des ajustements ont permis de réduire l'offre des quotas sur le marché.

LES CLÉS DU SUJET

Analyser les termes du sujet et mobiliser ses connaissances

Analyse du sujet

vous montrerez
On vous demande d'expliquer comment les différents instruments de la politique climatique peuvent agir contre le réchauffement climatique.

instruments
Il s'agit ici des mesures mises en œuvre pour limiter le réchauffement climatique : réglementation, quotas, taxes.

pouvoirs publics
Ensemble des autorités qui détiennent le pouvoir politique : État, collectivités locales.

changement climatique
L'expression désigne le réchauffement climatique caractérisé par la hausse moyenne des températures.

Exploiter les documents

• **Document 1.** Le texte porte sur la **réglementation** imposée par la Commission européenne aux constructeurs d'automobiles. En quoi consiste cette réglementation ? Quel est son objectif ?

• **Document 2.** Le graphique met en relation l'évolution de la **taxe carbone** en France entre 2013 et 2018 et ses effets sur l'emploi et sur les émissions de CO_2. Comment évolue la taxe carbone ? Comment peut-on en expliquer les effets sur l'emploi et sur les émissions de CO_2 ?

• **Document 3.** Le graphique permet d'étudier les variations du cours du **permis négociable d'émissions de CO_2** en Europe de 2013 à 2019. Qu'est-ce qu'un permis négociable d'émissions de CO_2 ? Comment son cours se comporte-t-il sur le marché ? Pourquoi une telle évolution ?

Définir les arguments

Argument 1	Le rôle de la réglementation pour faire face au changement climatique
Argument 2	Le rôle de la taxe carbone pour faire face au changement climatique
Argument 3	Le rôle des marchés de quotas à polluer pour faire face au changement climatique

37 CORRIGÉ GUIDÉ

Les titres des parties ne doivent pas figurer sur votre copie.

Introduction

Le changement climatique est caractérisé par une hausse des températures moyennes et il a comme principale cause les émissions de gaz à effet de serre (GES), surtout le dioxyde de carbone (CO_2). Ce réchauffement constitue une externalité négative justifiant l'intervention des pouvoirs publics, c'est-à-dire l'État, les collectivités territoriales ainsi que l'Union européenne. Ceux-ci peuvent mettre en œuvre trois instruments pour faire face au changement climatique : la réglementation, la taxation et les marchés de quotas à polluer.

MOT CLÉ
Les externalités sont les effets de l'action d'un agent économique sur le bien-être d'autres agents non pris en compte par le marché. Elles sont négatives si le bien-être des agents diminue.

▶ Le secret de fabrication
Le plan proposé ici suit les documents, mais ce n'est pas une obligation. L'important est de développer les trois principaux instruments de lutte contre le réchauffement climatique et de les illustrer avec les documents.

I. La réglementation

• La réglementation consiste à définir des normes afin de lutter contre le réchauffement climatique. Par exemple, afin de limiter les émissions de GES, la Commission européenne impose aux constructeurs automobiles européens de réduire de près de 20 % les émissions moyennes de CO_2 de leurs voitures neuves entre 2018 et 2021 (document 1).

• La réglementation implique de mettre en place des sanctions financières si les règles ne sont pas respectées. Ces amendes doivent être relativement dissuasives pour inciter les entreprises à respecter la réglementation. C'est le cas pour les constructeurs automobiles européens : les amendes auxquelles ils s'exposent peuvent représenter plusieurs milliards d'euros (document 1), ce qui a pour effet de réduire d'autant leurs bénéfices.

II. La taxation

• La taxation (écotaxe) est une mesure fiscale appliquée aux prix des produits polluants, et qui en renchérit donc le coût pour les consommateurs. Ceux-ci peuvent alors chercher à acheter des produits de substitution aux caractéristiques plus écologiques. Face à ce changement de comportement potentiel, les industriels se trouvent incités à produire de manière plus respectueuse pour l'environnement.

• La taxation semble être un outil efficace pour le secteur manufacturier en France. Entre 2014 – date à laquelle la taxe carbone a été mise en place – et 2018, la taxe carbone a été multipliée par plus de six et les émissions de CO_2 n'ont fait que baisser. De plus, la taxation n'a pas nui à la compétitivité des entreprises puisque l'emploi total dans le secteur manufacturier a augmenté (document 2).

III. Les marchés de quotas à polluer

• Les marchés de permis d'émissions négociables octroient aux entreprises le droit d'émettre une quantité de GES calculée par rapport à ce qu'elles ont émis au cours d'une année de référence. Si une entreprise n'utilise pas tous ses droits, elle peut les vendre à un autre agent aux besoins en permis supérieurs à ceux dont il dispose.

• Ces marchés fonctionnent selon les principes de la loi de l'offre et de la demande qui aboutissent à la fixation d'un prix d'équilibre. Cependant, si ce prix est trop bas, en raison d'une croissance faible par exemple ou de quotas trop élevés, cet outil n'est plus efficace car les industriels ne sont donc pas incités à modifier leur combinaison productive. Sur le marché européen du permis d'émissions de CO_2, les quotas ont ainsi baissé en 2018, ce qui a eu pour effet de multiplier par cinq environ le cours du permis de la tonne de CO_2 (document 3).

À NOTER
Les permis d'émissions de CO_2 négociables sont alloués par l'Union européenne aux industries polluantes chaque année. Si les quotas sont trop élevés, le cours de ces quotas sur le marché baisse.

Conclusion

Les pouvoirs publics disposent de plusieurs instruments pour lutter contre le réchauffement climatique : la réglementation, la taxation, le marché des quotas à polluer. En principe, chacun de ces instruments doit permettre de freiner le réchauffement climatique. Encore faut-il qu'ils soient suffisamment incitatifs pour modifier les comportements, des producteurs comme des consommateurs.

Les outils de la politique climatique

4 heures
20 points

INTÉRÊT DU SUJET • Ce sujet permet de comprendre qu'il existe trois instruments de la politique climatique, à la fois efficaces mais qui doivent être utilisés de manière complémentaire en raison de leurs limites respectives.

Les instruments de la politique climatique sont-ils toujours efficaces pour assurer l'équilibre climatique ?

DOCUMENT 1 Les normes sur les véhicules protègent l'environnement

Les normes sont le principal outil des politiques environnementales domestiques : des normes thermiques sont, par exemple, utilisées en France dans le secteur du bâtiment pour diminuer la demande du secteur en énergie et son impact en termes d'émissions de dioxyde de carbone (CO_2). […] Pour réguler les émissions de CO_2 des véhicules routiers [sont] nouvellement produits : ceux-ci ne devront pas émettre plus de 130 grammes de CO_2 par kilomètre à compter de 2015, contre 160 environ à l'heure actuelle.

Source : Christian de Perthuis et Shaw Suzanne, « Instruments et acteurs. Normes, écotaxes, marchés de permis : quelle combinaison optimale ? », *L'Économie verte, Cahiers français*, n° 355, mars-avril 2010. La Documentation française © DILA.

DOCUMENT 2 Le recours à une taxe pour protéger l'environnement

	Montant 2008 (en millions d'euros)	Montant 2007 (en millions d'euros)	Part dans le PIB en 2008 (en %)
Taxes sur l'énergie	27 864	27 862	1,4
Taxes sur les transports[1]	11 260	11 087	0,6
Taxes sur la pollution et les ressources	1 934	2 035	0,1
Total des recettes fiscales environnementales	**41 058**	**40 984**	**2,1**

Source : « Les taxes environnementales en 2008 », *Chiffres et statistiques*, n° 204, Commissariat général au développement durable, avril 2011.

1. En 1997, le protocole de Kyoto a fixé des quotas visant à réduire globalement les émissions de gaz à effet de serre de 5 % entre 2008 et 2012 par rapport à la situation de 1990.

DOCUMENT 3 Volumes de transactions de quotas[1] depuis le lancement du système d'échange de quotas dans l'Union européenne

	Volumes échangés (en millions de quotas)	Valeur des transactions (en millions d'euros courants)	Prix moyen du quota (en euros courants)
2005	262	5 400	20,6
2006	828	14 500	17,5
2007	1 458	25 200	17,3
2008	2 731	61 200	22,4
2009	5 016	65 900	13,1

Source : Christian de Perthuis et Anaïs Delbosc, « Références économiques pour le développement durable, Prix du quota de CO_2 et taxe carbone : quelques éléments de cadrage », Conseil économique pour le développement durable, 2010.

1. Un quota représente un droit d'émission d'une tonne de dioxyde de carbone (CO_2).

LES CLÉS DU SUJET

Analyser la consigne et dégager une problématique

Analyse du sujet

- **instruments de la politique climatique** : Réglementation, taxation et marché des quotas d'émission de CO_2.
- **toujours efficaces** : Prouvez leur efficacité et mettez en évidence leurs limites.
- **assurer l'équilibre climatique** : Ne pas dépasser un plafond maximum d'émission de CO_2.

• **Problématique.** Il faut montrer comment les trois instruments de la politique climatique existants (réglementation, taxation et marché des quotas) limitent les externalités négatives, mais que leur action s'effectue de manière imparfaite.

Exploiter les documents

• **Document 1.** Quelles normes sont utilisées par la réglementation ? Celle-ci est-elle toujours efficace ?

• **Document 2.** Quel est l'objectif de la taxation ? Dans quels domaines est-elle appliquée ? Est-elle si conséquente par rapport au produit intérieur brut (PIB) ?

• **Document 3.** Les quotas échangés ont-ils augmenté en tonnes et en euros ? Les prix sont-ils suffisamment élevés ?

Définir le plan

I. Les instruments de la politique climatique protègent le climat	• Quels sont les trois instruments de la politique climatique aujourd'hui ? • Comment ces instruments agissent-ils pour protéger le climat ? Cherchez des exemples dans les documents.
II. Les limites des instruments de la politique climatique	• Quelles sont les limites de chacun des instruments ? • En quoi les documents permettent-ils de les illustrer ?

S'ENTRAÎNER

38 CORRIGÉ GUIDÉ

Les titres des parties ne doivent pas figurer sur votre copie.

Introduction

[accroche] En France, depuis janvier 2020, l'achat d'une voiture électrique ne donne plus systématiquement le droit à une prime de 6 000 euros, car certains modèles s'avèrent finalement nuisibles pour l'environnement. [présentation du sujet] En effet, les ressources naturelles renouvelables et non renouvelables se dégradent sous l'effet d'externalités négatives. Pour lutter contre cette dégradation, les pouvoirs publics peuvent utiliser les instruments de la politique climatique que sont la réglementation, la taxation (ou subvention) et le marché des quotas. Leur efficacité reste cependant discutée. [problématique] Nous allons expliquer comment la réglementation, la taxation et le marché des quotas limitent, chacun, les externalités négatives, mais de manière imparfaite. [annonce du plan] Dans une première partie, nous montrerons que ces instruments de la politique climatique ont une certaine efficacité pour protéger l'environnement. Puis, dans une seconde partie, nous verrons que leur portée respective reste cependant limitée.

> **CONSEIL**
> L'accroche est l'entrée en matière de votre devoir. Essayez de trouver un exemple d'actualité qui illustre la problématique. N'utilisez pas tout de suite les concepts.

> **▶ Le secret de fabrication**
> Un plan en trois parties, présentant tour à tour l'efficacité de chaque instrument puis ses limites, est ici possible. Cependant un plan en deux parties, analysant d'abord l'efficacité de tous les instruments, puis leurs limites, est préférable, car il permet un meilleur équilibre entre les développements.

I. Les instruments de la politique climatique protègent le climat

1. La réglementation protège par la contrainte

• La réglementation regroupe l'ensemble des normes juridiques fixées par les pouvoirs publics. Elle vise à édicter des règles, des normes environnementales permettant de limiter les pratiques qui sont à l'origine d'externalités négatives. C'est le cas des normes d'émission qui limitent le niveau de pollution des voitures neuves : celles-ci ne doivent pas « émettre plus de 130 grammes de CO_2 par kilomètre » (document 1). Il est possible aussi de recourir à des normes d'utilisation : par exemple, la vignette Crit'air, lancée en 2017, classe les véhicules en fonction de leur niveau d'émissions, et permet d'interdire la circulation des voitures les plus polluantes en cas de pic de pollution. Enfin, la réglementation peut aussi imposer des externalités positives, avec par exemple l'obligation de recycler les appareils en fin de vie.

- Les pouvoirs publics cherchent aussi à protéger les biens communs naturels bénéfiques au climat. Ainsi, il n'est pas possible de prélever du bois dans certaines forêts publiques.

2. La taxation internalise les externalités

- La taxation permet d'« internaliser les externalités » grâce à un système de taxation et de subvention. Celui-ci consiste d'une part à taxer les externalités négatives et d'autre part à subventionner les externalités positives. En effet, comme le marché ne prend pas en compte les externalités – on dit qu'il est « myope » –, il ne fixe pas les bons prix et ne transmet pas les bonnes incitations. Ainsi, les biens polluants étant moins chers à produire, ils sont encouragés par le marché. L'internalisation des externalités permet alors de fixer des prix exacts et incite les agents économiques à se détourner des biens les plus polluants.

- Une taxe de ce type a été mise en place en France pour les voitures. Lors de l'achat d'un véhicule électrique, donc producteur d'externalités positives, les consommateurs bénéficient d'une subvention ; à l'inverse les voitures polluantes sont taxées. En 2008, cette fiscalité environnementale a rapporté plus de 40 milliards d'euros à l'État, dont les deux tiers proviennent des taxes sur l'énergie (document 2).

> **CONSEIL**
> Citez explicitement les documents et transformez les données en faisant de nouveaux calculs (pourcentage, proportion, etc.).

3. Le marché des quotas détermine un plafond de pollution

- Le climat est un bien commun : il est à la fois non exclusif et rival. Or, comme le marché ne prend pas en charge ce type de bien (il est impossible de le facturer parce qu'il est impossible de savoir qui le consomme), le climat est victime de comportements de « passager clandestin ». Le marché des quotas d'émission dans l'Union européenne cherche à limiter les externalités négatives en fixant un plafond maximum de pollution (d'environ 10 000 milliards de tonnes de CO_2) et en posant un droit de propriété sur chaque tonne de CO_2. Le climat devient alors un bien exclusif et rival, en somme un bien privé, dont le marché peut s'occuper.

- Par conséquent, si une entreprise souhaite produire, elle doit utiliser ses quotas ou en acheter sur le marché, au prix fixé par la loi de l'offre et de la demande. Depuis 2005, les volumes et la valeur des transactions ont augmenté fortement : les premiers ont été multipliés par 20 les quatre premières années d'existence de ce système (document 3).

II. Les instruments de la politique climatique sont limités

1. Le niveau de réglementation est difficile à fixer

• Si la réglementation est uniforme, elle est plus facilement appliquée par de grandes entreprises, et moins par des petites. Elle peut dégrader la compétitivité des firmes et pénaliser la croissance. De plus, réglementer nécessite une surveillance et donc des institutions avec du personnel qualifié et du matériel, ce qui engendre un coût d'application et de contrôle élevé.

• En situation d'information imparfaite, les pouvoirs publics ne connaissent pas l'origine et l'intensité des externalités. Ils peuvent alors prendre de mauvaises décisions en fixant des normes soit trop laxistes, qui n'auront aucun effet, soit trop strictes, qui seront impossibles à respecter. Dans tous les cas, la réglementation n'incite pas à faire mieux, puisqu'une fois la norme respectée il est inutile d'aller au-delà.

MOT CLÉ
L'information est imparfaite lorsqu'un agent, ici l'entreprise ou le ménage, possède davantage de connaissances qu'un autre, ici l'État. Ce dernier a plus de chances de prendre les mauvaises décisions.

2. La taxation n'est que désincitative

• La taxation ne représente qu'une faible part du produit intérieur brut (PIB) : 2,1 % en 2008 (document 2).
Elle n'empêche pas la pollution puisqu'il suffit de s'acquitter d'une taxe pour continuer à polluer. En revanche, elle peut réduire le pouvoir d'achat des agents économiques qu'elle frappe. Les subventions, quant à elles, ont un coût élevé pour les pouvoirs publics qui distribuent trop généreusement les sommes correspondantes.

• Des effets rebond, c'est-à-dire des effets inattendus qui aggravent la situation, peuvent survenir. Par exemple, si l'on rend les voitures électriques moins chères, les consommateurs risquent d'en acheter davantage, ce qui augmentera la production et donc, nécessairement, le niveau de pollution. De même, en présence de biens Veblen, c'est-à-dire de biens dont la demande croît lorsque le prix augmente, la taxation provoque une hausse de leur consommation, et donc de la pollution.

• Contrairement au marché des quotas d'émission, la taxation ne fixe pas de plafond maximum de pollution, parce qu'elle ne raisonne que sur la pollution individuelle.

3. Le marché des quotas fixe des prix trop bas

- Le marché des quotas européen a un effet limité, tout d'abord parce qu'il ne s'adresse qu'aux grandes entreprises (environ 1 500 en France). De plus, celles-ci bénéficient d'un nombre de quotas trop élevé pour modifier leur comportement polluant.
- Le prix déterminé par ce marché des quotas est insuffisant : les économistes estiment qu'il doit se situer autour de 25 euros par tonne pour être désincitatif (document 3). Et certaines périodes de hausse du prix (2008) s'expliquent par des activités spéculatives, réduisant son efficacité.
- Enfin, le marché des quotas ne concerne que les émissions de CO_2 et il provoque parfois des délocalisations polluantes de la part d'entreprises qui installent une partie de leur production à l'étranger, en général dans les pays pauvres, pour ne pas avoir à subir de contraintes.

Conclusion

[bilan] La réglementation, la taxation et le marché des quotas d'émission sont les trois instruments qui assurent l'équilibre climatique de manière efficace. La première a l'avantage d'agir comme une contrainte, alors que deux autres s'appuient sur des mécanismes incitatifs de marché. Ces instruments comportent tous des limites suffisamment importantes qui obligent à les utiliser de manière complémentaire.

CONSEIL
Votre ouverture montre au correcteur que vous maîtrisez d'autres problématiques, n'hésitez pas à proposer celle d'un chapitre différent.

[ouverture] Mais peut-on demander le même effort de mise en place de ces trois instruments à tous les pays et en particulier aux plus pauvres, très peu responsables des émissions de CO_2 dans le monde ?

S'ENTRAÎNER

Préparer l'épreuve écrite : le sprint final

L'essentiel du programme en 8 fiches MÉMO

2 SUJETS COMPLETS

France métropolitaine, mai 2022

France métropolitaine, septembre 2021

1 Les sources et les défis de la croissance économique

A Les enjeux du thème

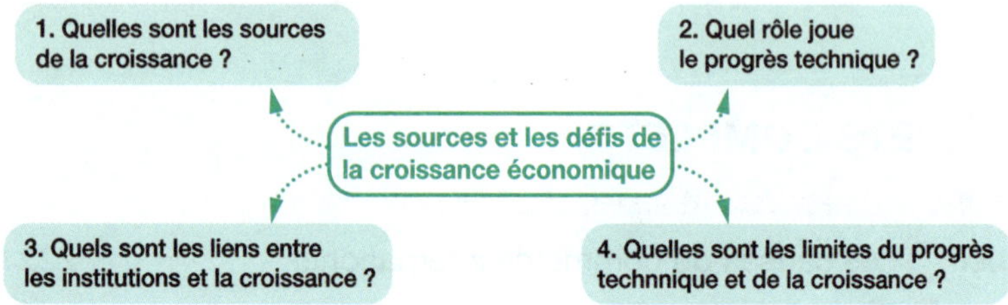

B Les points à maîtriser

1. Les sources de la croissance

● **Définition de la croissance**

– **augmentation soutenue**, pendant une période longue, de la production d'un pays

– mesurée par la variation du produit intérieur brut (PIB) réel

> MOT CLÉ **Le PIB mesure les richesses créées par les unités de production résidentes sur le territoire national durant une année.**

● **Deux principales sources**

– accumulation des facteurs de production, travail et capital : croissance dite **extensive**

– amélioration de l'efficacité des facteurs de production (progrès technique), mesurée par la hausse de la productivité globale des facteurs (PGF) : croissance dite **intensive**

2. Le rôle du progrès technique

● Le progrès technique désigne l'**ensemble des innovations** : nouveaux produits, nouvelles méthodes de production, nouvelles manières d'organiser le travail.

● Le progrès technique est **source endogène de croissance**.

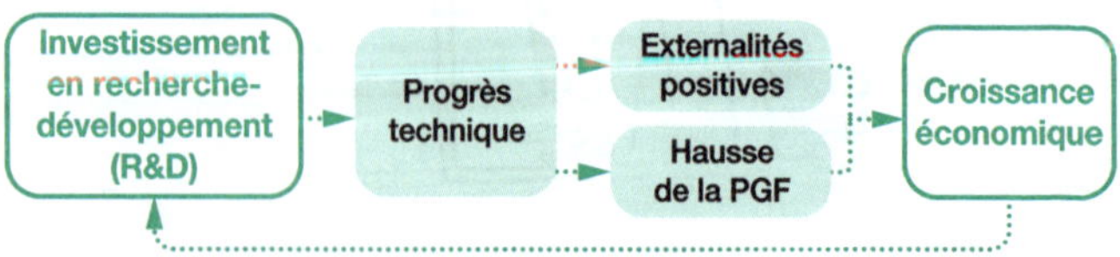

3. Institutions et croissance

● Les institutions désignent l'ensemble des **organisations**, des **règles** (réglementation, lois) et des **pratiques** acceptées par tous, qui encadrent les échanges.

● De « bonnes institutions » (État de droit, droit de propriété, brevets) créent un cadre qui favorise l'**investissement** et l'**innovation**, et donc la croissance.

> MOT CLÉ **Le droit de propriété est le droit, garanti par l'État, de pouvoir utiliser, tirer profit ou disposer (c'est-à-dire vendre ou transformer) des biens dans le cadre prévu par la loi.**

4. Les limites du progrès technique et de la croissance

Un processus de destruction créatrice → **Le progrès technique crée de nouvelles activités, mais en détruit d'autres devenues obsolètes.**

Des gains inégalement répartis → **Les revenus du travail diminuent comparativement à ceux du capital en raison de la modification de la combinaison de production.**

La soutenabilité de la croissance ? →
- **Selon certains économistes, le progrès technique peut repousser les limites de la croissance.**
- **Selon d'autres, la nature est un capital non substituable.**

LES DÉPENSES INTÉRIEURES DE R&D

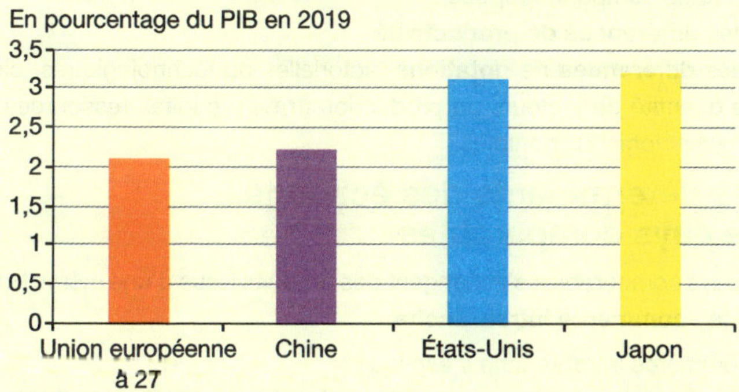

Source : OCDE, 2021.

En 2019, les États-Unis consacraient plus de 3 % de leur PIB à la recherche-développement (R&D), contre à peine plus de 2 % pour l'Union européenne et pour la Chine.

2 Commerce international et internationalisation de la production

A Les enjeux du thème

Les fondements du commerce international et de l'internationalisation de la production

1. Quels sont les déterminants des échanges entre pays différents ?

2. Quels sont les déterminants des échanges entre pays comparables ?

3. Quels sont les facteurs de compétitivité des pays ?

4. Quels sont les termes du débat entre libre-échange et protectionnisme ?

B Les points à maîtriser

1. Les déterminants des échanges entre pays différents

● Les pays ont tendance à se spécialiser dans des secteurs pour lesquels ils possèdent un **avantage comparatif** et à importer les autres produits.

● L'avantage comparatif repose :
– sur des **différences de productivité**
– sur des **différences de dotations** factorielles ou technologiques, c'est-à-dire de quantité de facteurs de production (travail, capital, ressources naturelles, technologie) disponibles.

2. Les déterminants des échanges entre pays comparables

● Les pays comparables s'échangent des produits issus d'une même branche d'activité : **commerce intrabranche.**

● Le commerce intrabranche s'explique :
– par les stratégies des firmes qui différencient leurs produits afin de répondre à la **demande de variété**
– par l'intégration des pays dans une même chaîne de valeur mondiale, qui s'échangent ainsi des biens intermédiaires

> **MOT CLÉ** **Une chaîne de valeur mondiale désigne l'ensemble des activités menées par les firmes pour mettre un produit sur le marché, depuis sa conception jusqu'à sa livraison.**

3. Les facteurs de compétitivité des pays

● La compétitivité d'un pays désigne son aptitude à **exporter** qui dépend principalement de la capacité de ses firmes à maintenir ou augmenter leurs parts de marché.

Les principaux moyens d'accroître la compétitivité d'une firme

- Diminuer les coûts unitaires grâce à des gains de productivité (compétitivité-prix)
- Améliorer la qualité ou le caractère innovant de ses produits (compétitivité hors-prix)

● Les firmes vont alors **internationaliser leur chaîne de valeur**, pour tirer profit des avantages comparatifs à chaque stade de la production.

4. Les termes du débat entre libre-échange et protectionnisme

Le libre-échange suppression de tout obstacle aux échanges	Le protectionnisme protection de la production nationale contre la concurrence étrangère
Avantages : • baisse des prix • variété des produits • baisse des inégalités entre pays **Risques :** • abandon de certaines activités • inégalités au sein des pays	**Avantages :** • maintien des productions locales • protection de l'emploi **Risques :** • prix élevés • guerre commerciale • avantage aux pays riches

LES DROITS DE DOUANE DANS LE MONDE

Dans le monde, les droits de douane ont été **divisés par deux** en moins de 20 ans, passant de 10,8 % du prix des produits importés en 2000 à **5,2 % en 2017**, selon la Banque mondiale.

3 La lutte contre le chômage

A Les enjeux du chapitre

La lutte contre le chômage

1. Comment définir et mesurer le chômage ?
2. Quelles sont les causes du chômage conjoncturel ?
3. Quelles sont les différentes sources de chômage structurel ?
4. Quelles sont les principales politiques de lutte contre le chômage ?

B Les points à maîtriser

1. Définition et mesure du chômage

● On définit le **chômage** comme la situation d'une population sans emploi et qui en recherche un. Il ne faut pas le confondre avec le **sous-emploi** qui englobe les personnes souhaitant travailler davantage (emploi à temps partiel ou chômage partiel).

● **Pôle emploi** donne une mesure mensuelle du chômage qui correspond aux demandeurs d'emploi en fin de mois (DEFM) inscrits dans ses fichiers, sans activité dans le mois et cherchant « activement » un emploi.

● L'Institut national de la statistique et des études économiques (**Insee**) reprend les critères du Bureau international du travail (BIT) : sont considérés comme chômeurs les personnes en âge de travailler, sans emploi, qui en recherchent un, et sont disponibles pour travailler.

INFO

• Taux de chômage = $\frac{\text{nombre de chômeurs} \times 100}{\text{population active (en emploi ou au chômage)}}$

• Taux d'emploi = $\frac{\text{population active occupée} \times 100}{\text{population en âge de travailler}}$

2. Les causes du chômage conjoncturel

Baisse ou ralentissement de la demande globale → Ralentissement de l'activité économique (mesurée par le PIB) → Baisse des besoins en main-d'œuvre → **Chômage conjoncturel**

3. Les différentes sources de chômage structurel

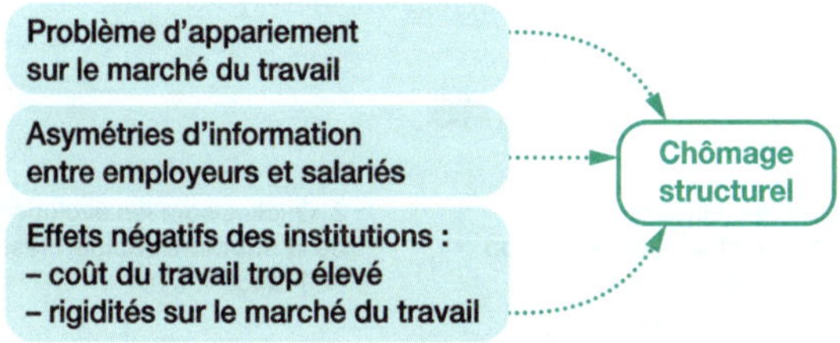

MOT CLÉ Le problème d'appariement sur le marché du travail provient d'une inadéquation entre l'offre et la demande de travail.

4. Les principales politiques de lutte contre le chômage

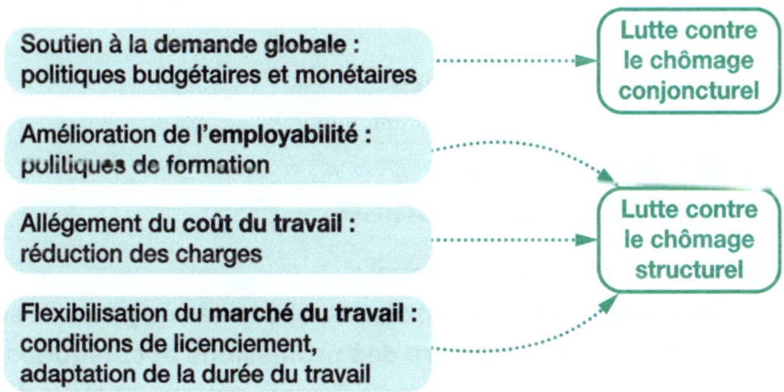

● Il faut noter que les institutions n'ont pas que des effets négatifs sur le chômage : les **prestations sociales** versées aux chômeurs leur donnent le temps de se former, favorisant ainsi leur **employabilité**. Leur action limite également la **pauvreté**, soutenant ainsi la **demande globale**.

VARIATIONS DE L'ACTIVITÉ ÉCONOMIQUE ET CHÔMAGE

	Taux de croissance du PIB (en %)		Taux de chômage (en %)	
	États-Unis	Union européenne	États-Unis	Union européenne
2008	– 0,3	0,4	5,8	7,6
2009	– 3,1	– 4,4	9,3	9,6

Source : BCE, 2013.

Ce tableau met en évidence la hausse du **chômage**, principalement **conjoncturel**, qui accompagne la baisse du produit intérieur brut **(PIB)**, consécutive à la crise des *subprimes*.

4 La structure de la société française actuelle

A Les enjeux du thème

La structure de la société française actuelle

1. Quels sont les facteurs de structuration et de hiérarchisation de l'espace social ?

2. Quelles sont les évolutions de la structure socioprofessionnelle en France ?

3. Comment peut-on analyser la structure sociale ?

4. L'analyse en termes de classes sociales est-elle toujours pertinente ?

B Les points à maîtriser

1. La société française, un espace social hiérarchisé

● La **profession**, un déterminant central :
– donne accès à de nombreuses ressources, et donc à une **position sociale** ;
– hiérarchisée selon la **nomenclature des professions et catégories socio-professionnelles** (PCS) en fonction de différents critères (secteur d'activité, statut, niveau de qualification).

● Le **genre** est également un facteur primordial de la hiérarchie sociale.

● Enfin, la **position dans le cycle de vie** (jeunes, seniors), le lieu de **résidence** et la composition de la **famille** sont d'autres facteurs importants de la hiérarchie sociale.

2. Les évolutions de la structure socioprofessionnelle en France

- Salarisation des emplois
- Tertiarisation (employés)
- Augmentation des qualifications
- Féminisation des emplois

→ Une structuration socioprofessionnelle en évolution

3. Les analyses de la structure sociale

Karl Marx et la lutte des classes	Max Weber et la stratification sociale
• Des **classes en soi** : le prolétariat et la bourgeoisie • Des **classes pour soi** : une conscience de classe qui oppose	• Dimension **économique** : la classe sociale • Dimension **sociale** : le groupe de statut • Dimension **politique** : la participation au pouvoir

4. La pertinence de l'analyse en termes de classes sociales

● L'analyse en termes de classes sociales **reste pertinente** pour traiter des inégalités entre classes sociales.

● Cependant des **mutations** viennent la questionner :
- les inégalités au sein des classes sociales se creusent
- la conscience de classe recule
- le processus d'individualisation progresse

MOT CLÉ **L'individualisation est le processus par lequel l'individu s'émancipe des institutions et des groupes d'appartenance.**

GENRE ET HIÉRARCHIE SOCIALE

En 2020, en France, selon l'Insee :

• **20,2 % des femmes** de plus 15 ans sont des **employées** (elles représentent **74,9 %** de cette catégorie socioprofessionnelle) ;

• **8,7 % des femmes** de plus de 15 ans sont des **cadres et professions intellectuelles supérieures** (12,8 % des hommes de plus de 15 ans) ;

• **57,5 %** des personnes de plus de 15 ans **n'ayant jamais travaillé** sont des **femmes** (alors que les femmes représentent 52,3 % des personnes de plus de 15 ans).

SPRINT FINAL

5 L'action de l'École

A Les enjeux du thème

1. Quel est le rôle de l'École dans les sociétés démocratiques ?

2. Comment évolue l'accès à l'École et à l'enseignement supérieur ?

L'action de l'École sur les destins individuels et sur l'évolution de la société

3. Quels sont les facteurs d'inégalités de réussite scolaire ?

B Les points à maîtriser

1. Le rôle de l'École dans les sociétés démocratiques

Transmettre des savoirs et des valeurs

- Savoirs élémentaires : lecture, écriture, calcul
- Savoirs rationnels : SES, sciences physiques, SVT...
- Valeurs républicaines : liberté, égalité, fraternité, laïcité

Favoriser l'égalité des chances

- Accès aux emplois qualifiés
- Logique méritocratique
- Éducation prioritaire en faveur des élèves les plus en difficulté

MOT CLÉ L'égalité des chances suppose que l'accès des individus aux différentes positions sociales ne dépend que de leurs mérites et non de leur origine sociale.

2. L'évolution de l'accès à l'École et à l'enseignement supérieur

● Depuis les années 1950, la France, a connu une forte hausse du **taux de scolarisation** : c'est la **massification scolaire**.

● Grâce à la création des baccalauréats technologiques et professionnels, le **taux d'accès** au bac a fortement augmenté.

MOTS CLÉS Le taux de scolarisation est le rapport entre le nombre d'élèves et d'étudiants scolarisés d'un âge donné et le nombre d'individus de cet âge. Le taux d'accès désigne quant à lui la part des individus d'une génération qui accèdent à un diplôme ou un niveau d'étude donné.

● Cependant, des **inégalités** demeurent : la réussite au baccalauréat et l'accès à l'enseignement supérieur restent dépendants de l'origine sociale. La **démocratisation scolaire** reste ainsi **inaboutie**.

3. Les facteurs d'inégalités de réussite scolaire

1 **La socialisation familiale selon le genre** : les garçons sont encouragés à suivre les enseignements les plus valorisés.

2 Le **capital culturel** des parents : la possession de diplômes, de savoirs et d'objets culturels favorise leurs enfants.

3 Les **stratégies scolaires** selon un calcul coûts-avantages : les parents aisés poussent plus leurs enfants vers des études longues car ceux-ci ont plus de chances de réussir.

4 **L'École** elle-même : les enseignants et le contexte scolaire (l'établissement, la classe) peuvent encourager la réussite ou l'échec scolaire.

MOT CLÉ La socialisation selon le genre est l'intégration de normes et de valeurs différentes selon que l'on est une fille ou un garçon.

PROPORTION DE BACHELIERS DANS UNE GÉNÉRATION (1950-2020)

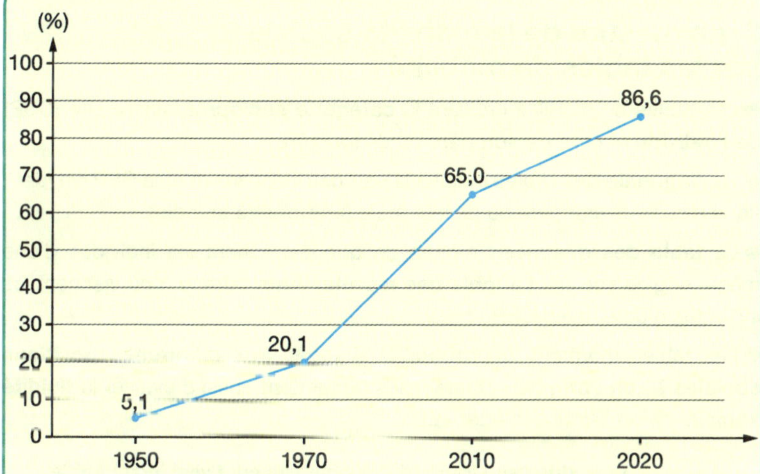

Source : d'après France-examen.

Depuis 1950, la part d'une génération ayant obtenu le baccalauréat a été **multipliée par 17** environ.

6 La mobilité sociale

A Les enjeux du thème

Les caractéristiques et les facteurs de la mobilité sociale

1. Comment définir la mobilité sociale et quelles sont ses formes ?
2. Comment mesure-t-on la mobilité sociale ?
3. Que nous apprennent les tables de moblité sociale ?
4. Quels sont les déterminants de la mobilité sociale ?

B Les points à maîtriser

1. La mobilité sociale : définition et formes

- La mobilité sociale désigne le changement de position sociale d'un individu par rapport à celle de ses parents (**mobilité intergénérationnelle**)
- Elle ne doit pas être confondue avec la **mobilité géographique** (changement de lieu de travail ou de résidence) ni avec la **mobilité professionnelle** (changement d'emploi ou de fonction).
- La mobilité sociale peut être **ascendante, descendante** ou **horizontale.**

2. La mesure de la mobilité sociale par les tables de mobilité

- Les tables de mobilité croisent la **catégorie socioprofessionnelle (CSP) de l'individu** et celle **de son père** ou de **sa mère**.
- La **diagonale des tables** indique la part des individus dont la CSP est identique à celle de leur père ou de leur mère (**immobilité sociale**).
- La **table des destinées** montre ce que deviennent les individus d'une même origine sociale. La **table des recrutements** retrace d'où viennent les individus d'une même CSP.
- Les tables montrent la **probabilité d'accès aux différentes positions sociales selon l'origine sociale**. Elles permettent aussi d'évaluer la **fluidité sociale**, par le calcul des odds-ratio.

> MOT CLÉ **Les odds-ratio (rapport des chances relatives) indiquent le lien plus ou moins fort entre la position sociale occupée et la position sociale d'origine.**

3. Les apports des tables de mobilité sociale

● Le poids de l'immobilité sociale (environ un tiers des individus) reflète une reproduction sociale forte, mais inégale selon les CSP.

> **MOT CLÉ La reproduction sociale désigne la tendance qu'a la structure sociale à se perpétuer d'une génération à l'autre.**

● Les trajets de mobilité s'effectuent principalement **entre CSP proches**. La **mobilité sociale ascendante** touche mécaniquement davantage les CSP en bas de la hiérarchie sociale ; c'est l'inverse pour les CSP supérieures.

● La **mobilité des femmes** (par rapport à leur mère) est supérieure à celle des hommes et plus souvent ascendante.

● La mobilité sociale s'est accrue entre 1977 et 1993 avant de diminuer après cette date (pour les hommes) tandis que la **fluidité sociale** tend à augmenter, ce qui n'empêche pas les phénomènes de **déclassement social** (mobilité sociale descendante) de croître.

4. Les déterminants de la mobilité sociale

• Transformation de la structure socioprofessionnelle • Élévation du niveau de formation →	Mobilité structurelle →	Déplacement des CSP en déclin vers les CSP en expansion
Présence de ressources familiales (culturelles, sociales, économiques) →	Transmission de capitaux et stratégies familiales →	Inégalité des chances et tendance à la reproduction sociale
Transformation des configurations familiales (monoparentalité, familles recomposées...) →	Changements dans la socialisation et les aspirations →	Effets sur les parcours des individus

LA MOBILITÉ SOCIALE EN FRANCE

En 2017, 21,6 % des hommes actifs de 30 à 59 ans sont cadres, seuls 10,5 % des fils d'ouvriers le deviennent contre un fils de cadre sur deux. Si 79,4 % des agriculteurs sont fils d'agriculteurs, seulement 21,6 % des fils d'agriculteurs sont devenus eux-mêmes agriculteurs.

7 L'engagement politique dans les sociétés démocratiques

A Les enjeux du thème

L'engagement politique dans les sociétés démocratiques

1. Quelles sont les différentes formes de l'engagement politique ?
2. Pourquoi les individus s'engagent-ils en politique ?
3. Quels sont les déterminants sociodémographiques de l'engagement ?
4. Comment l'action collective se transforme t-elle ?

B Les points à maîtriser

1. Les formes de l'engagement politique

● Une **définition** : participation à une activité politique visant à influencer les décisions et les règles de fonctionnement de la société

● Des **formes diverses :**

– **conventionnelles** : vote et militantisme au sein de partis politiques

– **non conventionnelles** : actions protestataires (manifestations, grèves, pétitions, occupations…)

– **associatives** : avec différents degrés d'implication (adhérent, bénévole, dirigeant) et de domaines d'activité (sport, loisirs, environnement…)

– de **consommation engagée** : choix ou boycott de certains produits au nom de valeurs et de causes à défendre

2. Les motivations de l'engagement

● L'individu rationnel se comporte en principe en passager clandestin. Mais si tous agissent ainsi, il n'y a plus d'engagement. C'est le **paradoxe de l'action collective.**

> MOT CLÉ **Le passager clandestin est un individu qui profite des gains de l'action collective sans s'y engager pour ne pas en supporter les coûts.**

● L'engagement s'explique alors par des **incitations sélectives** réservant aux participants à l'action les avantages obtenus, mais aussi par des **rétributions symboliques** (sentiment de solidarité, reconnaissance…).

● La **structure des opportunités politiques** crée aussi un contexte favorisant l'engagement : élections, rapports de force, opinion…

3. Les déterminants sociodémographiques de l'engagement

Des déterminants sociodémographiques

- **L'âge et la génération**
  - engagement (électoral, militant, associatif) plus faible des jeunes
  - effet de génération : influence d'un événement (exemple : mai 1968)
- **Le genre**
  - participation électorale semblable entre les sexes
  - engagement associatif et partisan moins fort chez les femmes
- **La catégorie sociale et le diplôme**
  - engagement plus important des CSP +
  et des diplômés
  - mais des « mobilisations improbables » (exemple : Gilets jaunes)

4. Les transformations de l'action collective

1. De **nouveaux enjeux** d'action collective apparaissent, moins matérialistes, même si les conflits du travail perdurent.

2. Les répertoires d'action s'enrichissent : actions spectaculaires et médiatisées, mobilisation des réseaux sociaux, zones à défendre (ZAD)…

> MOT CLÉ **Un répertoire d'action représente les différents moyens utilisés afin d'exprimer des idées, des revendications, un mécontentement, individuellement ou collectivement.**

3. De **nouveaux acteurs** émergent : associations, collectifs…

L'ADHÉSION AUX ASSOCIATIONS (EN 2016)

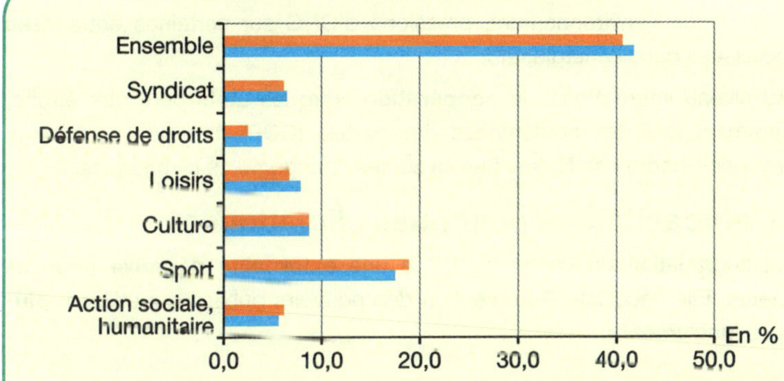

Source : Insee.

8 L'action publique pour l'environnement

A Les enjeux du thème

L'action publique pour l'environnement

1. Quelles sont les relations entre les différents acteurs des questions environnementales ?

2. Quelle est l'efficacité des politiques climatiques ?

3. Quelles sont les limites des politiques climatiques ?

4. Quelles sont les contraintes pesant sur les accords internationaux liés à l'environnement ?

B Les points à maîtriser

1. Les différents acteurs des questions environnementales et leurs relations

● L'environnement, en tant que **bien commun**, fait intervenir des **acteurs à différentes échelles** (mondiale, européenne, nationale, locale) :

- pouvoirs publics : États, organisations internationales (ONU, UE) ;
- experts (Groupe d'experts intergouvernemental sur l'évolution du climat) ;
- entreprises ;
- organisations non gouvernementales (ONG) et mouvements citoyens.

> MOT CLÉ **Biens communs, les ressources naturelles de la planète sont non excluables (chacun peut les utiliser) et rivales (leur utilisation par un individu empêche un autre de faire de même).**

● Les différents acteurs peuvent entrer en **conflit** : manifestations pour la protection de l'environnement, pressions d'ONG sur certaines entreprises spécialisées dans l'énergie, etc.

● Au niveau international, la **coopération** entre les États peut être étroite, notamment lors des conférences des parties (COP) dans le cadre de la Convention-cadre des Nations unies sur les changements climatiques.

2. L'efficacité des politiques climatiques

● La dégradation du climat constitue une **externalité négative** pour les sociétés. Elle nécessite l'intervention des pouvoirs publics qui utilisent **plusieurs instruments**.

> MOT CLÉ **Une externalité est un effet positif ou négatif sur l'activité économique non prise en compte par le marché.**

Réglementation → Agir sur les comportements des agents économiques par des lois et des normes (vignette Crit'Air, recyclage)

Taxation/subvention →
- Taxer les externalités négatives (malus automobile)
- Subventionner les externalités positives (soutien à la rénovation thermique)

Marchés de quotas → Fixer un plafond maximum de pollution par des quotas qui peuvent s'échanger sur un marché (marché européen de quotas d'émissions de CO_2)

3. Les limites des politiques climatiques

Les limites de la politique climatique

- Une réglementation souvent trop laxiste et difficile à appliquer
- Une taxation qui risque d'accroître les inégalités et de nuire à la compétitivité des entreprises
- Des quotas trop importants, aux prix trop faibles, qui ne changent pas les comportements

Des dysfonctionnements

- Pression des groupes d'intérêt
- Manque de continuité et de cohérence des politiques climatiques
- Logique électoraliste pouvant entraîner un renoncement aux avancées écologiques

CHIFFRE CLÉ **Entre 2005 et 2018, les émissions mondiales de GES ont augmenté de 23 %, passant de 38 669 à 47 552 mégatonnes d'équivalent en dioxyde de carbone. Le principal pays émetteur en est la Chine dont les émissions ont augmenté de 71,7 % depuis 2005.**

4. Les contraintes sur les accords internationaux liés à l'environnement

● Les **pays en développement** sont les pays les moins pollueurs mais les plus exposés aux effets du réchauffement climatique. Cependant, pour respecter les accords internationaux sur l'environnement, ils devront s'endetter.

● Certains acteurs, pour échapper aux contraintes liées aux accords internationaux, peuvent adopter un comportement de **passager clandestin** afin de limiter les coûts des mesures nécessaires pour limiter le réchauffement climatique.

MOT CLÉ **Un passager clandestin est un agent économique qui souhaite profiter d'un bien ou d'un service sans en supporter le coût.**

39

France métropolitaine, mai 2022

DISSERTATION

Les causes du commerce international

4 heures
20 points

INTÉRÊT DU SUJET • Depuis le début de la pandémie de Covid-19, le développement des échanges internationaux et la mondialisation sont remis en cause. Il est donc intéressant de comprendre la justification du développement de ces échanges et de l'internationalisation de la production.

Comment peut-on expliquer le commerce international ?

DOCUMENT 1 **Les cinq premiers avantages comparatifs de quelques pays en 2019**

	France	Allemagne	Bangladesh	Brésil	Russie
1er	Aéronautique et espace	Automobiles particulières et cycles	Vêtements de bonneterie	Produits agricoles comestibles autres que les céréales	Pétrole brut
2e	Services de voyage	Machines spécialisées	Vêtements de confection	Minerais de fer	Produits raffinés du pétrole
3e	Autres services aux entreprises	Instruments de mesure	Services des administrations publiques	Pétrole brut	Gaz naturel
4e	Produits de toilette	Moteurs	Cuirs	Viandes et poissons	Métallurgie non ferreuse
5e	Boissons	Produits pharmaceutiques	Tapis	Fer et acier	Charbon

Source : CEPII, 2021

DOCUMENT 2 **Part des exportations de haute technologie dans les exportations de biens manufacturés en 2019 (en %)**

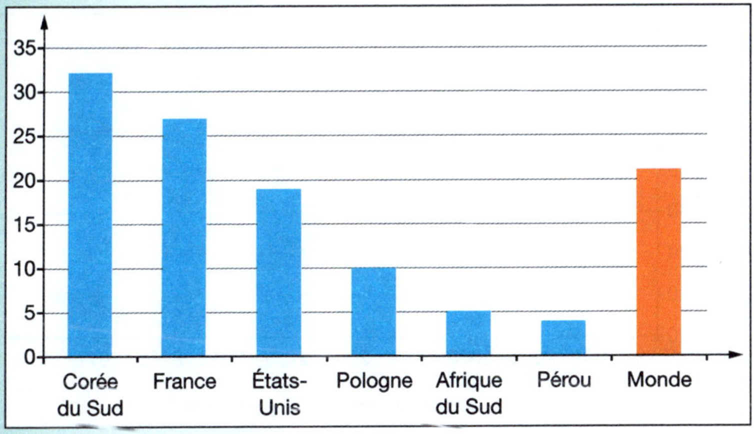

Source : Banque Mondiale, 2020

DOCUMENT 3 **Part des chaînes de valeur mondiales dans les échanges mondiaux (en %)**

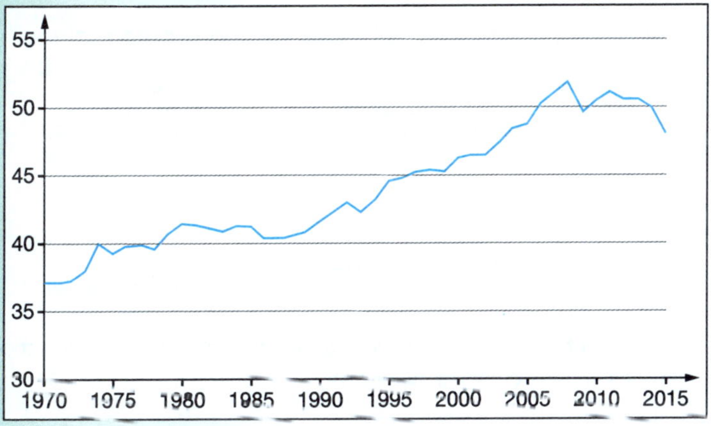

Source : « Rapport sur le développement dans le monde 2020 : le commerce au service du développement à l'ère de la mondialisation des chaînes de valeur », Banque mondiale, 2020.

Lecture : en 2015, environ 48 % de la valeur des produits exportés dans le monde provient de produits importés.

DOCUMENT 4 **Importations et exportations de produits automobiles par la France (en milliards d'euros courants)**

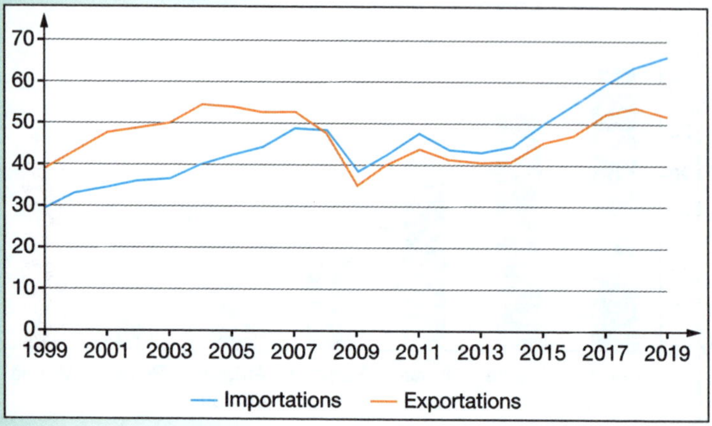

Source : Insee, 2021.

LES CLÉS DU SUJET

Analyser la consigne et dégager une problématique

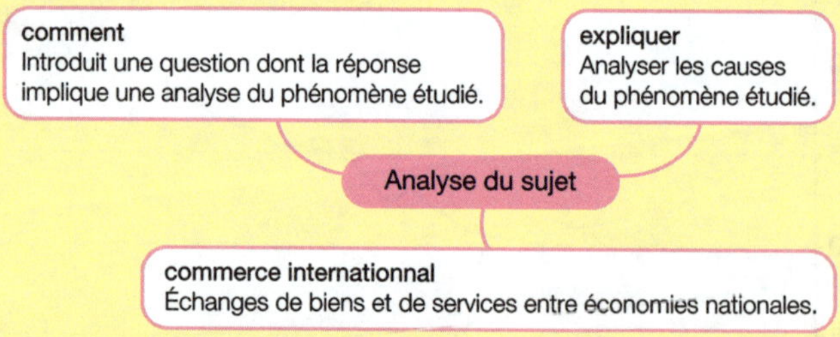

• **Problématique.** Quelles sont les causes des échanges de biens et de services entre économies nationales ?

Exploiter les documents

• **Document 1.** Le tableau statistique présente les principaux **avantages comparatifs** de pays aux niveaux de développement variés. Quelles sont les différences entre les avantages comparatifs de pays aux niveaux de développement distincts ? Quel rôle jouent les avantages comparatifs dans les échanges internationaux ?

• **Document 2.** Le graphique porte sur le poids des **exportations de haute technologie** dans les exportations de biens manufacturés en 2019 dans le monde et dans quelques pays. Quelles sont les différences entre pays ? Comment peut-on les expliquer ?

• **Document 3.** Ce graphique montre l'évolution, entre 1970 et 2015, de la **part des chaînes de valeur mondiales**, c'est-à-dire les activités nécessaires pour produire un bien et le mettre sur le marché. Comment évolue cette part ? Quel en est l'effet sur le commerce international ?

• **Document 4.** Les courbes du document retracent l'évolution des **importations et exportations de produits automobiles** de la France entre 1999 et 2019. Comment évoluent-elles ? Pourquoi ces échanges expliquent-ils le commerce international ?

Définir le plan

I. Le rôle des avantages comparatifs dans le commerce international	• Quelles sont les principales caractéristiques des avantages comparatifs (document 1) ? • Comment les avantages comparatifs expliquent-ils le commerce international (documents 2 et 3) ?
II. Les échanges entre pays disposant d'avantages comparatifs semblables	• Quelles sont les caractéristiques des échanges entre pays ayant des avantages comparatifs comparables (documents 3 et 4) ? • Pourquoi des économies nationales comparables échangent-elles des produits de même nature (document 4) ?

39 CORRIGÉ GUIDÉ

Les titres des parties ne doivent pas figurer sur votre copie.

Introduction

[accroche] Le développement du commerce international est une caractéristique majeure de l'activité économique depuis la fin de la Seconde Guerre mondiale. [présentation du sujet] Le commerce international est constitué des échanges de biens et de services entre économies. [problématique] Quelles sont les causes de ces échanges ? [annonce du plan] On peut en mettre en évidence deux principales : l'existence d'avantages comparatifs et le commerce entre pays ayant les mêmes avantages comparatifs.

I. Le rôle des avantages comparatifs dans le commerce international

▶ Le secret de fabrication

La théorie des avantages comparatifs est au centre des explications sur le commerce international. Il est donc logique de commencer par cette théorie pour expliquer les échanges internationaux.

1. La théorie des avantages comparatifs

• On doit à l'économiste David Ricardo, au début du XIXe siècle, la théorie des avantages comparatifs. Selon cette dernière, chaque pays doit se spécialiser dans la production pour laquelle il est relativement le plus productif. Cette théorie conclut à la nécessité du libre-échange. Au XXe siècle, d'autres économistes expliquent les avantages comparatifs par des dotations inégales en facteurs de production.

> **MOT CLÉ**
> Les avantages (ou coûts) comparatifs sont les avantages dont dispose une économie nationale par rapport aux autres économies. Cet avantage peut être soit le plus grand avantage, soit le plus petit désavantage comparé aux autres pays.

• En 2019, la France et l'Allemagne ont des avantages comparatifs pour des productions utilisant relativement plus de capital, facteur dont ils sont les mieux dotés, alors que l'avantage du Bangladesh concerne les secteurs utilisant une main-d'œuvre abondante. Quant au Brésil et à la Russie, leurs avantages comparatifs concernent leurs ressources naturelles (document 1).

2. La spécialisation des économies nationales nécessite des échanges entre pays

• L'existence d'avantages comparatifs implique que les pays vont se spécialiser dans les productions pour lesquelles ils ont un avantage comparatif. Ils vont exporter ces produits et importer les biens qu'ils ne produisent pas. C'est le commerce interbranche. Ainsi, la Corée du Sud exporte des produits manufacturés utilisant des technologies avancées (document 2).

• Le libre-échange permet aux entreprises multinationales de localiser les productions nécessaires à la fabrication de leurs produits finis en fonction des avantages comparatifs de chaque pays. Le développement de ces échanges internationaux entraîne une mondialisation des chaînes de valeur : la part de la valeur des produits exportés dans le monde provenant de produits importés a augmenté d'un peu plus de 10 points de pourcentage entre 1970 et 2015 (document 3).

> **MOT CLÉ**
> Une chaîne de valeur est définie par l'ensemble des activités nécessaires pour mettre un produit sur le marché depuis sa conception jusqu'à sa livraison.

II. Le commerce international entre pays ayant les mêmes avantages comparatifs

1. Le commerce intrabranche

• La France, tout comme l'Allemagne, est un pays industriel qui devrait se spécialiser dans la production de biens utilisant relativement beaucoup de capital. Or, on constate qu'en 2019 les importations de produits automobiles sont plus importantes que les exportations, ce qui n'était pas le cas vingt ans auparavant (document 4).

• Les importations de tels biens proviennent de pays (l'Allemagne par exemple) ayant les mêmes types d'avantages comparatifs que la France et font partie du commerce intrabranche. Ces échanges sont favorisés par le développement du libre-échange depuis la création du General Agreement on Tariffs and Trade (GATT) en 1947, remplacé par l'Organisation mondiale du commerce (OMC) en 1995. Ces accords vont également encourager la mondialisation des chaînes de valeur (document 3).

MOT CLÉ
Le commerce intrabranche touche aux échanges de produits d'une même branche : c'est l'exemple d'un pays qui exporte et importe des produits automobiles.

2. Les raisons des échanges entre pays ayant des avantages comparables

• Les échanges entre pays proches d'un point de vue économique peuvent s'expliquer par la volonté des entreprises d'accroître leur marché. L'augmentation de la production qui en résulte favorise les économies d'échelle. Celles-ci permettent alors de réduire les coûts de production et améliorent la compétitivité-prix des firmes.

• Le commerce intrabranche incite les entreprises à innover afin de se soustraire à la concurrence. Ces innovations consistent principalement en une stratégie de différenciation des produits afin d'améliorer la compétitivité hors-prix. Ainsi, la mise sur le marché de produits aux caractéristiques différentes accroît les échanges internationaux.

MOTS CLÉS
La compétitivité d'une économie nationale est sa capacité à résister à la concurrence. Il peut s'agir d'une compétitivité-prix (les prix sont moins élevés que ceux des concurrents), ou hors-prix (les produits sont d'une meilleure qualité ou plus innovants).

SPRINT FINAL

Conclusion

[bilan] Un certain nombre de facteurs expliquent le commerce international. Une partie des échanges trouve son origine dans la complémentarité d'économies nationales ayant des avantages comparatifs différents, lesquels dépendent de la dotation en facteurs de production des pays. Cette spécialisation favorise le commerce interbranche. Mais une bonne partie des échanges internationaux concerne le commerce intrabranche, c'est-à-dire entre pays ayant des avantages comparatifs semblables. Ces échanges permettent aux firmes d'améliorer leur compétitivité. [ouverture] Cependant, la pandémie de Covid-19 a mis en évidence les effets négatifs de la mondialisation des chaînes de valeur résultant de l'accroissement des échanges internationaux. Aujourd'hui, les opinions publiques réclament une relocalisation des activités essentielles pour leur pays. Cette relocalisation est-elle vraiment possible ?

40 France métropolitaine, mai 2022
ÉPREUVE COMPOSÉE

Engagement politique Contributions à la croissance Classes sociales

4 heures
20 points

INTÉRÊT DU SUJET • Nos sociétés connaissent des évolutions multiples et complexes. Ce sujet permet d'en mieux comprendre certaines : la diversité des formes de participation politique, les différentes sources de la croissance économique et la transformation de la structuration sociale.

SPRINT FINAL

Mobilisation des connaissances (4 points) Les formes variées de l'engagement politique

▶ Montrez, à l'aide de deux exemples, que l'engagement politique peut prendre des formes variées.

Étude de document (6 points) Les contributions à la croissance

▶ **1.** À l'aide du document (voir page suivante), vous présenterez les sources de la croissance du Danemark en 2019. (*2 points*)

▶ **2.** À l'aide des données du document et de vos connaissances, vous montrerez que l'accroissement de la productivité globale des facteurs est une source de croissance économique. (*4 points*)

DOCUMENT **Taux de croissance du PIB (en %) et contributions à la croissance du PIB (en points de %) dans quelques pays (2010-2019)**

	2010	2011	2012	2013	2014	2015	2016	2017	2018	2019
France										
Contribution du facteur travail	0,5	0,9	0,0	– 0,6	0,0	0,2	0,6	0,1	1,0	0,7
Contribution du facteur capital	0,5	0,5	0,6	0,6	0,5	0,6	0,6	0,7	0,7	0,7
Contribution de la PGF[1]	0,9	0,8	– 0,3	0,6	0,4	0,3	– 0,1	1,5	0,0	0,1
Taux de croissance annuel du PIB	**1,8**	**2,2**	**0,4**	**0,6**	**1,0**	**1,0**	**1,0**	**2,4**	**1,8**	**1,5**
Corée du Sud										
Contribution du facteur travail	0,6	0,5	0,7	0,6	0,6	1,0	0,1	– 0,9	– 0,6	– 0,1
Contribution du facteur capital	1,4	1,4	1,4	1,4	1,4	1,4	1,3	1,4	1,2	1,0
Contribution de la PGF[1]	4,7	1,7	0,3	1,1	1,2	0,5	1,5	2,6	2,3	1,1
Taux de croissance annuel du PIB	**6,8**	**3,7**	**2,4**	**3,2**	**3,2**	**2,8**	**2,9**	**3,2**	**2,9**	**2,0**
Danemark										
Contribution du facteur travail	– 1,4	0,7	– 1,2	0,1	0,0	0,6	1,4	0,7	– 0,1	0,9
Contribution du facteur capital	0,6	0,4	0,4	0,4	0,5	0,5	0,7	0,6	0,6	0,5
Contribution de la PGF[1]	2,6	0,3	1,0	0,4	1,1	1,2	1,1	1,5	1,6	1,4
Taux de croissance annuel du PIB	**1,9**	**1,3**	**0,2**	**0,9**	**1,6**	**2,3**	**3,2**	**2,8**	**2,2**	**2,8**

Source : OCDE, 2021.

1. Productivité globale des facteurs.

Note : la somme des différentes contributions n'est pas toujours parfaitement égale à la croissance du PIB en raison des arrondis.

Raisonnement (10 points)
La remise en cause de l'analyse en termes de classes sociales

▶ À l'aide de vos connaissances et du dossier documentaire, vous montrerez que l'approche en termes de classes sociales, pour rendre compte de la société française, peut être remise en cause.

DOCUMENT 1 **La singularité des individus**

Imaginons un instant que nous sommes dans une réunion sociale. On demande aux participants de se présenter. Selon la teneur de la demande, ils le feront certainement de différentes manières (profession, âge, vie familiale…). Mais si on leur demande de dire « qui » ils sont « vraiment », ils se livreront probablement devant nous à un étrange exercice. Ils nous diront qu'ils sont « ceci » ou « cela », mais aussi qu'ils ne sont pas vraiment « ceci » ou « cela » […]. Certes, conviendront-ils, ils sont jeunes ou vieux, ingénieurs ou employés, hommes ou femmes, mais ils ne sont pas vraiment comme les autres vieux ou jeunes, employés ou ingénieurs, femmes ou hommes […]. Tout se passe comme si les identités sociales étaient de moins en moins capables de cerner notre singularité[1]. Et parfois même, de rendre compte de nos capacités d'action […]. Mais la sensibilité accrue envers la singularité se repère surtout du côté de la conception que nous nous faisons de nos places sociales. Hier, l'individu était cerné par une position sociale, sinon toujours unique, au moins largement dominante, associée d'une manière ou d'une autre à une perspective de classe ou tout au moins à une strate sociale. Sans disparaître, cette vision est désormais concurrencée par une autre, nous rendant plus familier un monde dans lequel chacun d'entre nous est au centre de différents réseaux de sociabilité. […] Tout cela renforce, bien sûr, le goût pour les logiques affinitaires[2] au détriment des logiques sociales entre groupes.

Source : Danilo Martucelli, *La société singulariste*, 2010.

1. Caractère unique et individuel.
2. Logiques basées sur des intérêts communs, des raisons amicales, professionnelles…

DOCUMENT 2 **Sentiment d'appartenance à une classe sociale (en %)**

« Avez-vous le sentiment d'appartenir à une classe sociale ? Et, si oui, laquelle ? »

Sentiment d'appartenance	1966	2001	2010	2015
Total NON	39	46	36	35
Total OUI	61	54	64	65
– dont la classe bourgeoise	4	2	3	1
– dont les classes dirigeantes	-	-	-	0
– dont les cadres	1	3	2	3
– dont les classes moyennes	13	27	38	38
– dont la classe ouvrière	23	9	6	6
– dont les travailleurs, les salariés	3	2	1	3
– dont les paysans, les agriculteurs	3	1	1	0
– dont les commerçants	1	-	-	0
– dont les pauvres	3	1	2	3
– dont « autre »	8	6	10	11

Source : *L'état de l'opinion*, TNS-Sofres, 2016.

Note : la somme des différentes données n'est pas toujours parfaitement égale au total en raison des arrondis.

DOCUMENT 3 **Équipement des ménages en biens durables selon la catégorie socioprofessionnelle en 2019 (en %)**

Type d'équipement	Agriculteurs exploitants	ACCE[1]	CPIS[2]	Professions intermédiaires	Employés	Ouvriers (y compris ouvriers agricoles)
Téléviseur couleur	95,2	91,0	88,9	94,2	95,0	97,1
Téléphone portable	97,3	98,8	99,5	99,5	99,7	99,3
Micro-ordinateur (y compris portable)	82,9	96,4	98,6	96,3	90,1	86,4

Type d'équipement	Agriculteurs exploitants	ACCE[1]	CPIS[2]	Professions intermédiaires	Employés	Ouvriers (y compris ouvriers agricoles)
Connexion à internet	85,6	96,7	98,5	97,4	93,2	93,3
Voiture	94,7	91,0	86,7	90,4	81,2	89,0
Deux voitures ou plus	47,9	46,7	42,9	45,1	31,1	46,4

Source : Insee, 2020.

Champ : France métropolitaine, ensemble des ménages dont la personne de référence a 16 ans ou plus.
1. ACCE : Artisans, commerçants, chefs d'entreprise.
2. CPIS : Cadres et professions intellectuelles supérieures.

LES CLÉS DU SUJET

Mobilisation des connaissances

Définir les mots clés

• **L'engagement politique** désigne la participation individuelle et collective à des actions qui visent à exprimer des idées pour influencer les décisions publiques et peser sur l'organisation et le fonctionnement de la société.

• L'engagement politique prend des **formes variées** qui ne se limitent pas à la participation électorale ou à l'implication dans un parti politique.

Structurer la réponse

• Nous montrerons dans un premier temps que le **militantisme** est une forme d'engagement qui se révèle nécessaire au fonctionnement des organisations politiques.

• Dans un second temps, l'exemple de la **consommation engagée** mettra en évidence d'autres formes d'actions susceptibles de transformer la société.

Étude de document

Définir les mots clés

• La **croissance économique** correspond à un accroissement quantitatif durable de la production d'un pays mesuré par la variation du produit intérieur brut (PIB) réel.

SPRINT FINAL

• La **productivité globale des facteurs** (PGF) est une mesure de l'efficacité des facteurs de production et de leur combinaison. Elle est considérée comme un indicateur du progrès technique.

Comprendre le document

• Le tableau, dont la source est l'OCDE, présente pour trois pays le **taux de croissance** du PIB, mesurant la croissance annuelle exprimée en pourcentage, ainsi que les **contributions** à cette croissance, en points de pourcentage. La somme de chacune des contributions, celles des **facteurs de production** (le travail et le capital) et celle de la **PGF** est égale au taux de croissance annuel.

• En mettant en lien ces données, on peut ainsi comprendre **les sources de la croissance** annuelle entre 2010 et 2019 de la France, de la Corée du Sud et du Danemark.

Structurer la réponse à la seconde question

• Dans un premier temps, nous sélectionnerons les données qui nous permettent de mettre en évidence le **poids de la PGF dans la croissance.**

• Dans un second temps, nous expliquerons **pourquoi** l'accroissement de la PGF tire la croissance économique.

Raisonnement

Analyser les termes du sujet et mobiliser ses connaissances

Analyse du sujet

vous montrerez
On vous demande d'expliquer pourquoi l'analyse de la société française en termes de classes sociales n'est plus appropriée.

société française
Groupe de personnes ayant des relations entre elles, suivant des règles communes sur le territoire français.

classes sociales
Selon Karl Marx, une classe sociale est un groupe dont les membres occupent une place identique dans les rapports de production et ont conscience de leurs intérêts communs.

Exploiter les documents

• **Document 1.** Le texte porte sur **la manière dont les gens se définissent et s'identifient**. Quels sont les critères pris en compte pour se classer ? Quel rôle jouent les classes sociales ?

• **Document 2.** Ce tableau donne les résultats d'une enquête d'opinion sur l'évolution du **sentiment d'appartenance à une classe sociale.** Que peut-on en conclure ? L'analyse en termes de classes sociales est-elle remise en cause par ce document ?

• **Document 3.** Les données de ce tableau portent sur les **taux d'équipement en biens durables des ménages** en fonction de leur catégorie socioprofessionnelle. Peut-on mettre en évidence de fortes disparités ? Que peut-on en déduire sur l'analyse en termes de classes sociales ?

■ Définir les arguments

Argument 1	Une individualisation de l'identification sociale
Argument 2	La réduction des inégalités entre groupes sociaux

40 CORRIGÉ GUIDÉ

Mobilisation des connaissances

Les titres des parties ne doivent pas figurer sur votre copie.

Introduction

L'engagement politique désigne des formes variées de participation à des actions pour exprimer des idées qui visent à peser sur le débat public et à transformer la société. Deux exemples, le militantisme et la consommation engagée, vont nous permettre de montrer la diversité de ces formes d'engagement.

Développement

• Le militantisme est une condition d'existence des organisations politiques, que ce soit des partis politiques, des syndicats ou des associations. Impliqués dans des débats d'idées, l'élaboration d'un répertoire d'actions ou le choix de représentants, les militants participent à des réunions et à des mobilisations de nature diverse (campagne électorale, manifestation, pétition…).

> **MOT CLÉ**
> La notion de répertoire d'actions peut être mobilisée pour distinguer différentes formes d'action politique visant à exprimer des idées ou des revendications.

• La consommation engagée représente une forme d'engagement politique qui se développe avec la prise de conscience des enjeux environnementaux de notre société. En prônant l'usage de produits issus de l'agriculture biologique, elle a pour but de défendre un modèle de production moins consommateur de substances chimiques, plus respectueux des ressources naturelles et de la santé humaine.

SPRINT FINAL

Conclusion

L'engagement politique, qui joue un rôle clé au sein d'une démocratie, prend ainsi des formes très variées dans nos sociétés contemporaines. Les deux exemples développés montrent que s'il inclut toutes les formes de participation au processus électoral, il ne s'y limite pas.

Étude de document

▶ **1.** En 2019, le produit intérieur brut (PIB) du Danemark augmente de 2,8 %. La hausse de la productivité globale des facteurs (PGF) explique 1,4 point de cette croissance annuelle, soit la moitié. C'est autant que la contribution des deux facteurs de production réunis. On en déduit que la PGF est une source importante de croissance en 2019 au Danemark. Parmi les facteurs de production, c'est le travail qui tire le plus la croissance : il en explique 0,9 point, soit un peu moins du tiers des 2,8 % d'augmentation du PIB.

▶ **2.** *Les titres des parties ne doivent pas figurer sur votre copie.*

Introduction

Le document présente les contributions à la croissance annuelle du produit intérieur brut (PIB) entre 2010 et 2019 en France, en Corée du Sud et au Danemark. Les contributions sont exprimées en points de pourcentage tandis que la croissance annuelle du PIB est donnée en pourcentage. Ces statistiques, provenant de l'Organisation de coopération et de développement économiques (OCDE), nous permettent de comprendre d'où vient la croissance de chaque pays et plus particulièrement d'appréhender le rôle joué par la productivité globale des facteurs (PGF).

Développement

• Entre 2010 et 2019, la hausse de la PGF est une source importante de la croissance en Corée du Sud. Depuis 2016, elle en explique plus de la moitié, et même près de 80 % en 2018 (avec 2,3 points sur 2,9 % de croissance). On constate le même phénomène au Danemark : par exemple, la hausse de la PGF tire la croissance à hauteur de 1,6 point en 2018 sur 2,2 % de croissance. La contribution de la PGF est moins forte dans le cas de la France ; mais elle est quand même à l'origine de la moitié de la croissance de 2010 et de plus de 60 % de celle de 2017 (1,5 point sur 2,4 % de croissance).

• La croissance, qui est l'augmentation durable de la production d'un pays, provient donc en partie de la hausse de la PGF, qui mesure l'efficacité de la combinaison productive. Le progrès technique l'explique : il permet de produire plus avec la même quantité de facteurs de production. Plus la combinaison productive est efficace et plus la production peut augmenter. À l'échelle d'un pays, on parle de croissance économique.

À NOTER
Dans la seconde moitié du XXe siècle, l'Américain Robert Solow a été le premier économiste à montrer que l'accumulation des facteurs de production n'expliquait pas toute la croissance et que le progrès technique jouait un rôle important.

Conclusion

Si les facteurs de production contribuent à la croissance, il en existe une autre source, la hausse de la PGF, dont le rôle est primordial pour de nombreuses économies.

Raisonnement

Les titres des parties ne doivent pas figurer sur votre copie.

Introduction

Selon Karl Marx, les classes sociales regroupent des personnes occupant la même position dans les rapports de production et ayant des intérêts communs. La prise de conscience de ces derniers incite les classes à entrer en conflit entre elles. Cependant, depuis la fin de la Seconde Guerre mondiale, l'analyse de la structure sociale de la société française en termes de classes sociales est remise en cause pour deux raisons principalement : une vision plus individualisée de l'identité sociale et la réduction des inégalités entre groupes sociaux.

À NOTER
Karl Marx distingue deux classes sociales : la bourgeoisie propriétaire des moyens de production et la classe ouvrière qui vend sa force de travail à la bourgeoisie.

▶ **Le secret de fabrication**

Le raisonnement doit se limiter à la remise en cause de l'analyse en termes de classes sociales. L'erreur ici serait de développer trop longuement la notion même de classes sociales.

SPRINT FINAL

I. Une identité sociale plus individualisée

• Si l'on suit l'évolution du sentiment d'appartenance à une classe sociale depuis les années 1960, on observe que celui-ci augmente de 4 points de pourcentage entre 1966 et 2015. Cependant, cette progression concerne le sentiment d'appartenir aux classes moyennes et non à la bourgeoisie ou à la classe ouvrière (document 2). On peut en conclure que la conscience de classe, surtout celle des ouvriers, décline fortement.

• Le déclin du sentiment d'appartenance à une classe sociale peut être causé par la montée de l'individualisme. Les membres de la société insistent plus sur leur « singularité » que sur leur appartenance à une classe sociale. Ils s'identifient plus à ceux avec qui ils ont des « affinités » individuelles qu'à ceux qui occupent la même position sociale (document 1).

II. La réduction des inégalités entre groupes sociaux

• Depuis les années 1950, la société française a connu une tendance à la réduction des inégalités économiques et sociales. Dès lors, grâce à la progression des revenus des plus modestes, la consommation s'est uniformisée. Les différences d'équipement en biens ménagers selon la catégorie socioprofessionnelle apparaissent ainsi peu importantes en 2019 (document 3).

• Dans le même temps, l'évolution de la structure sociale montre un accroissement des catégories moyennes, représentées notamment par les professions intermédiaires. Cette évolution a conduit des sociologues à parler de moyennisation de la société, et à conclure à la fin des classes sociales.

MOT CLÉ
La moyennisation de la société est le processus par lequel se constitue une vaste classe moyenne, entraînant une homogénéisation des conditions et des modes de vie.

Conclusion

L'analyse en termes de classes sociales telle que Karl Marx l'avait développée peut être remise en cause aujourd'hui. En effet, la conscience de classe, surtout le sentiment d'appartenir à la classe ouvrière, décline et les membres de la société avancent leur singularité pour s'identifier socialement. Cette remise en cause des classes sociales est liée à la moyennisation de la société, caractérisée par la montée des classes moyennes et une homogénéisation des modes de vie.

41

France métropolitaine, septembre 2021

DISSERTATION

Progrès technique et croissance économique

4 heures
20 points

INTÉRÊT DU SUJET • Pour les économistes, le progrès technique constitue l'un des moteurs de la croissance. Dans ce sujet, il s'agira de comprendre plus précisément le rôle de l'innovation dans l'augmentation des richesses d'une société.

Comment le progrès technique favorise-t-il la croissance ?

DOCUMENT 1 **Contribution en points de pourcentage à la croissance du PIB (en %) par année**

		2016	2017	2018
France	PIB	1,2	2,2	1,8
	Heures travaillées totales	0,6	– 0,1	0,2
	Capital	0,7	0,7	0,8
	PGF[1]	– 0,1	1,6	0,8
Japon	PIB	0,5	2,3	0,4
	Heures travaillées totales	0,4	0,5	0
	Capital	0,2	0,3	0,2
	PGF	– 0,1	1,5	1,2
Corée du Sud	PIB	2,9	3,1	2,6
	Heures travaillées totales	0,1	– 0,9	– 0,6
	Capital	1,3	1,4	1,2
	PGF	1,5	2,6	2

SPRINT FINAL

		2016	2017	2018
Allemagne	PIB	2,2	2,4	0,5
	Heures travaillées totales	0,6	0,8	0,1
	Capital	0,4	0,4	0,4
	PGF	1,2	1,2	0

Source : d'après OCDE, 2019.

1. PGF : productivité globale des facteurs

DOCUMENT 2 **Taux de croissance du PIB en volume et de la productivité horaire du travail[1] entre 1976 et 2016 (en %)**

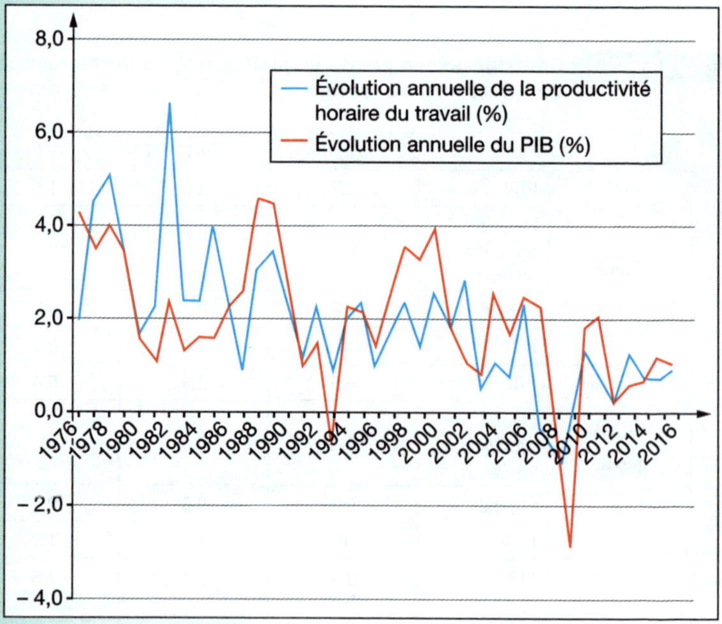

Source : d'après données OCDE, 2017.

Champ : France
1. Productivité horaire du travail : richesse créée par heure de travail

DOCUMENT 3 **Part de la dépense intérieure en recherche et développement (DIRD) réalisée par les entreprises et les administrations[1] dans l'OCDE en 2016 (en % du total des dépenses)**

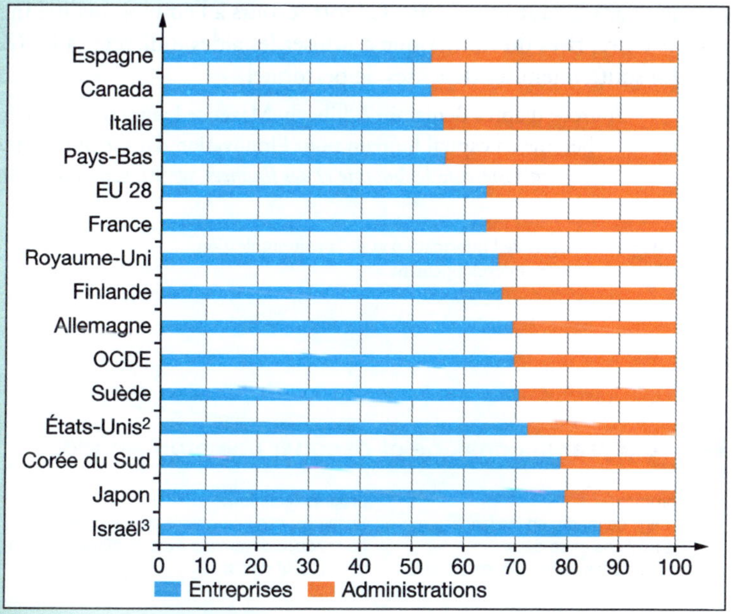

Source : d'après l'OCDE, *Principaux indicateurs de la science et de la technologie*, 2017.

1. État, enseignement supérieur et institutions sans but lucratif
2. Dépenses en capital exclues (toutes ou en partie)
3. Défense exclue (toute ou principalement)

DOCUMENT 4 **Les emplois du numérique**

Les services regroupent l'essentiel des salariés du secteur du numérique : en 2016, sur les 694 000 salariés des entreprises du numérique, seulement 60 000 travaillent dans l'industrie. En particulier, les entreprises de programmation et de conseil en informatique emploient près de la moitié de l'effectif des entreprises du numérique (47 %). L'emploi dans les services fait preuve d'un fort dynamisme : le nombre de personnes employées dans les services informatiques a crû de 52 % entre 2000 et 2015, tandis que la fabrication des TIC[1] et les télécommunications ont perdu respectivement

52 % et 32 % d'emplois sur la période. […] Les entreprises du numérique emploient 22 % de l'emploi R&D[2] et 27 % des chercheurs en entreprises en France. La part des chercheurs dans les effectifs des entreprises du numérique est d'ailleurs deux fois plus élevée que dans les autres secteurs. Ce fort recours à l'emploi qualifié incite les entreprises du numérique à utiliser les aides indirectes à la R&D qui soutiennent les dépenses de personnel.

Source : d'après Benjamin Adjibeyli, Maxence Laumonier, « De forts besoins en capital humain pour l'innovation dans le numérique », *ministère de l'économie et des finances*, n° 90, septembre 2019.

1. TIC : technologies de l'information et de la communication
2. R&D : recherche et développement

LES CLÉS DU SUJET

Analyser la consigne et dégager une problématique

Analyse du sujet

comment
Il s'agit de mettre en évidence les relations entre deux phénomènes économiques.

progrès technique
Ensemble des innovations qui permettent de produire davantage avec la même quantité de travail et de capital.

favorise
Les relations entre les phénomènes étudiés sont positives.

croissance
Augmentation des richesses créées mesurée par le taux de croissance du produit intérieur (PIB) brut réel.

• **Problématique.** Quels sont les mécanismes du progrès technique qui ont des effets positifs sur la croissance économique ?

Exploiter les documents

• **Document 1.** Le tableau statistique permet de mesurer le poids des différents **facteurs contribuant à la croissance** économique dans quatre pays développés ainsi que l'évolution de ces contributions de 2016 à 2018. Quelles sont les principales contributions à la croissance ? Comment évoluent-elles ? Qu'est-ce que la productivité globale des facteurs (PGF) ?

• **Document 2.** Le graphique porte sur l'évolution annuelle du **PIB** et de la **productivité horaire du travail** en France entre 1976 et 2016. Existe-t-il une relation entre l'évolution de la richesse créée par heure de travail et la croissance économique ?

• **Document 3.** Ce graphique en barres exprime la part des dépenses intérieures en **recherche en développement** (R&D) des entreprises et des administrations des pays de l'Organisation de coopération et développement économiques (OCDE) dans les dépenses totales de R&D en 2016. Comment sont réparties les dépenses de R&D entre les agents économiques ? Quels sont les effets de cette répartition ?

• **Document 4.** Le texte porte sur l'**emploi dans le numérique**, lequel connaît une forte croissance. Quel est le rôle de ce type d'emploi dans le progrès technique ? Quel est l'effet sur la croissance ?

Définir le plan

I. Progrès technique et gains de productivité	• Quelle est la contribution du progrès technique dans la croissance (document 1) ? • Comment le progrès technique permet-il des gains de productivité favorables à la croissance économique (document 2) ?
II. Progrès technique et externalités positives	• De quelles manières le progrès technique se diffuse-t-il dans l'économie (document 3) ? • Comment le progrès technique améliore-t-il l'emploi (document 4) ?

41 CORRIGÉ GUIDÉ

Les titres des parties ne doivent pas figurer sur votre copie.

Introduction

[accroche] La théorie économique donne au progrès technique un rôle essentiel dans le processus de croissance. [présentation du sujet] Avant de s'interroger sur ce lien, quelques éléments de définition s'imposent. Le progrès technique recouvre l'ensemble des innovations qui permettent de produire davantage avec la même quantité de travail et de capital. La croissance économique se définit comme l'augmentation des richesses créées dans une économie mesurée par le taux de croissance du produit intérieur brut (PIB) réel. [problématique] Par quels mécanismes le progrès technique a-t-il des effets positifs sur la croissance économique ? [annonce du plan] Pour répondre à cette problématique, il faut montrer tout d'abord que le progrès technique se traduit par des gains de productivité, puis qu'il génère des externalités positives.

> ▶ **Le secret de fabrication**
> La formulation du sujet nécessite une démonstration : montrer les effets positifs du progrès technique sur la croissance. Il est donc plus logique de mettre en évidence d'abord les effets directs, puis les effets indirects du progrès technique.

I. Le progrès technique accroît la productivité des facteurs de production

1. La contribution du progrès technique dans la croissance

• La production est le résultat de la combinaison des facteurs de production travail et capital. La croissance économique va être favorisée par une augmentation de la quantité de facteurs utilisée, mais également par une plus grande efficacité de ces facteurs mesurée par leur productivité. Lorsque l'on évalue la contribution de la productivité à la croissance économique on prend en compte la productivité globale des facteurs (PGF).

> **MOT CLÉ**
> La PGF mesure l'efficacité de la combinaison productive. Elle est un indicateur du progrès technique.

• Dans les pays industrialisés, la PGF contribue à plus de la moitié de la croissance économique. De plus, on peut mettre en évidence une évolution parallèle du PIB et de la contribution de la PGF à la croissance (document 1).

2. Le progrès technique favorise les gains de productivité

• On observe une corrélation entre l'évolution de la croissance économique et celle de la productivité horaire du travail dans les pays de l'OCDE. Ainsi, en France, au cours de la seconde moitié des années 1990, la reprise de la croissance suit, avec une intensité plus forte, la hausse de la productivité horaire du travail (document 2).

• Ce sont principalement les innovations de procédé qui expliquent les gains de productivité du travail. Par exemple, les nouvelles technologies de l'information et de la communication favorisent la hausse de l'efficacité du facteur de production travail et ont donc un effet positif sur la croissance économique.

> **MOT CLÉ**
> Les innovations de procédé correspondent à de nouvelles méthodes de production qui augmentent la productivité.

II. Le progrès technique crée des externalités positives

1. La diffusion du progrès technique dans l'économie

• Dans un système concurrentiel, les innovations se diffusent dans l'économie. Elles sont, le plus souvent, protégées par un brevet donnant à l'entreprise innovatrice une situation de monopole. Pour devenir concurrentielles, les autres entreprises sont incitées à accroître leurs investissements en recherche et développement (R&D). Elles peuvent y être encouragées par les dépenses des administrations (document 3).

MOT CLÉ
Une externalité positive représente les effets positifs d'une action économique sur un agent économique sans que celui-ci en paie le prix.

• Les gains de productivité découlant du progrès technique peuvent être répartis entre une baisse des prix et une hausse des salaires. L'augmentation du pouvoir d'achat a des effets positifs sur la demande, ce qui a pour conséquence d'accélérer la croissance économique.

2. Le progrès technique améliore la qualité de l'emploi

• Le processus d'innovation, pour être efficace, nécessite une hausse de la qualification des salariés et plus généralement une amélioration du capital humain. Ainsi, depuis quelques années, la principale innovation touche au numérique. Ce secteur embauche de plus en plus de salariés qualifiés avec des salaires relativement élevés (document 4).

MOT CLÉ
Le capital humain désigne l'ensemble des capacités physiques et intellectuelles des actifs occupant un emploi.

• La hausse des qualifications profite à l'ensemble et constitue donc une externalité positive de l'économie grâce aux gains de productivité et à la hausse de la demande liée à des salaires plus élevés. Ainsi, la croissance économique est un phénomène endogène car elle favorise le progrès technique lui-même facteur de croissance.

Conclusion

[bilan] Le progrès technique constitue le principal facteur de la croissance économique. Grâce à lui les facteurs de production sont plus efficaces et les gains de productivité permettent de produire plus avec autant, voire moins, de quantités de facteurs de production. Le progrès technique induit des externalités positives car il incite les entreprises et les pouvoirs publics à intensifier leur effort de recherche et développement et à créer des emplois plus qualifiés. Ces externalités favorisent la hausse de la demande et l'accélération de la croissance. [ouverture] Cependant, ces effets positifs du progrès technique ne risquent-ils pas de créer des déséquilibres limitant la croissance, notamment l'aggravation des inégalités ?

42 France métropolitaine, septembre 2021
ÉPREUVE COMPOSÉE

Spécialisation internationale • Engagement politique des jeunes • Classes sociales

4 heures
20 points

INTÉRÊT DU SUJET • Pourquoi les pays se spécialisent-ils dans certains types de produits ? Comment les jeunes s'engagent-ils en faveur de l'environnement ? Les classes sociales peuvent-elles encore servir à décrire la société ? Ces questions vous permettront de mieux comprendre le monde actuel.

Mobilisation des connaissances (4 points) Avantages comparatifs et spécialisation internationale

▶ **À l'aide d'un exemple, vous montrerez comment les avantages comparatifs expliquent la spécialisation internationale.**

Étude de document (6 points)
L'engagement politique des jeunes

DOCUMENT L'implication des jeunes dans les écogestes[1]

Parmi les actions qui pourraient réduire les émissions de gaz à effet de serre[2], y en a-t-il que vous mettez déjà à l'œuvre ? (en %)

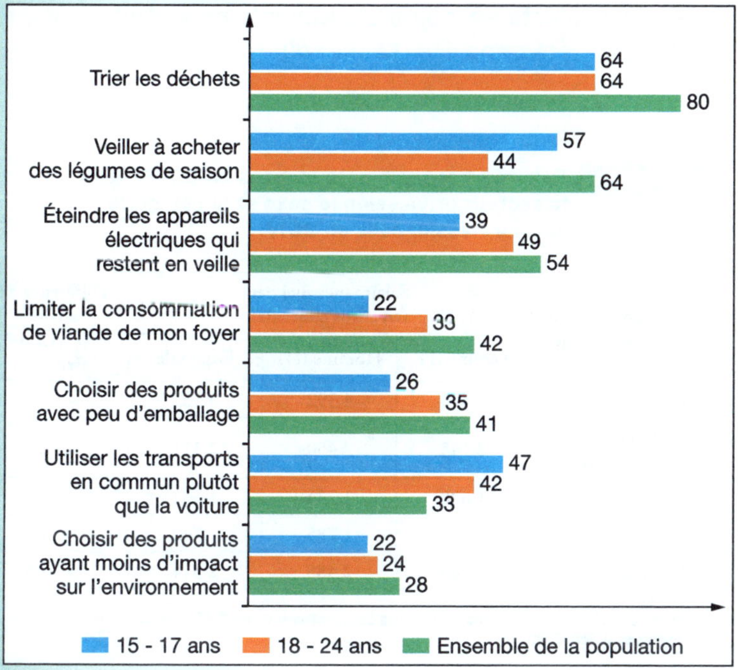

Source : d'après www.vie-publique.fr d'après une enquête OpinionWay pour l'ADEME[3], 2017.

1. Les écogestes sont les actions individuelles concrètes en faveur de l'environnement.
2. Les gaz à effet de serre sont responsables du réchauffement climatique.
3. L'ADEME est l'Agence de l'environnement et de la maîtrise de l'énergie.

▶ **1.** À l'aide des données du document, vous comparerez le comportement des 18-24 ans à celui de l'ensemble de la population concernant les actions de lutte contre le réchauffement climatique. *(2 points)*

▶ **2.** À l'aide des données du document et de vos connaissances, vous montrerez que certaines actions individuelles peuvent traduire une forme d'engagement politique. *(4 points)*

Raisonnement (10 points) La pertinence des classes sociales

▶ À l'aide de vos connaissances et du dossier documentaire, vous montrerez que l'approche en termes de classes sociales n'est pas toujours pertinente pour rendre compte de la société française d'aujourd'hui.

DOCUMENT 1 **Salaires mensuels nets moyens en EQTP[1] dans le secteur privé selon le sexe et la catégorie socioprofessionnelle en 2017**

Catégorie socio-professionnelle	Salaire mensuel net (en euros courants)			Différence de salaire (F-H)/H (en %)
	Femme (F)	Homme (H)	Ensemble	
Cadres[2]	3 574	4 392	4 103	– 18,6
Professions intermédiaires	2 145	2 450	2 311	– 12,4
Employés	1 628	1 734	1 662	– 6,1
Ouvriers	1 536	1 785	1 742	– 13,9
Ensemble	**2 069**	**2 488**	**2 314**	**– 16,8**

Source : d'après Insee, déclarations annuelles de données sociales (DADS) et déclarations sociales nominatives (DSN), 2020.

1. EQTP : salaire en équivalent temps plein
2. Y compris chef d'entreprise salarié

Champ : France hors Mayotte, salariés en EQTP du secteur privé et des entreprises publiques, y compris bénéficiaires de contrats aidés et de contrats de professionnalisation depuis 2011. Sont exclus les apprentis, les stagiaires, les salariés agricoles et les salariés des particuliers employeurs.

DOCUMENT 2 **La remise en cause des classes sociales**

L'article […] a entraîné des débats acharnés entre les tenants de la « mort des classes » et ceux du « futur prometteur de l'analyse en termes de classe » […]. L'idée des premiers est que les classes sociales sont des agrégats[1] de moins en moins cohérents et à l'appartenance desquelles s'associent de moins en moins de comportements particuliers. On a vu que l'immobilité sociale avait diminué au cours du temps. La conséquence est qu'en dehors des agriculteurs, aucune catégorie socioprofessionnelle ne peut être considérée comme un groupe clos. Ainsi, moins d'un quart des membres de la catégorie « cadres supérieurs » auront été élevés dans cette catégorie et un cinquième sont des ouvriers. […]

L'analyse des sociétés occidentales organisées en classes sociales est remise en cause d'un autre point de vue. C'est l'idée que celles-ci sont en fait de plus en plus structurées par des formes d'individualisation ou individualisme. […] L'individualisation correspond à l'idée que les individus auraient de plus en plus la possibilité et le désir, voire l'obligation, de choisir leur façon de vivre, leurs pratiques culturelles et leurs orientations de valeur, indépendamment de déterminations – liées notamment à leur éventuelle appartenance de classe – qui, auparavant, s'imposaient à eux sans qu'ils en aient conscience et faisaient correspondre des styles de vie et des pratiques culturelles à des groupes sociaux bien différenciés. Le développement de l'individualisation des modes de vie et des valeurs, s'il était avéré, affaiblirait évidemment le pouvoir de structuration des comportements par d'éventuelles appartenances de classes. L'homogénéité interne de celles-ci serait remise en cause par l'apparition de styles de vie divers choisis par les individus.

Source : Michel Forsé, Olivier Galland, Yannick Lemel, « La stratification sociale et les inégalités », dans *La Société française*, 2011.

1. Ensemble d'éléments.

SPRINT FINAL

DOCUMENT 3 **Évolution de la répartition du niveau de diplôme selon le niveau de qualification (en %)**

		Employés qualifiés	Employés non qualifiés	Ouvriers qualifiés	Ouvriers non qualifiés	Ensemble
1982-1984	Diplôme du supérieur (bac + 3 ou plus)	2	0	0	0	**6**
	Bac + 2	4	0	1	0	**7**
	Bac, brevet professionnel ou équivalent	16	3	3	2	**10**
	CAP[1], BEP[2] ou autre diplôme équivalent	34	18	38	22	**25**
	Aucun diplôme, CEP[3] ou brevet des collèges	44	79	58	76	**52**
	Total	**100**	**100**	**100**	**100**	**100**
2012-2014	Diplôme du supérieur (bac + 3 ou plus)	9	3	2	3	**21**
	Bac + 2	17	5	5	4	**16**
	Bac, brevet professionnel ou équivalent	31	16	17	16	**19**
	CAP[1], BEP[2] ou autre diplôme équivalent	28	34	47	34	**25**
	Aucun diplôme, CEP[3] ou brevet des collèges	15	42	29	43	**19**
	Total	**100**	**100**	**100**	**100**	**100**

Source : d'après Insee, *Enquêtes emploi*, moyenne annuelle sur les années 1982 à 1984 et 2012 à 2014, janvier 2017.

Champ : actifs occupés de France métropolitaine ayant terminé leurs études initiales.
1. CAP : Certificat d'aptitude professionnelle
2. BEP : Brevet d'études professionnelles
3. CEP : Certificat d'études primaires

LES CLÉS DU SUJET

Mobilisation des connaissances

Définir les mots clés

• L'**avantage comparatif** renvoie à la théorie énoncée par l'économiste David Ricardo selon laquelle chaque pays a intérêt à se spécialiser dans les secteurs où son avantage en termes de productivité est le plus grand, ou bien où son désavantage est le plus faible. Les dotations en facteurs de production, ressources naturelles ou technologies, soit **les dotations factorielles** ou **technologiques**, propres à chaque pays peuvent également être à l'origine d'un avantage comparatif.

• La **spécialisation internationale** désigne pour les pays le fait de concentrer leur production dans une ou quelques activités et d'importer le reste.

Structurer la réponse

• Premièrement, nous expliquerons quel est l'avantage comparatif du Bangladesh, pays pris en exemple.

• Deuxièmement, nous montrerons que cet avantage comparatif explique la spécialisation internationale.

Étude de document

Définir les mots clés

• Les **écogestes** traduisent des comportements de consommation contribuant à lutter contre le réchauffement climatique.

• Les **jeunes** de 15 à 24 ans sont ici une catégorie statistique.

Comprendre le document

• Le document est un diagramme en bâtons construit avec des données en pourcentage présentant les **résultats d'une enquête de 2017** sur les écogestes.

• Nous pouvons comparer les données concernant **les 15-17 ans et les 18-24 ans** à celles de l'**ensemble de la population**, tous âges confondus. Si le pourcentage est plus élevé pour les 18-24 ans que dans l'ensemble de la population, cela signifie que l'écogeste est plus pratiqué dans cette tranche d'âge que par la moyenne de la population.

Structurer la réponse à la seconde question

• Dans un premier temps, nous mettrons en évidence la **variété des formes d'engagement** politique.

SPRINT FINAL

• Dans un second temps, nous nous focaliserons sur la **consommation engagée**, en particulier sur les écogestes, qui sont des formes d'action individuelles.

Raisonnement

Analyser les termes du sujet et mobiliser ses connaissances

Analyse du sujet

vous montrerez
Expliquez en quoi les classes sociales ne sont pas toujours pertinentes pour expliquer la société française actuelle.

classes sociales
Éléments fondamentaux de la stratification sociale dont la description varie selon les théories de Karl Marx ou de Max Weber.

n'est pas toujours pertinente
Vous devez mettre en évidence les limites de l'analyse de la stratification sociale en termes de classes sociales.

société française aujourd'hui
L'analyse doit être limitée au cas de la France de nos jours.

Exploiter les documents

• **Document 1.** Ce tableau met en évidence les **inégalités de salaires** entre catégories socioprofessionnelles et entre sexes. Quelles inégalités émergent des données statistiques ? Qu'en conclure par rapport aux classes sociales ?

• **Document 2.** Le texte remet en cause l'analyse de la stratification sociale en termes de **classes sociales.** Quels sont les arguments relevés par les auteurs en faveur d'une telle critique ?

• **Document 3.** Les données du tableau portent sur l'évolution du **niveau de diplôme** des catégories de salariés situées en bas de la hiérarchie sociale. Que fait apparaître cette évolution ? Remet-elle en cause les classes sociales ?

Définir les arguments

Argument 1	Les inégalités apparaissent aujourd'hui moins importantes en termes de classes sociales.
Argument 2	Le sentiment d'appartenance à une classe sociale tend à décliner.

42 CORRIGÉ **GUIDÉ**

Mobilisation des connaissances

Les titres des parties ne doivent pas figurer sur votre copie.

Introduction

Au XVIIIe siècle, l'économiste David Ricardo soutient l'idée que les pays ont intérêt à échanger en vertu de leurs avantages comparatifs. Il illustre sa thèse avec l'Angleterre qui doit produire du drap, production pour laquelle elle est la moins désavantagée en termes de productivité, et doit importer du vin du Portugal. En prenant un exemple contemporain, le Bangladesh, nous allons montrer que les avantages comparatifs peuvent expliquer la spécialisation internationale, c'est-à-dire le fait de se concentrer dans une ou quelques productions et d'abandonner les autres.

Développement

• Le Bangladesh a une main-d'œuvre abondante et peu onéreuse mais a difficilement accès aux technologies, au contraire des États-Unis et des pays européens. Les dotations factorielles, qui renvoient à la quantité des différents facteurs de production (travail, capital, ressources naturelles, technologies) présents dans un pays, peuvent être à l'origine d'avantages comparatifs. Le Bangladesh a ainsi un avantage comparatif dans les productions utilisant intensément le facteur le plus abondant qu'il possède : le travail.

> **INFO**
> C'est le modèle HOS, formé à partir des initiales du nom des économistes Eli Heckshe r, Bertil Ohlin et Paul Samuelson, qui a mis en évidence, dans la première moitié du XXe siècle, l'importance des dotations factorielles.

• Les avantages comparatifs vont favoriser la spécialisation internationale. Le Bangladesh s'est ainsi spécialisé dans la production de vêtements, activité qui nécessite beaucoup de main-d'œuvre. De nombreux sous-traitants bangladais exportent ainsi des articles textiles vers les États européens ou les États-Unis. Ces pays, qui ont en commun d'être bien dotés en facteur capital, vont importer les produits nécessitant beaucoup de main-d'œuvre et se spécialiser dans les industries à plus forte intensité capitalistique.

Conclusion

À travers l'exemple de l'industrie textile au Bangladesh, nous avons montré que les avantages comparatifs, qui peuvent reposer sur des dotations factorielles, expliquent la spécialisation internationale.

Étude de document

▶ **1.** Utiliser les transports en commun plutôt que la voiture est le seul écogeste que les jeunes de 18 à 24 ans pratiquent plus que la moyenne de la population : respectivement 42 % contre 33 %, soit 11 points de plus. Les autres écogestes sont moins fréquents chez les jeunes par rapport au reste de la population. Par exemple, si trier les déchets est la pratique la plus répandue, concernant près des deux tiers des 18 à 24 ans, elle l'est beaucoup moins que dans l'ensemble la population. Les jeunes adultes apparaissent ainsi globalement moins enclins, dans notre société, à lutter au quotidien contre le réchauffement climatique.

▶ **2.** *Les titres des parties ne doivent pas figurer sur votre copie.*

Introduction

Le document présente les résultats d'une enquête réalisée en 2017, par l'institut de sondage OpinionWay, sur l'implication des jeunes dans les écogestes comparée à celle de l'ensemble de la population.

Développement

• Dans une démocratie, l'engagement politique est varié. Il recouvre des actions visant à influencer de manière directe ou indirecte les décisions politiques et les règles de fonctionnement de la société. Il peut s'agir du vote, des formes de militantisme dans un parti politique ou un syndicat, de l'engagement associatif ou encore de la consommation engagée.

> **À NOTER**
> L'âge influence la nature et les formes de l'engagement politique : on parle de variable sociodémographique. Ainsi les jeunes privilégient les actions protestataires à l'instar des marches pour le climat.

• Cette dernière recouvre des pratiques de consommation qui traduisent des positionnements politiques. L'enquête d'OpinionWay révèle que 42 % des jeunes de 18 à 24 ans privilégient les transports en commun à la voiture tandis qu'en moyenne plus d'un individu sur quatre choisit des produits ayant moins d'impact sur l'environnement. Ces écogestes traduisent des choix de consommation, voire de mode de vie. Certes, il s'agit d'actions individuelles mais elles ont en commun de s'inscrire dans un projet collectif de société.

Conclusion

Certaines formes d'actions individuelles, telles que les pratiques de consommation engagée, peuvent traduire un engagement politique dès lors qu'elles cherchent à défendre ou à promouvoir une cause et ainsi influencer le pouvoir.

Raisonnement

Les titres des parties ne doivent pas figurer sur votre copie.

Introduction

La structuration de la société, d'un point de vue théorique, a longtemps reposé sur la notion de classes sociales développée par Karl Marx et Max Weber. Pour le premier, ce sont des groupes sociaux dont les membres ont des intérêts et une conscience en commun. Pour le second, il s'agit de regroupements d'individus ayant la même probabilité d'accéder aux ressources économiques. Cependant, l'analyse de la société française actuelle en termes de classes sociales apparaît moins pertinente : d'une part parce que les inégalités sont moins importantes et d'autre part parce que le sentiment d'appartenance à une classe est en déclin.

I. Des inégalités moins importantes

> **▶ Le secret de fabrication**
> Le raisonnement implique d'utiliser des connaissances personnelles. Un sujet sur la stratification sociale aujourd'hui ne peut éviter de développer la notion de moyennisation qui n'apparaît pas dans les documents.

- Depuis la Seconde Guerre mondiale les inégalités ont tendance à se réduire. Pour ce qui concerne les salaires nets mensuels, les cadres ont un salaire un peu plus de deux fois plus élevé que celui des ouvriers. Des inégalités persistent au sein de chaque catégorie entre les hommes et les femmes, surtout chez les cadres (document 1).

- La réduction des inégalités s'inscrit dans le cadre d'une moyennisation de la société avec l'augmentation du poids des classes moyennes dans la structure sociale française, favorisée par le déclin du nombre d'ouvriers. Cette moyennisation est renforcée par la hausse du niveau du diplôme pour l'ensemble des groupes sociaux, même pour les moins qualifiés (document 3).

> **À NOTER**
> Henri Mendras (1927-2003) est le sociologue qui a développé la thèse de la moyennisation de la société.

II. Le déclin du sentiment d'appartenance à une classe sociale

• Pour Karl Marx, un groupe social constitue une classe sociale s'il réunit plusieurs conditions. L'une d'elles est d'avoir des intérêts communs qui opposent cette classe à d'autres classes ayant des intérêts divergents, classe ouvrière contre classe bourgeoise par exemple. Une autre condition est que les membres d'une classe sociale ont conscience d'appartenir à cette classe : c'est la conscience de classe.

À NOTER
La conscience de classe, selon Karl Marx, fait passer le groupe d'une classe en soi à une classe pour soi.

• Les enquêtes menées depuis quelques années montrent que les personnes interrogées ont tendance à considérer qu'elles appartiennent aux classes moyennes, confirmant ainsi le processus de moyennisation de la société. De plus, des sociologues ont mis en évidence un processus d'individualisation qui fait que les personnes ont tendance à privilégier des façons de vivre et de penser qui leur sont propres et ne sont pas partagées au sein d'un groupe (document 2).

MOT CLÉ
L'individualisation implique l'émancipation des personnes par rapport à leur groupe d'appartenance.

Conclusion

La pertinence des classes sociales pour rendre compte de la société française aujourd'hui apparaît limitée. En effet, les inégalités ont tendance à diminuer entre les catégories sociales alors qu'en leur sein existent d'autres causes d'inégalités comme le genre (hommes/femmes). La moyennisation de la société se traduit également par un moindre sentiment d'appartenance à une classe sociale et une individualisation des manières de se comporter et de penser.

Réussir le Grand Oral

Les fiches MÉTHODE

Trois SIMULATIONS de Grand Oral

1 Choisir une question en SES

Selon le BO du 13 février 2020, qui définit le « Grand Oral », vous devez choisir une question pour chacun de vos deux enseignements de spécialité. Vous serez interrogé(e) sur l'une de ces deux questions le jour de l'épreuve.

A Le « cahier des charges »

Le choix de la question doit répondre à ces **trois conditions**.

La question
- 1. met en lumière un des grands enjeux du programme de spécialité
- 2. se prête à une explicitation aisée, sans support et sans notes
- 3. permet de nourrir une réflexion sur votre projet d'orientation

B Des idées de sujets en SES

● **Quel rôle les nouvelles technologies jouent-elles dans la croissance économique ?**

Vous pourrez puiser dans le thème 1 du programme de SES « Les sources et les défis de la croissance économique » et dans le thème 6 de la **spécialité HGGSP** : « L'enjeu de la connaissance ».

> À NOTER **Les sciences économiques et sociales sont riches de sujets à la croisée des disciplines.**

● **La mondialisation est-elle profitable à tous ?**

Le thème 2 « Les fondements du commerce international et de l'internationalisation de la production » s'articule logiquement avec le grand thème de l'enseignement de tronc commun en géographie : « Les territoires dans la mondialisation : entre intégrations et rivalités ».

● **Comment les transformations de l'emploi nuisent-elles à la fonction intégratrice du travail ?**

Deux thèmes du programme sont nécessaires pour répondre exhaustivement à ce sujet : le thème 3 « La lutte contre le chômage », qui revient sur les politiques de l'emploi et, en particulier, sur la flexibilisation du marché du travail, et le thème 9 « Les mutations du travail et de l'emploi », qui interroge directement le lien entre l'organisation du travail, ses mutations et l'intégration par le travail.

● **La structure sociale en France peut-elle être analysée en termes de classes sociales ?**

Les arguments et les théories nécessaires sont présentés dans le thème 6 « La structure de la société française actuelle ».

- **Comment a évolué l'action collective depuis 1970 ?**

La réponse peut être construite en articulant le thème 10 « L'engagement politique dans les sociétés démocratiques » et des références à l'art contestataire dans la littérature ou le cinéma.

- **La croissance est-elle compatible avec l'environnement ?**

Dans le programme de SES, les thèmes 1 « Les sources et les défis de la croissance économique » et 12 « L'action publique pour l'environnement » soulèvent le problème et apportent des pistes de solution. Vous pourrez aussi vous appuyer sur le thème 5 du programme de la **spécialité HGGSP** qui aborde « L'environnement, entre exploitation et protection : un enjeu planétaire » ou encore sur l'enseignement scientifique, avec le cours sur les nouvelles énergies dans le thème 2 « Le futur des énergies ».

- **En France, les inégalités économiques ont-elles diminué ?**

À partir du thème 11 « Des inégalités compatibles avec les différentes conceptions de la justice sociale ? », vous analyserez les inégalités de salaire, de revenu, de niveau de vie et de patrimoine pour montrer, grâce aux outils statistiques (écarts et rapports interdéciles, moyennes, médianes, etc.), que l'évolution des inégalités dépend en partie de l'outil de mesure.

FOCUS

« Pitcher » son sujet auprès de ses proches

- N'hésitez pas à exposer brièvement votre sujet à vos parents ou vos amis. Ce premier « pitch » vous aide à délimiter votre sujet et vous permet de tester l'intérêt qu'il suscite.

Doc. « Ma Thèse en 180 secondes : la science pour les nuls »

- Ainsi, dans le cadre du concours « Ma thèse en 180 secondes », les doctorants doivent résumer en trois minutes un sujet de recherche qu'ils ont développé dans une thèse de plusieurs centaines de pages.

2 Concevoir sa présentation

Les recherches sur les questions choisies peuvent débuter assez rapidement dans l'année. Pour chacune, vous devez vous documenter et organiser vos idées, au fur et à mesure, en vue d'un exposé structuré.

A Se documenter, chercher des idées

1. Se constituer une bibliographie pertinente

● Pour chaque question, établissez une **liste de mots-clés** : ils vont vous permettre d'interroger Internet, mais aussi le catalogue de votre CDI ou de la médiathèque de votre quartier.

● Consultez les documents ainsi sélectionnés, **des plus généraux** (manuels, encyclopédies) **aux plus spécialisés**.

● Dans le cas de recherches sur Internet, pensez à **vérifier les sites** que vous consultez à l'aide de ces questions :

1. Qui est l'auteur du site ? Quelle est son expertise sur le sujet ?
2. De quand datent les informations ?
3. L'exposé est-il clairement construit, solidement argumenté ?

CONSEIL Commencez par lire les informations données par la page de présentation du site, souvent intitulée « À propos ».

2. Garder la trace de ses recherches

● **« Fichez » chacun des documents** consultés : le support peut être, selon votre préférence, physique (fiche Bristol) ou numérique.

● Reformulez les idées qui vous paraissent essentielles, en distinguant bien les arguments des exemples.

CONSEIL Notez précisément la source : le titre de l'ouvrage ou du site, le nom de l'auteur, la date de publication, ainsi que les pages consultées.

FICHE DOCUMENT

Source :

Sujet :

Idées clés :
-
-
-

Citation :

B Organiser ses idées

1. Plusieurs méthodes de classement

● Au fil de vos prises de notes, vous allez être conduit(e) à regrouper vos idées autour de lignes directrices : une organisation de votre exposé se dessine progressivement. Essayez de la traduire sous forme de « **carte mentale** ».

● Si vous avez du mal à faire émerger les grands axes, vous pouvez recourir à la **méthode des post-it**.

1. Écrivez une idée clé par post-it.
2. Ajoutez, le cas échéant, des exemples sur des post-it d'une autre couleur.
3. Sur un mur, déplacez les post-it jusqu'à ce qu'ils s'enchaînent logiquement.

2. Le choix du plan

Votre plan dépend de la question et du type de réflexion proposé.

	Objectif	Question
Plan thématique	Il permet d'approfondir les différents aspects d'un sujet.	Il correspond à une question qui se subdivise en différentes sous-questions.
Plan dialectique	Il oppose deux thèses puis opère une synthèse des points de vue.	Il correspond à une question qui implique une discussion, un dilemme.

FOCUS

Mettre son plan sous forme de carte mentale

1. Prenez une feuille blanche A4, en format paysage.
2. Notez la question au centre, dans un « noyau ».
3. Créez autant de « branches » que de grands axes (une couleur par axe).
4. Ramifiez les branches de manière à faire apparaître les idées clés.

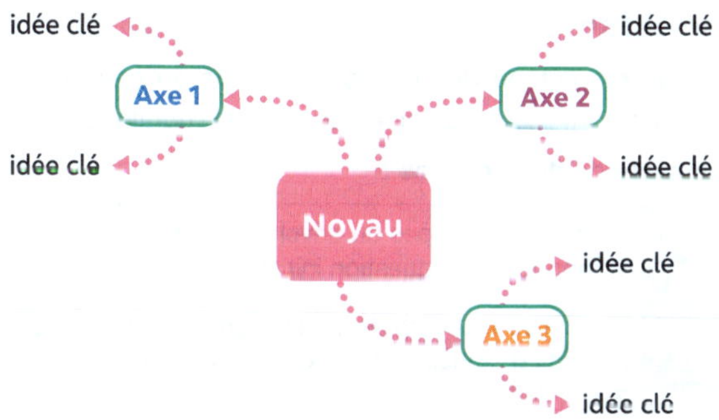

3 Préparer efficacement l'exposé

Le jour J, vous devrez faire votre présentation en cinq minutes, sans notes. Cela suppose un travail préparatoire important : de rédaction, de mémorisation et d'entraînement à la prise de parole.

A Rédiger une trame précise

Une fois que vous êtes au clair sur la structure générale de votre exposé, vous devez mettre par écrit le déroulement de votre argumentation, sous la forme d'un plan semi-rédigé.

1. L'introduction

● L'introduction doit montrer :
- que **votre sujet est intéressant** ;
- que vous l'avez bien cerné ;
- que votre plan découle de la question posée et y répond.

● Elle comprend **trois étapes** qui s'enchaînent logiquement.

1. L'accroche	En une ou plusieurs phrases, amenez progressivement votre sujet.
2. La question	Posez clairement la question à laquelle vous allez répondre et explicitez-la.
3. Le plan	Annoncez les deux ou trois grands axes, de manière à ce que le jury comprenne d'emblée l'organisation de l'exposé.

2. Le corps de l'exposé

● Recopiez le plan que vous avez établi et remplissez-le de manière télégraphique, à l'aide de listes à puces.

● N'oubliez pas d'**appuyer chaque argument** par un exemple vérifié.

● Distinguez bien les informations nécessaires à la bonne compréhension du sujet de celles qui sont secondaires et que vous pourrez préciser dans l'entretien.

3. La conclusion

● La conclusion est l'étape de l'exposé qui reste en mémoire : rédigez-la complètement pour être sûr(e) qu'elle marque votre auditoire.

● Elle se compose de **deux parties** :

1. Le bilan	Reprenez les étapes du développement et répondez à la question initiale.
2. L'ouverture	Élargissez le champ de la réflexion à l'aide d'une citation, d'un fait d'actualité, d'une question proche.

B Mémoriser la présentation, puis simuler l'épreuve

Vous êtes désormais au clair sur le contenu de votre exposé. Il s'agit maintenant de préparer sa restitution orale.

1. Faire travailler sa mémoire

- Vous devez posséder votre exposé « sur le bout des doigts », de telle manière que les idées se rappelleront à vous naturellement le jour de l'épreuve et que vous pourrez consacrer toute votre attention à votre auditoire.
- Pour ce faire, sollicitez vos différentes mémoires (visuelle, auditive, kinesthésique...) pour fixer le déroulement de l'exposé puis récitez-le plusieurs fois, de manière à vous en souvenir durablement.

> À NOTER **Des chercheurs ont prouvé qu'il faut refaire au moins sept fois le chemin vers un souvenir pour l'ancrer durablement.**

2. Simuler un Oral blanc

- C'est à ce moment-là, quand vous avez mémorisé votre exposé, que vous devez faire appel à votre entourage – vos professeurs, vos parents ou vos amis – pour leur demander de constituer votre premier auditoire.
- Demandez-leur d'évaluer votre présentation selon ces trois critères :

1. Pertinence. Ai-je bien répondu à la question posée ?
2. Clarté. Qu'est-ce qui était clair ? moins clair ?
3. Efficacité. Ai-je retenu votre attention ? Comment puis-je le faire mieux ?

- N'hésitez pas également à leur demander de vous poser des questions sur le contenu de la présentation : cela vous entraînera pour l'entretien qui suit.

FOCUS

Comment fonctionne la mémoire ?

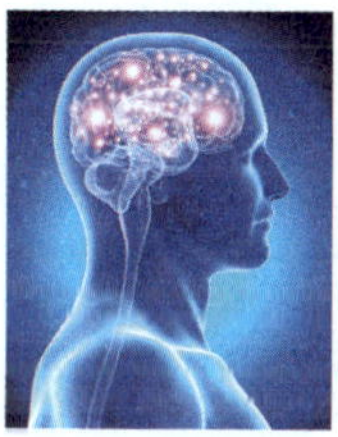

Ph © parkajstock123 - stock.adobe.com

- La mémorisation est le résultat d'un processus biochimique dans lequel les neurones jouent un rôle essentiel.
- Elle se déroule en trois étapes :

1. L'encodage : enregistrement d'une nouvelle information
2. Le stockage : rangement, consolidation de l'information
3. Le rappel : recherche du souvenir afin de le restituer

- Plus on rappelle un souvenir, plus on l'ancre durablement dans la mémoire.

4 Présenter la question au jury

Votre présentation doit être synthétique et rendre compte efficacement du questionnement. Vous êtes principalement évalué(e) sur la solidité de vos connaissances et votre capacité à argumenter.

A Optimiser le temps de préparation

Le jury vient de choisir l'une des deux questions préparées. Vous avez alors 20 minutes pour mettre en ordre vos idées et préparer – si vous vous sentez suffisamment sûr(e) de vous – un support pour le jury.

1. Mettre en ordre vos idées au brouillon

20 minutes de préparation, c'est à la fois long et court. Comment les utiliser ?

Pensez à...	Évitez de...
rédiger l'introduction et la conclusion	rédiger tout l'exposé
noter le plan	noter des idées en désordre
résumer les principales idées	ajouter du contenu au dernier moment

2. Préparer un support pour le jury

- Si vous avez bien en tête votre exposé, mettez à profit les 20 minutes pour préparer un support destiné au jury.
- L'objectif est de permettre à votre auditoire de **mieux suivre votre présentation**. Votre support peut ainsi prendre des formes variées.

> CONSEIL **Bien que non évalué, le support doit être pertinent et lisible pour bien disposer le jury.**

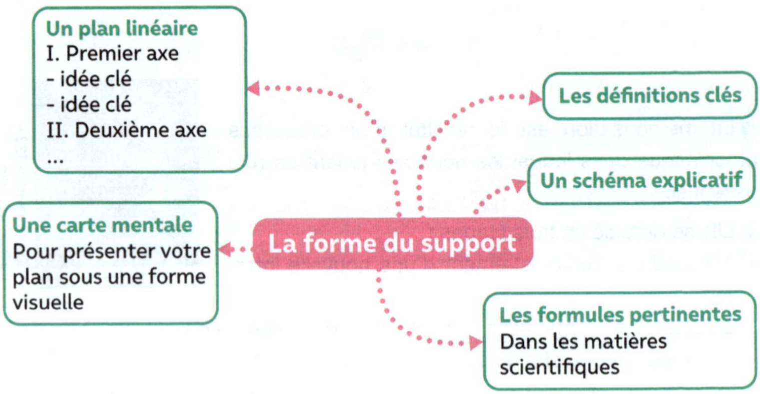

B Faire une présentation claire et fluide

1. Soigner les étapes clés de l'exposé

- Vous devez prêter une attention particulière à l'introduction et à la conclusion.

L'introduction	La conclusion
• amène la question • pose clairement la question • annonce le plan	• fait le bilan des recherches • répond à la question • ouvre de nouvelles perspectives

- Quand vous annoncez le plan, vous pouvez recourir à des formules telles que :

  Tout d'abord nous nous intéresserons…
  Puis nous étudierons…, avant de montrer que…

2. Mettre en évidence la progression de l'exposé

- Plus encore qu'à l'écrit, vous devez soigner vos **transitions** de sorte que votre auditoire comprenne bien la progression de votre présentation.

Les passages d'une partie à l'autre doivent être ainsi explicités :

Nous venons de voir que…
Nous allons maintenant essayer de comprendre comment ce processus…

> CONSEIL **Tout au long de votre présentation, n'hésitez pas à rappeler le fil conducteur en reprenant les mots clés de la question.**

- Les **liens entre les idées** d'une partie doivent être clarifiés au moyen de connecteurs logiques : de cause (*car, en effet…*), de conséquence (*donc, c'est pourquoi…*), d'opposition (*mais, cependant…*), de concession (*certes…*), d'addition (*de plus, en outre…*).

FOCUS

Parler debout

- Placez-vous face à votre jury, bien au centre.
- Ancrez vos pieds au sol, de manière à être bien stable.
- Placez dès le départ vos mains à hauteur de votre ventre, sans les laisser pendre le long du corps. Vous pouvez les croiser devant vous et les dénouer lorsqu'il sera nécessaire d'appuyer le propos.

ph © Prod DB © Ingrid Chabert – My Box Productions / DR

Image extraite du film *À voix haute* de Ladj Ly et Stéphane de Freitas, 2017.

5 Répondre aux questions en lien avec la présentation

Lors de la deuxième partie de l'épreuve, le jury revient sur la présentation et évalue plus largement vos connaissances dans les disciplines correspondant à vos spécialités.

A Anticiper les questions

1. Les questions sur la présentation

● Le jury va en premier lieu revenir sur certains points de la présentation pour vous **demander des précisions.**

- *Vous avez affirmé que… : pouvez-vous donner un exemple ?*
- *Vous avez cité… : quelle est votre source ?*
- *Comment définissez-vous le mot… ?*

● Afin de ne pas être surpris(e), efforcez-vous d'anticiper les questions lors de l'élaboration de l'exposé.

2. Les questions sur le programme

● Cependant, le jury peut aussi vous poser des questions sur d'autres thèmes de vos **programmes de spécialité.**

> ATTENTION **Ces questions peuvent porter sur des thèmes hors du programme limitatif de l'épreuve écrite.**

● C'est pourquoi vous devez travailler tout au long de l'année les notions au programme, en imaginant cette interrogation. Voici 4 conseils clés :

4 conseils clés

1. Faites des fiches pour chaque chapitre
2. Apprenez par cœur les définitions clés
3. Questionnez votre enseignant en cas d'incompréhension
4. Complétez le travail fait en cours avec des recherches personnelles

> CONSEIL **Cette préparation vous servira également pour l'écrit !**

B Développer une posture d'échange

1. Faire des réponses appropriées

- Un(e) seul(e) des deux membres du jury est un(e) spécialiste des domaines concernés par votre question. Votre réponse doit donc être **précise mais pas trop jargonneuse**.
- D'autres conseils utiles :

Pensez à...	Évitez de...
prendre quelques secondes pour « ingérer » la question	vous précipiter : vous risquez de ne pas répondre à la question
donner des réponses brèves pour des précisions, plus longues pour un avis personnel	répondre par oui ou par non, ne pas développer
vous appuyer sur des connaissances précises, des chiffres, des dates...	rester dans les généralités, utiliser le pronom *on*

2. Gérer les difficultés

- Si vous n'êtes **pas sûr(e) de comprendre** la question :

– reformulez-la à voix haute pour vérifier que vous avez bien compris ;

Vous me demandez si... Vous voulez savoir comment...

– demandez des précisions ou un exemple.

Qu'entendez-vous par... ? Pouvez-vous me donner un exemple ?

- Si vous **ne savez pas quoi répondre**, osez le dire : vous pouvez toutefois commencer par faire remarquer la pertinence de la question.

Ce point me semble en effet très intéressant,
mais je n'ai pas eu le temps de l'approfondir.

FOCUS

Éviter les gestes parasites

Apprenez à identifier les gestes d'auto-contact que vous effectuez pour vous rassurer en situation de stress : ils brouillent la communication et traduisent votre inconfort. Or, avec un peu d'entraînement, il est facile de les éviter.

Passer la main dans ses cheveux

Remonter ses manches, tirer dessus

Toucher sa montre, un bijou

Se gratter avec insistance

6 Défendre son projet d'orientation

Au cours de cette partie de l'épreuve, vous exposez votre projet d'orientation : quel domaine vous intéresse, depuis quand, quels choix vous avez faits pour vous en rapprocher.

A Faire le lien entre la question traitée et son projet d'orientation

● Le jury va commencer par vous demander en quoi le travail sur la question traitée **a nourri votre réflexion sur votre projet d'orientation**. Voici quelques éléments de réponse, à adapter en fonction de votre sujet et de votre projet :

- *En travaillant sur ce sujet au croisement de deux disciplines, j'ai acquis la certitude que je souhaitais continuer à les étudier l'une et l'autre : d'où le choix d'un cursus réunissant...*
- *La préparation de cet oral m'a permis de rencontrer des personnes travaillant dans le domaine de..., qui m'ont donné envie de suivre leur voie ; c'est pourquoi j'ai choisi des études dans la filière...*

CONSEIL **Même si vous avez évidemment envisagé plusieurs choix (sur Parcoursup ou par des candidatures directes), mettez plutôt l'accent sur celui permettant d'établir un lien avec la question traitée. Ainsi votre démarche paraîtra cohérente.**

● Vous pouvez aussi analyser les **compétences acquises** lors de la préparation de cette épreuve orale : mener un travail de recherche, confronter des données, faire un travail de synthèse, faire un exposé oral, et montrer qu'elles vous seront **utiles pour la suite de vos études**.

B Expliquer les étapes de son projet d'orientation

1. Projet professionnel ou projet de poursuite d'études ?

● Si vous avez une idée de métier précise, vous pouvez partir de ce **projet professionnel**, expliquer pourquoi il vous attire ; puis faire le lien avec les études qui y mènent.

● Mais vous avez le droit, à 17-18 ans, de ne pas savoir quel métier vous aimeriez exercer. Contentez-vous alors d'expliquer quel domaine vous intéresse et **quels choix d'études** après le bac vous avez faits en conséquence.

CONSEIL Quand vous vous êtes inscrit(e) sur Parcoursup ou si vous avez candidaté à des écoles, vous avez dû rédiger des lettres de motivation. Utilisez-les pour préparer cette partie de l'oral.

● Si vous hésitez encore entre **deux voies**, vous pouvez exposer les différentes possibilités envisagées.

2. La genèse et la mise en œuvre du projet

● Pour retracer la **genèse** du projet, expliquez :
– comment l'idée de ce projet d'orientation vous est venue ;
– comment elle a guidé vos choix de spécialités ;
– comment elle s'est renforcée à travers différentes activités et expériences.

CONSEIL N'hésitez pas à détailler des expériences vécues ou à rapporter une anecdote pour rendre votre présentation plus personnelle.

● Mentionnez la **filière choisie**, l'école ou l'université que vous souhaiteriez intégrer et les enseignements qui vous attendent. Décrivez concrètement la manière dont vous souhaitez mener ce projet : cursus envisagé, diplôme visé.

● Faites le bilan de vos atouts et de vos limites pour le domaine envisagé. Montrez que vous disposez d'une **bonne connaissance de vous-même** et de vos capacités.

FOCUS

Développer une argumentation personnelle

Pour mieux convaincre le jury de votre motivation, vous devez mettre en évidence que ce projet est vraiment le vôtre.

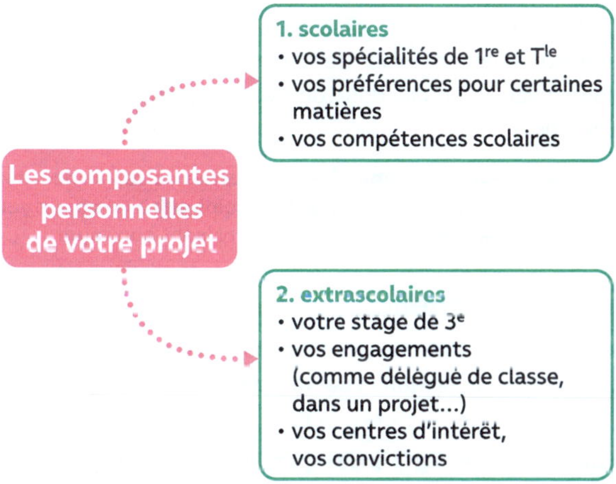

7 Retenir l'attention du jury

Lors de l'épreuve orale, il ne suffit pas de maîtriser son sujet, il faut aussi communiquer de manière efficace pour convaincre le jury. Le visage et ses expressions, ainsi que la gestuelle, sont alors essentiels pour renforcer le propos.

A Établir le contact

- Le premier contact est essentiel. Dès l'entrée dans la salle, donnez l'impression d'être ouvert(e) à l'échange, avenant(e), sans être trop familier(ère).
- Le **sourire** est l'atout indispensable pour détendre l'atmosphère et gagner la sympathie du jury. Il ne s'agit pas de rire faussement ou de sourire en permanence, mais d'afficher une attitude aimable.
- La **politesse** est de mise, même si parfois le stress fait oublier les fondamentaux de la courtoisie : saluer vos interlocuteurs, remercier, attendre d'être invité(e) à s'asseoir ou à partir avant de le faire.
- Laissez à vos examinateurs le temps de s'installer et montrez-vous **à l'écoute de leurs attentes**, sans foncer tête baissée dans votre exposé.

B Communiquer efficacement

1. Regarder l'examinateur

- Se retrouver face à face avec un jury composé de deux professeurs inconnus peut vous paraître impressionnant. Cependant, votre réussite à l'oral repose aussi sur votre capacité à **surmonter ce stress** et à vous adresser réellement à vos interlocuteurs à travers ce que vous dites, mais aussi par le regard.
- Ne fixez pas vos interlocuteurs, mais accordez-leur **des regards réguliers**, afin de capter leur attention. Évitez de regarder ailleurs : vous donneriez l'impression d'être fuyant(e). Inutile donc de fixer vos pieds, le plafond ou le mur au fond de la salle.

> CONSEIL **Si vous avez des difficultés à regarder votre interlocuteur dans les yeux, vous pouvez imaginer un point entre ses deux yeux, ce qui vous évitera d'être mal à l'aise en croisant son regard.**

2. Soigner la gestuelle

- **Évitez de rester trop statique** pendant votre intervention, mais ne surchargez pas non plus votre intervention par des gestes répétitifs ou sans lien avec le propos.
- Vos gestes doivent intervenir à des moments essentiels de votre prise de

parole afin d'**appuyer ce que vous dites**. Ils doivent donc coïncider avec ce que vous cherchez à exprimer : enthousiasme, opposition, implication personnelle… (voir la rubrique « Focus » ci-dessous).

3. Éviter la monotonie

- **Variez les intonations** pour donner de la vivacité à ce que vous dites et ne pas ennuyer votre jury.
- **Insistez sur les aspects essentiels** en appuyant sur certains segments de phrases ; marquez les interrogations ou les exclamations par une intonation expressive.
- **Ayez l'air convaincu(e)** de ce que vous affirmez en adoptant une voix claire et en apparaissant sûr(e) de vous.

> INFO **La relation interpersonnelle est un phénomène complexe. Les variations de la voix, la gestuelle comptent pour beaucoup dans la bonne réception du message de fond. Les acteurs le savent bien.**

FOCUS

Appuyer son propos par des gestes signifiants

Il est important d'appuyer son discours par des gestes qui retiennent l'attention et soulignent les moments clés.

Mains tendues vers l'auditoire : impliquer le public.

Mains à gauche puis à droite : souligner une opposition.

Compter avec ses doigts : énumérer.

Mains écartées ou rapprochées : exprimer l'union ou la désunion.

Lever ou baisser un doigt : exprimer un doute ou un questionnement.

Main sur la poitrine : montrer son implication personnelle.

8 S'exprimer de manière claire et fluide

Si une bonne partie de la communication repose sur l'attitude non verbale, il ne faut évidemment pas négliger l'aspect verbal de l'échange. Choisir les mots justes, articuler, faire des pauses sont autant d'atouts dans la prise de parole.

A Utiliser un vocabulaire juste et précis

1. Choisir ses mots

- Vous êtes jugé(e) sur la qualité de votre expression, d'où l'importance de bien choisir vos mots. Il est parfois difficile de trouver la bonne formulation : prenez le temps de chercher les **termes les plus appropriés**.
- Si un terme familier vous échappe, reformulez dans un **registre plus soutenu**. Évitez les contractions (« j'sais pas », « j'pense ») : prononcez correctement les négations en incluant un « ne » audible.

2. Varier son expression

L'examinateur appréciera que vous fassiez un effort pour varier les tournures que vous utilisez.

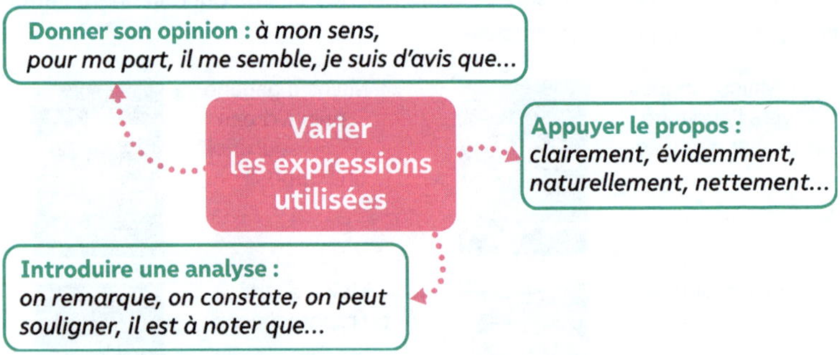

3. Bannir les tics de langage

Variables d'une époque à une autre, ces petits marqueurs de la communication sont à proscrire le jour de votre oral.

- Commencez par **repérer ceux que vous employez le plus souvent** et essayez de vous en débarrasser lors de vos prises de parole. Il peut s'agir :
  - d'expressions en vogue (« genre », « carrément », « trop », « j'avoue »…) ;
  - de mots de liaison (« donc », « alors », « et voilà », « en fait »…) ;
  - d'onomatopées (« euh », « ben », « bah »…).
- Bannissez également **la mise entre guillemets** (geste à l'appui) qui indique que vous n'avez pas trouvé le mot juste pour vous exprimer.

B Soigner son élocution

● **Parlez distinctement** en articulant pour être bien compris(e). Faites particulièrement attention à ne pas « avaler » les fins de phrases et les fins de mots.

● **Adaptez le volume de votre voix** en fonction de la proximité avec votre auditoire. Ni trop fort, ni pas assez, vous devez trouver le juste équilibre. N'hésitez pas à demander si l'on vous entend.

> CONSEIL **Parler face à un public ne s'improvise pas et, pour éviter de bafouiller, il est nécessaire d'exercer sa voix et de s'entraîner.**

C Adopter le bon rythme

● Ne parlez **ni trop lentement**, pour avoir le temps de tout dire, **ni trop vite**, pour laisser au jury la possibilité d'intégrer ce que vous dites et de prendre des notes.

● Trouvez le juste équilibre en ralentissant ou en accélérant le débit **selon la nature de votre propos** :
– ralentissez lorsque vous présentez le plan, lorsque vous abordez un aspect essentiel, lorsque vous voulez particulièrement retenir l'attention ;
– accélérez au moment des exemples, des énumérations, des citations.

● N'hésitez pas à **reformuler** plusieurs fois un aspect important de votre intervention et à **faire des pauses** entre deux idées.

FOCUS

Recourir à des figures de style

Pour renforcer votre propos, vous pouvez recourir à des figures de style, en particulier à des **figures de construction** (qui jouent sur la syntaxe).

4 figures de construction

- **l'anaphore :** répétition d'un terme en tête de phrase
- **la gradation :** énumération de termes de force croissante
- **le parallélisme :** répétition d'une même construction
- **l'antithèse :** rapprochement de deux propositions de sens contraire

43 Sujet d'oral

La croissance est-elle compatible avec l'environnement ?

PRÉSENTATION, SUIVIE D'UN ENTRETIEN

20 min
20 points

INTÉRÊT DU SUJET • Nos sociétés contemporaines ont tendance à considérer que la croissance pourrait, grâce à l'innovation en particulier, sauver l'environnement. Cependant, les faits semblent prouver le contraire.

43 PISTES POUR L'ORAL

1. PRÉSENTATION D'UNE QUESTION

5 min

Les titres en couleurs mettent en évidence la structure de cette présentation.

Introduction

[accroche] Début 2020, avec la crise du Covid-19, la production chinoise est au plus bas depuis 30 ans. Mais c'est aussi la pollution de l'air qui a diminué. D'où une amélioration globale de l'environnement. [présentation du sujet] L'environnement ? C'est notre planète tout entière, les ressources renouvelables, comme les poissons, et non renouvelables, comme le pétrole. Comment la croissance économique – c'est-à-dire l'augmentation soutenue du produit intérieur brut (PIB) –, pourrait-elle le préserver ? Par l'innovation ? Ou serions-nous fous de penser que la croissance est infinie ? [formulation de la problématique] J'ai voulu étudier la question : « L'augmentation du PIB est-elle forcément compatible avec la préservation des ressources naturelles ? » [annonce du plan] Dans un premier temps, je montrerai que certains économistes considèrent que la croissance préserve l'environnement, puis dans, un deuxième temps, je discuterai ce lien pour, enfin, « décortiquer » la politique climatique actuelle.

> **▶ Le secret de fabrication**
>
> Prouvez que vous avez une vision globale du programme de SES en « piochant » dans plusieurs chapitres. Les deux premières parties nourrissent une opposition théorique et la troisième une application pratique.

I. La croissance économique préserve l'environnement

• Les théoriciens de la soutenabilité faible supposent que le capital naturel peut être substitué par d'autres capitaux (technologique, physique, humain). Ainsi, le manque de pétrole sera compensé par le travail d'ingénieurs (capital humain) inventant les éoliennes (capital technologique) produites en grand nombre (capital physique).

• L'innovation les rend optimistes ! Pour la financer, la développer, il faut aussi de la croissance économique. Et celle-ci peut être durable. La croissance économique n'est donc pas le problème mais la solution.

[transition] Pourtant il faut admettre que la planète se porte mal et que son état s'améliore quand la croissance économique ralentit.

CONSEIL
Respectez la logique **A-E-I**. D'abord **A**ffirmez une idée, puis **E**xpliquez (théories, mécanismes...) et enfin **I**llustrez, par l'actualité si possible.

II. La croissance économique nuit à l'environnement

• Les économistes de la soutenabilité forte s'opposent aux premiers. D'après eux, le capital naturel n'est pas substituable. Comment imaginer remplacer la forêt amazonienne ?

• La croissance économique produit systématiquement des externalités négatives, tout comme les innovations d'ailleurs. La voiture électrique se révèle ainsi polluante à produire et à recycler en raison des métaux rares que nécessite sa batterie.

[transition] Les gouvernements sont conscients de la dégradation de l'environnement. Mais en font-ils assez ? Grâce aux sommets internationaux, aux initiatives nationales ou locales, des instruments climatiques existent.

III. L'exemple de la politique climatique

CONSEIL
Vous devez enchaîner les idées de manière logique et fluide pour ne pas « perdre en route » votre auditoire.

• Le climat est un bien commun. Chacun d'entre nous peut le dégrader mais nous en sommes tous dépendants, et son utilisation n'est pas illimitée.

• Aujourd'hui, des réglementations nationales et internationales interdisent l'utilisation des gaz CFC nocifs à la couche d'ozone. Un marché européen des quotas d'émission de CO_2 a été créé. Enfin, presque tous les pays subventionnent l'achat des innovations écologiques.

• Ces instruments de la politique climatique sont un moyen pour nos économies de continuer à consommer et produire, soit un moyen de soutenir leur croissance, mais en limitant les externalités négatives qui affectent l'environnement. Malgré tout, le réchauffement climatique perdure...

Conclusion

[bilan] En somme, la théorie de la soutenabilité faible mise pleinement sur l'innovation alors que celle de la soutenabilité forte s'inscrit dans une diminution volontaire de la croissance économique. L'exemple du climat semble donner raison à la seconde. [ouverture] La dégradation de l'environnement ne présage-t-elle pas de nouvelles formes d'inégalités ?

2. ÉCHANGE AVEC LE CANDIDAT — 10 min

Voici quelques-unes des questions que le jury pourrait vous poser. N'oubliez pas qu'on peut vous interroger sur d'autres thèmes du programme.

Si la croissance n'est pas une solution, quels changements économiques cela implique-t-il ?

• L'inverse de la croissance économique, c'est la décroissance : une diminution volontaire et organisée du PIB. Cela nécessite la production de biens durables, facilement réparables, et surtout moins de consommation.

> **CONSEIL**
> Le jury vous demande en priorité d'approfondir les points abordés dans votre présentation. En amont, vous devez donc repérer les questions possibles et préparer les réponses.

Pourriez-vous citer des exemples concrets de taxation en France ?

• Si vous achetez une voiture électrique, productrice d'externalités positives, alors vous toucherez une subvention ; à l'inverse, vous payerez une taxe si votre véhicule est responsable d'externalités négatives.

En proposant une définition de la notion d'inégalité, pourriez-vous préciser votre ouverture en conclusion ?

• Une inégalité c'est une différence qui crée des hiérarchies dans l'accès aux ressources valorisées, comme l'eau par exemple.

3. ÉCHANGE SUR LE PROJET D'ORIENTATION — 5 min

Comment avez-vous choisi le sujet de votre exposé ? Celui-ci est-il en lien avec votre projet d'orientation ?

• C'est l'actualité qui a motivé mon choix. La crise du Covid-19 est impressionnante, mais ses conséquences sur l'environnement m'ont vraiment marqué, d'autant plus que les effets sont visibles autour de moi.

• Professionnellement, j'ai l'ambition de faire carrière dans l'environnement. Ce serait l'occasion d'allier une passion et une implication citoyenne. J'envisage des formations du type Master 2 dans une filière économique pour travailler, par exemple, dans la promotion des énergies vertes.

44 Sujet d'oral

Comment lutte-t-on contre le chômage en France ?

PRÉSENTATION, SUIVIE D'UN ENTRETIEN

20 min
20 points

INTÉRÊT DU SUJET • L'économie française fait face depuis des décennies à un chômage important, aux formes diverses. Les politiques économiques ont-elles su s'adapter pour lutter efficacement contre ce fléau ? Un sujet sur ce thème pourrait vous intéresser si vous suivez l'actualité et si vous vous orientez vers des études économiques.

44 PISTES POUR L'ORAL

1. PRÉSENTATION D'UNE QUESTION — 5 min

Les titres en couleurs mettent en évidence la structure de cette présentation.

Introduction

[accroche] En 1980, le nombre de chômeurs dépassait pour la première fois la barre du million. Fin 2020, après la crise de Covid-19, ce nombre a été multiplié par quatre. [présentation du sujet] Un chômeur, c'est une personne sans emploi qui en recherche activement un. Malgré la simplicité apparente de cette définition, il existe différentes formes et causes de chômage. Le chômage structurel s'explique par l'existence de rigidités durables sur le marché du travail alors que le chômage conjoncturel est au contraire lié à un contexte économique défavorable. [formulation de la problématique] J'ai voulu étudier la question de la lutte contre ces deux types de chômage, en France, aujourd'hui. [annonce du plan] Dans un premier temps, je montrerai que la France lutte contre un chômage conjoncturel dans un contexte de pandémie qui a provoqué l'effondrement de la demande globale. Dans un deuxième temps, je soutiendrai que la lutte contre le chômage structurel n'a pas été abandonnée.

GRAND ORAL

▶ Le secret de fabrication

Montrez que vous êtes capable d'utiliser l'actualité pour la relier à votre cours et aux grandes polémiques économiques. Les exemples enrichissent votre argumentation et la rendent vivante.

I. La lutte contre le chômage conjoncturel

• Le chômage conjoncturel s'explique par une insuffisance de la demande globale, c'est-à-dire une consommation, un investissement ou des dépenses publiques trop faibles.

• Le constat est sans appel. Presque 7 millions de salariés se sont retrouvés en activité partielle dès le premier mois de l'épidémie de Covid-19. La consommation a diminué d'un tiers, et la baisse de 15 % du produit intérieur brut (PIB) est la plus forte de notre histoire.

• Les solutions mobilisées par le gouvernement sont classiques mais d'une ampleur inédite. Tout d'abord, la mise en place d'un chômage partiel ainsi que le renforcement de la plupart des revenus de transfert : le montant des allocations chômage est maintenu, les pertes de revenus salaires sont compensées par l'État. Des aides exceptionnelles aux indépendants ont été attribuées, et l'embauche de salariés de moins de 24 ans fait l'objet d'une prime de 4 000 euros.

CONSEIL
Pour ce sujet d'actualité vous devez mobiliser quelques données chiffrées et les tenir à jour jusqu'à la dernière minute.

• L'objectif de cette politique conjoncturelle est d'augmenter les composantes de la demande globale (la consommation, l'investissement public et privé, etc). De cette façon, les entreprises anticipent cette hausse et continue à investir et à embaucher, en espérant maximiser leurs profits.

[Transition] La lutte contre le chômage conjoncturel passe par le soutien de la demande globale, mais le gouvernement a aussi mené une politique économique apte à lutter contre le chômage structurel.

II. La lutte contre le chômage structurel

• Le chômage structurel est dû à des facteurs économiques durables, comme un coût du travail trop élevé, le manque de formation, etc., et non à la conjoncture économique.

• La France a donc agi sur ces leviers : d'abord en prenant en charge une partie des salaires, ce qui a allégé le coût du travail pour les entreprises et leur a permis de ne pas licencier des salariés devenus moins productifs.

• En juin 2020, un plan de relance a été mis en place avec des baisses durables de cotisations sociales et une incitation à relocaliser les entreprises grâce à une diminution des impôts sur la production.

• L'objectif est d'agir sur certaines rigidités du marché du travail (salaire minimum, prélèvements obligatoires…) pour diminuer le chômage, conformément à la théorie néoclassique.

Conclusion

[bilan] En somme, deux types de politiques économiques complémentaires permettent de lutter contre le chômage. Si elles sont opposées par leurs moyens, elles poursuivent les mêmes objectifs économiques. [ouverture] Mais ne risquent-elles pas d'avoir des répercussions sur l'endettement des États, ce qui finirait par pénaliser la création de nouveaux emplois ?

> **CONSEIL**
> L'ouverture est une question sur laquelle le jury peut vous demander plus de précisions. Préparez toujours votre réponse en amont !

Support écrit

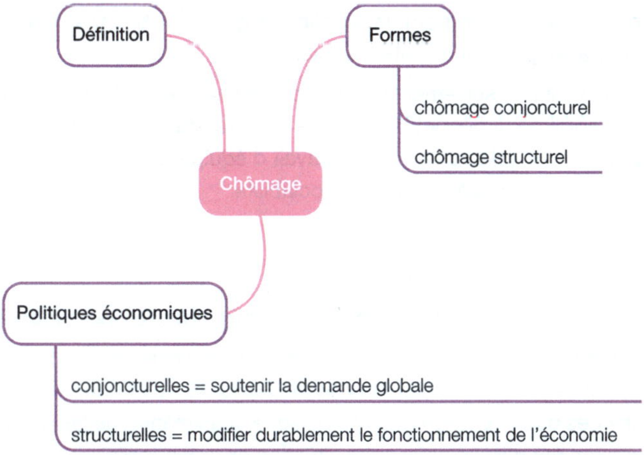

2. ÉCHANGE AVEC LE CANDIDAT — 10 min

Voici quelques-unes des questions que le jury pourrait poser en lien avec votre présentation, ainsi que des réponses possibles. N'oubliez pas que l'on peut vous interroger sur d'autres thèmes du programme.

Pourriez-vous citer les deux mesures officielles du chômage ? Comment s'effectue le calcul du taux de chômage ?

GRAND ORAL

• Il existe deux mesures officielles du chômage. La première est assurée par l'Institut national de la statistique et des études économiques (Insee), qui a adapté au cas français la définition du Bureau international du travail (BIT). La seconde mesure est celle de Pôle emploi, qui comptabilise les demandeurs d'emploi en fin de mois.

CONSEIL
Les questions du jury sont prévisibles car elles portent nécessairement sur votre cours. À vous de les anticiper pour préparer vos réponses.

• Le taux de chômage quant à lui s'obtient en divisant la population active inoccupée par la population active, le tout multiplié par 100.

Quels sont les effets à long terme du confinement sur l'organisation du travail ?

• Dans notre cours, nous avons analysé différentes formes d'organisation du travail comme le fordisme ou le toyotisme. Grâce aux nouvelles technologies, les entreprises ont constaté que le travail à distance était possible et même efficace. Il est possible que l'entreprise entièrement ou partiellement virtuelle se généralise, bouleversant ainsi en profondeur l'organisation du travail.

Par rapport à votre programme, expliquez quels problèmes posent l'absence de travail pour l'intégration sociale.

• Le travail n'est pas seulement une ressource financière, c'est aussi une instance d'intégration. Il permet d'avoir une identité, de se socialiser en apprenant de nouvelles valeurs comme le travail d'équipe, de rencontrer d'autres personnes et donc de développer sa sociabilité.

3. ÉCHANGE SUR LE PROJET D'ORIENTATION — 5 min

Quels liens faites-vous entre votre sujet et votre choix d'orientation ?

• Le choix de ce sujet s'est imposé comme une évidence. Je suis passionné·e par l'actualité et l'économie, et la crise de Covid-19 m'a donné la possibilité d'articuler ces deux centres d'intérêt, puisque quasiment tous les leviers économiques ont été utilisés dans cette situation exceptionnelle.

• Pour approfondir mes connaissances sur ces deux sujets, j'ai décidé dans un premier temps de m'inscrire dans une université d'économie et je compte tenter par la suite une école de journalisme. L'idéal pour moi serait de devenir journaliste économique dans la presse écrite ou enseignant·e à l'université.

À NOTER
Ne confondez pas les filières que vous avez choisies pour l'an prochain et les idées de métiers, que vous avez encore le temps d'affiner. Pour cette raison, n'hésitez pas à proposer plusieurs débouchés possibles.

45 Sujet d'oral

Les filles à l'école, les grandes gagnantes ?

PRÉSENTATION, SUIVIE D'UN ENTRETIEN

20 min
20 points

INTÉRÊT DU SUJET • Ce sujet de sociologie permet de mobiliser des savoirs issus à la fois du programme de première (thème de la socialisation) et de celui de terminale (thèmes de l'action de l'École et de la mobilité sociale).

45 PISTES POUR L'ORAL

1. PRÉSENTATION D'UNE QUESTION

5 min

Les titres en couleurs mettent en évidence la structure de la présentation.

Introduction

[accroche] En 1993, les sociologues Christian Baudelot et Roger Establet publiaient un ouvrage, fruit de plusieurs années d'enquête, intitulé *Allez les filles !* [présentation du sujet] En effet, il apparaît que les filles réussissent mieux à l'école que les garçons, du primaire à l'université. Mais de quelle réussite parle-t-on ? Comment l'expliquer ? Et si les filles semblent avoir un réel avantage à l'école, comment comprendre leur sous-représentation dans certains secteurs ou encore à des postes à responsabilité ? [formulation de la problématique] J'ai ainsi choisi d'intituler mon sujet « Les filles à l'école : les grandes gagnantes ? » [annonce du plan] Je vais commencer par mettre en évidence la réussite scolaire des filles, puis je nuancerai mon propos en montrant que cette réussite est entachée de paradoxes.

I. La réussite scolaire des filles : un fait social indéniable

> ▶ **Le secret de fabrication**
> Pour appuyer votre propos, il est nécessaire de présenter quelques données statistiques bien choisies. Apprenez-les par cœur sans oublier la source. Gardez en tête que votre démarche de collecte d'informations peut susciter des questions du jury.

• En France, différentes études mettent en évidence les meilleures performances des filles. Par exemple, en 2020, la proportion de filles entrant en sixième avec un an de retard est plus faible que celle des garçons. Quelle que soit l'orientation choisie, le taux de réussite scolaire des filles est aussi toujours plus élevé que celui des garçons. En 2019, 90 % des filles qui se sont présentées aux épreuves du baccalauréat l'ont eu, contre 86 % des garçons.

• Les filles gardent l'avantage dans de nombreux cursus de l'enseignement supérieur. Elles sont majoritaires en droit et sciences politiques mais également en médecine et dans les écoles vétérinaires, et elles occupent plus de 70 % des places sur les bancs de l'École nationale de la magistrature.

• La meilleure réussite des filles s'explique par la socialisation primaire : des stéréotypes de genre sont transmis par la famille, l'école et les pairs dès le plus jeune âge. Les filles adoptent alors des comportements favorisant la réussite, à l'inverse des garçons.

> **À NOTER**
> En sociologie, on préfère employer le terme « genre » qui désigne une construction sociale, alors que le terme « sexe » renvoie aux caractéristiques biologiques d'une personne.

[transition] Si la socialisation primaire tend à favoriser la réussite scolaire des filles, est-il possible d'affirmer que ces dernières restent des « grandes gagnantes » ?

II. Mais une réussite en demi-teinte

• Les stéréotypes vont également favoriser une division genrée des disciplines scolaires. À résultats égaux, les filles se jugent moins performantes en mathématiques, matière considérée comme masculine. Ainsi, elles restent sous-représentées dans les écoles d'ingénieurs. En outre, les filles sont toujours moins nombreuses à poursuivre leurs études jusqu'au doctorat.

• Par ailleurs, aux inégalités de genre se superposent des inégalités selon les milieux sociaux. En 2020, à l'entrée en sixième, on constate par exemple que le pourcentage de filles d'ouvriers ayant déjà redoublé est près de cinq fois plus élevé que celui de filles de cadres ou d'enseignants. Les filles de milieux favorisés apparaissent donc comme beaucoup plus « gagnantes » à l'école que celles de milieux populaires.

• Enfin, les attentes de la société évoluent très lentement. On sait que les inégalités salariales perdurent et que les femmes restent minoritaires dans les postes à responsabilité ainsi que dans les fonctions encadrantes. La socialisation genrée affecte leurs trajectoires individuelles.

CONSEIL
Cherchez à orienter les questions lors de l'échange. Vous gagnerez en assurance et montrerez que vous maîtrisez bien votre sujet.

Conclusion

[bilan] C'est une certitude : les filles réussissent mieux à l'école. Elles redoublent moins et ont des taux de réussite supérieurs aux garçons. Si la « révolution » est en marche, on peut difficilement qualifier les filles de « grandes gagnantes » : les choix d'orientation restent genrés tandis que les femmes sont victimes d'inégalités professionnelles. [ouverture] Dans un tel contexte, on peut se demander si les lois récentes visant à accélérer l'égalité économique et professionnelle vont contribuer à convertir cette réussite en trajectoire individuelle « gagnante ».

Support écrit

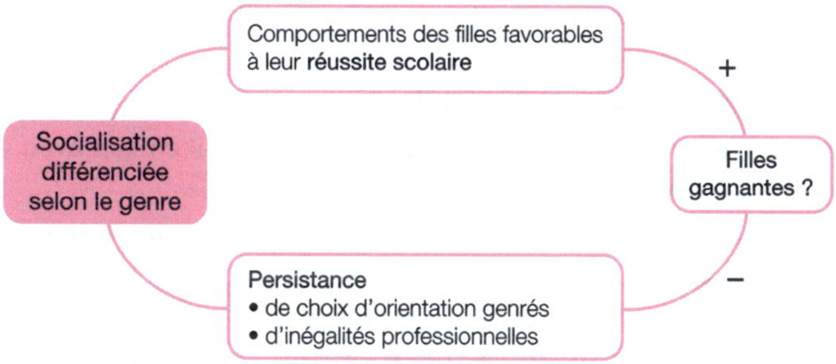

2. ÉCHANGE AVEC LE CANDIDAT — 10 min

Voici quelques-unes des questions que le jury pourrait vous poser. N'oubliez pas que l'on peut vous interroger sur d'autres thèmes du programme.

Quelle démarche avez-vous adoptée pour traiter ce sujet ?

• J'ai fait des recherches au CDI de mon lycée pour trouver des articles écrits par des chercheurs. Les données statistiques proviennent du site du ministère de l'Éducation, précisément de la direction de la prospective et de la performance (DEPP). J'ai par ailleurs lu l'ouvrage *Allez les filles !* sur les conseils de mon enseignant.

Vous avez évoqué les trajectoires individuelles des filles. Que savez-vous de la mobilité sociale des filles comparée à celle des garçons ?

• Depuis la fin des années 1970, en pourcentage, la mobilité ascendante des femmes par rapport à leur mère est plus importante que celle des hommes par rapport à leur père. On peut la corréler aux bonnes performances scolaires des filles, même si d'autres éléments entrent en jeu.

CONSEIL
Soyez très clair, vous devez être compris du professeur dont ce n'est pas la discipline d'enseignement. Vous devez mobiliser les savoirs exigibles à la fin de la terminale mais sans être trop technique.

Vous avez évoqué des nouvelles lois au terme de votre propos. Pouvez-vous nous en dire davantage ?

• Dans la fonction publique, la loi de 2019 renforce l'égalité professionnelle entre hommes et femmes. Elle oblige par exemple à avoir une répartition équilibrée dans les jurys de concours.

• Pour les entreprises, le Parlement a voté fin 2021 une loi instaurant des quotas de femmes aux postes de direction des grandes entreprises avec des objectifs pour 2027 puis 2030.

3. ÉCHANGE SUR LE PROJET D'ORIENTATION — 5 min

Le jour J, il vous faudrait bien sûr développer la réponse.

Comment avez-vous choisi votre sujet ? En quoi est-il en lien avec votre projet d'orientation ?

• La question des inégalités hommes-femmes est fréquemment évoquée dans les médias mais celle des meilleures performances scolaires des filles, que j'ai découverte en cours de SES, l'est moins.

• J'aimerais devenir psychologue. Je ne sais pas encore précisément dans quel domaine, mais les questions de genre me semblent très importantes, que l'on soit psychologue clinicien ou du travail. D'ailleurs, moi-même, je ne veux pas me conformer aux stéréotypes, ce n'est pas un métier uniquement pour les femmes ! Par ailleurs, je sais que je vais étudier la psychologie sociale, discipline qui est proche de la sociologie, une de mes matières préférées cette année.